A. M. KHERBASH

# *Stella Shaula*

*TRADUZIONE DI MICHELA DE STEFANI*

Copyright © 2023 by Asma M. Kherbash

Titolo originale dell'opera: Shaula

Tutti i diritti riservati. Pubblicato dall'autrice. Nessuna parte di questo libro può essere riprodotta o trasmessa in alcuna forma o con alcun mezzo, elettronico o meccanico, incluso fotocopie, registrazione o l'uso di qualsiasi sistema di immagazzinamento e recupero di informazioni, senza il permesso scritto dell'autrice.

Questa è un'opera di fantasia. Nomi, personaggi, luoghi e avvenimenti sono frutto dell'immaginazione dell'autrice o usati in chiave fittizia. Qualsiasi rassomiglianza a fatti e località reali o a persone realmente esistenti o esistite è puramente casuale.

Traduzione di Michela De Stefani

ISBN: 979-8-9866695-1-9

www.amkherbash.com

*A mio marito*

*Nota dell'autrice:*

Sebbene *Stella Shaula* possa essere letto come un roman-
zo a sé stante, si svolge qualche tempo dopo *Stella Lesath*,
e di conseguenza include riferimenti agli eventi accaduti
in quel libro.

# CAPITOLO I

"Raccontami una storia."

La richiesta colse alla sprovvista Ben, che stava guardando fuori dal finestrino del passeggero; si voltò per guardare l'autista di fianco a lui.

Si faceva chiamare «Cavallo Pallido», un nome che gli sarebbe calzato a pennello se non fosse stato per la barba corta e i lunghi capelli scuri, che teneva pettinati all'indietro e in parte raccolti con un elastico. Aveva un paio di occhiali da sole appoggiati sul naso aquilino e, da dove si trovava, Ben vedeva che gli occhi dietro le lenti erano così concentrati sulla strada da fargli dubitare che Cavallo Pallido avesse aperto bocca.

"Come dice, signore?" chiese Ben, muovendosi sul sedile. Perse di vista gli occhi di Cavallo Pallido quando si voltò, le lenti nere riflettevano doppie miniature del suo viso.

"La radio non funziona e mi sto per addormentare", disse Cavallo Pallido. "Sono a tanto così dal mettermi a cantare, a meno che tu non abbia una storia interessante... o un aneddoto divertente."

Ancora mezzo addormentato, Ben si acciglò alla richiesta inaspettata. "Con tutto il rispetto, signore, ma chiedermi di raccontare qualcosa così su due piedi ha solitamente l'effetto opposto con me. Non mi viene in mente proprio nulla."

"E va bene..." gli rispose. Ben riconobbe delusione nel tono di Cavallo Pallido, che fortunatamente non si mise a cantare.

Se si fossero trovati nella stessa situazione un mese prima, Ben si sarebbe spremuto le meningi fino a ricordare un aneddoto o una storiella da offrire al suo superiore, il quale aveva completato con successo una lunga serie di missioni, diventando una specie di stella nascente nell'organizzazione a cui entrambi appartenevano. Ma i resoconti delle missioni più recenti di Cavallo Pallido erano preoccupanti. La voce si sparse velocemente e quando Ben fu informato di questa missione, capì subito che il suo compito principale era tenere d'occhio Cavallo Pallido e, di nascosto, annotarne i movimenti.

Se Ben avesse potuto avere voce in capitolo, avrebbe detto che uno specialista o un qualsiasi altro agente di rango superiore al suo sarebbe stato più adatto a quel lavoro. Ma ripensandoci, forse lo avevano scelto appositamente per non destare i sospetti di Cavallo Pallido. Non doveva fare altro che osservare, riferire e lasciare che gli esperti analizzassero i dati. E poiché la loro missione non doveva durare più di sei ore, forse quello era davvero il metodo migliore.

Per Cavallo Pallido, Ben non era altro che un assistente, inviato in missione con lui per acquisire un po' di esperienza sul campo. La storia era piuttosto credibile, dal momento che Ben era un dipendente riassegnato, senza una specializzazione né appartenenza a un dipartimento, spesso inviato ovunque fosse necessario.

Dentro di sé, Ben provava compassione per il suo superiore provvisorio. Era un uomo di circa trentacinque anni la cui carriera avrebbe dovuto essere in crescita, e non venire esaminato per la riassegnazione o addirittura il pensionamento. Il primo caso sembrava il più probabile: se Cavallo Pallido non fosse stato più adatto per le missioni sul campo, avrebbe comunque potuto usare la propria esperienza come insegnante o mentore. Dopotutto il suo viso aveva già i lineamenti severi di un leader, se solo avesse smesso di sorridere così spesso.

Il furgone sfrecciò sopra una buca nell'asfalto, distraendo Ben dai suoi pensieri.

Sentì un leggero tintinnio e si voltò, guardando oltre il sedile, per assicurarsi che il baule sigillato fosse ancora ben ancorato al pianale del furgone.

"Signore, stavo pensando..." disse, risistemandosi sul sedile, "forse dovremmo lavorare sulla nostra copertura."

Cavallo Pallido aveva trovato uno stuzzicadenti di legno e lo stava passando da un angolo della bocca all'altro. "Non ci serve una copertura per una consegna veloce nell'entroterra."

Parlò con una nota di disprezzo, come se quella missione fosse una presa in giro. E forse per lui lo era.

Ben non ritenne opportuno contraddire il proprio superiore, e con un conciliante "se lo dice lei, signore", riportò l'attenzione alla fila infinita di alberi che scorrevano oltre il finestrino.

Una catenella con piastrine, appesa allo specchietto retrovisore, tintinnava nel grigiore del primo mattino. E proprio quando le palpebre di Ben stavano per chiudersi, Cavallo Pallido parlò di nuovo.

"Che ne dici di questo?" disse con voce allegra. "Siamo due fratelli che contrabbandano un po' di..."

"Fratelli?"

"Certo", disse Cavallo Pallido facendo un cenno con il capo al suo giovane collega. "Quanti anni hai? Ventidue?"

"Ne ho ventiquattro, ma... non è questo il punto. Non ci assomigliamo abbastanza per passare per fratelli", disse Ben, i cui capelli rossicci, gli occhi grigi e i lineamenti morbidi lo distinguevano dal collega.

"Fratelli... cugini... è la stessa cosa", rispose seccato Cavallo Pallido, prendendo lo stuzzicadenti e gesticolando con esso. "Il punto è che se vuoi una copertura credibile, ti conviene scegliere una storia semplice. Non ti devi confondere. Presentati nel modo giusto e sarà inattaccabile. «Piacere, sono Cavallo Pallido. E questo è mio cugino, Ben.» Visto?"

Si voltò e colse un senso di disagio nello sguardo di Ben.

"Cosa c'è?!"

"Niente", rispose prontamente Ben. "È solo che... beh, il suo nome, signore. «Ben» è un nome semplice e comune, mentre «Cavallo Pallido» spicca un po'... richiama l'attenzione, capisce?"

"E quindi?"

"Quindi è l'ultima cosa che vogliamo, durante un'operazione in incognito."

"Ma figurati! Chi vorrà mai parlare con un paio di bifolchi in jeans e camicia a scacchi, addirittura arrivare a chiederci i nomi? Non siamo così interessanti."

"E se qualcuno..."

"Non succederà."

Ben gli rispose, frustrato: "Se io fossi in lei, mi impegnerei di più a sanare la mia condotta."

Cavallo Pallido si voltò per guardarlo, e per un terribile momento Ben pensò che stesse sospettando qualcosa, o addirittura avesse scoperto la verità. La paura gli passò quando Cavallo Pallido tornò a guardare la strada, mormorando con un sorriso storto: "Continuo a dimenticare che nell'organizzazione non esiste la privacy."

*Tutti sanno che sta rischiando grosso*, stava per aggiungere Ben per sottolineare il punto, ma ci ripensò. "Non ne sembra molto preoccupato", disse invece.

"Lo sono, invece. Ho pianto a dirotto stamattina. Perché pensi che io abbia addosso questi?" disse Cavallo Pallido, indicando gli occhiali da sole.

"Ma no... Intendo le conseguenze...", Ben esitò, scegliendo con cura le parole, "... potrebbero essere gravi. L'organizzazione...", indugiò ancora, "... beh, sono certo che lei sappia che l'insubordinazione non è tollerata."

Il sorriso di Cavallo Pallido si allargò. "Ma noi ci copriremo le spalle a vicenda, vero?" esclamò, sorprendendo Ben con una pacca sulla spalla. Il gesto scherzoso irritò il giovane, che si scansò.

"Sai cosa ti dico?" proseguì Cavallo Pallido bonariamente. "Il mio nome ti infastidisce così tanto? Cambiamolo. Anzi, scegline tu uno per me."

Ben lo guardò di traverso, sospettando che si stesse prendendo gioco di lui. Ma l'uomo continuò a guidare in silenzio, senza alcun cenno di insistenza.

Proprio in quel momento emersero dalla foresta, e sotto il sole mattutino la strada verso est risplendeva di una luce dorata.

"Beh, dev'essere un nome a cui risponderebbe subito", disse Ben, pensando ad alta voce. "Per esempio potremmo usare il suo vero nome."

Cavallo Pallido si grattò la guancia ruvida con un dito, mentre rifletteva.

"Rispondo a uno di questi nomi", disse e iniziò a elencarli con le dita: "Cavallo Pallido. Sciacallo. Ottavo. Farfallone. Grim."

Ben spinse la testa all'indietro con una risatina di esasperazione. "Ah, sapevo che sarebbe finita in stupidaggini", mormorò.

Cavallo Pallido sollevò le mani dal volante con una leggera scrollata di spalle. "Senti, mi hai chiesto un nome al quale rispondo, e io te ne ho dati cinque. Scegli quello che ti piace di più."

"Ho chiesto un nome vero."

"Sono tutti nomi veri."

"Farfallone??" Ben sorrise, incredulo. "Farfallone è un nome vero?"

"O te lo fai andar bene o usiamo Cavallo Pallido."

Ben si accasciò sul sedile, sconfitto. Un minuto dopo, disse: "Possiamo fare una pausa, Grim?". Voleva provare il nuovo nome.

Grim tenne gli occhi sulla strada, rispondendo solo con un accenno di sorriso.

# CAPITOLO 2

Eidercrest era un batuffolo di paese con una modesta popolazione di centotrentadue abitanti. Un tempo idilliaca località di villeggiatura, durante gli ultimi due decenni il flusso di turisti era rallentato fino a diventare un rivolo. Poi una crisi economica aveva provocato un'ondata di pignoramenti, causando lo sfratto di diverse famiglie dalle loro abitazioni. Il commercio locale aveva iniziato a soffrirne e presto gli imprenditori, altrettanto in difficoltà, chiusero le attività per trasferirsi altrove. Non molto tempo dopo, l'approvvigionamento idrico locale fu contaminato, provocando un'epidemia che aveva decimato la popolazione rimasta. Nei due anni successivi la città aveva utilizzato una fonte idrica di emergenza, mentre venivano condotte diverse indagini sull'accaduto, seguite da accuse penali e licenziamenti.

Più recentemente i funzionari locali avevano affermato che la qualità della fornitura idrica principale del paese era tornata a livelli accettabili. Tuttavia, nessuna dose di ottimismo sarebbe riuscita a invertire le partenze di massa già avvenute, soprattutto perché il fiore all'occhiello della zona, il lago Penumbra, era rimasto segnato dall'incidente. E mentre la natura aveva già iniziato la sua lenta marcia per reclamare cortili vuoti e case abbandonate — con rampicanti che scalavano muri screpolati e germogli che spuntavano tra le assi dei pavimenti — gli abitanti rimasti prosperavano e si radunavano nella strada principale, o si dirigevano alla Locanda del Tè per panini e caffè.

Eidercrest, un paese con centotrentadue abitanti... più quelli della comune.

"Sono apparsi all'improvviso... Oh, direi un paio di mesi fa", disse la cassiera del negozio alla stazione di servizio, riferendosi agli uomini, donne e bambini che facevano parte della comune.

"Rimangono perlopiù in periferia", continuò, porgendo a Grim il resto. "Ci sono un sacco di edifici abbandonati in cui possono accamparsi. Lo sceriffo di contea non si preoccupa nemmeno di andare a controllare, figuriamoci alzare un dito per allontanarli. Immagino sia solo questione di tempo prima che qualcuno si lamenti del valore in calo degli immobili. Ma dubito succederà... è più probabile che la città venga inghiottita dal muschio, piuttosto che vedere una riforma. Alcuni dicono che facciano parte di una setta... Di chi parlo? Di quelli della comune, ovviamente! Beh, è quello che dicono, ma io non ci credo... Certo, alcuni vanno in giro scalzi e, per un periodo, li si vedeva chiedere l'elemosina sulla via principale, Main Street. Ma sembrano abbastanza innocui... tranne quando vengono qui, e allora devo stare attenta che non escano con merce infilata nelle tasche senza averla pagata."

Continuò a chiacchierare sporgendosi sul bancone, con i gomiti ossuti racchiusi nelle mani, spronata dai «Ma davvero?» e «Ah sì?» mormorati da Grim, mentre sorseggiava del tè da un bicchiere di plastica.

Stavano ancora parlando quando Ben uscì dal bagno della stazione, e continuarono a parlare anche mentre lui gironzolava nelle vicinanze, fingendo di esaminare una rastrelliera di occhiali da sole da pochi soldi. La sua presenza non ebbe alcun effetto sulla conversazione. La cassiera di mezza età probabilmente raccontava la stessa storia a qualsiasi estraneo disposto ad ascoltarla; ma dal tono e dalla postura, Ben capì che la signora aveva un interesse particolare nei confronti di Grim, voleva attirare la sua attenzione.

Non che fosse un brutto uomo: era in forma (anche se un po' magro), con un aspetto sano e vitale nonostante l'aria trasandata; ma forse la camicia a quadri stropicciata e il girocollo nero gli davano quel fascino da persona semplice che piaceva alla cassiera. Grim si confondeva facilmente tra la gente: alcuni clienti di passaggio — gente del posto che salutava la signora per nome — guardarono Grim con indifferenza, mentre si soffermarono su Ben, sul suo viso fresco, la camicia ben stirata e i pantaloni color cachi, con una certa punta di disprezzo, riservata a estranei e turisti facoltosi.

Ben si voltò e si diresse verso un'altra corsia per allontanarsi dai loro occhi. Non gli interessava cosa pensavano di lui. Semplicemente non voleva attenzioni indesiderate.


"Se posso far notare una cosa, signore", disse Ben, dopo che lui e Grim furono tornati al furgone e chiuso le portiere alle spalle.

"Hm?" disse Grim, tenendo il bordo del bicchiere di plastica con i denti mentre afferrava la cintura di sicurezza. Ben fu quasi sul punto di fargli notare che c'era un portabevande, ma il superiore riuscì ad allacciarsi la cintura senza incidenti.

"Signore, in caso l'abbia dimenticato, non possiamo comunicare con persone esterne a meno che non sia assolutamente necessario."

"Questa è la tua prima missione sul campo, Ben?" chiese Grim di punto in bianco.

"La seconda, signore. Perché?"

Invece di rispondergli, Grim lasciò cadere in grembo a Ben un sacchetto di plastica con panini e bevande energetiche. "Mangia. Quando hai lo stomaco vuoto, sei nervoso."

"Il protocollo impone..."

"Dimenticati del protocollo", disse Grim interrompendolo, incurante della possibilità che il furgone fosse pieno di microfoni o monitorato. Parlò proprio mentre stava mettendo in moto il furgone, e probabilmente il borbottio del motore aveva coperto la sua osservazione.

"Fai come faccio io", continuò. "Ho più di quindici anni di esperienza e ti assicuro che un po' di chiacchiere non ti faranno saltare la copertura... a meno che tu non sia ubriaco o drogato. Ecco il mio consiglio: quando bevi, non lasciarti andare a confidenze. Anzi, ancora meglio, non bere proprio mentre stai lavorando. Ovviamente, ci dovrebbe essere un protocollo che dice «Niente alcolici e niente chiacchiere». Si fermò per un sorso di tè prima di continuare. "In effetti, a volte penso che le chiacchiere eccessive siano un buon deterrente. Se vuoi che qualcuno si allontani, fallo annoiare a morte. Proponi una bella storia strappalacrime. Più è deprimente, più velocemente scapperà. Cos'è che volevo dire? Ah, sì... insomma, nessuno è interessato a noi. Non siamo né celebrità né criminali ricercati, e di certo non stiamo facendo o trasportando niente di illegale. O almeno, ne sono abbastanza sicuro."

Sentendo l'ultima frase, Ben si riprese dai pensieri bui.

"Signore, che cos'è che stiamo trasportando?" chiese riferendosi al baule grigio legato al pianale del furgone. Era alto circa quaranta centimetri, largo sessanta e lungo poco più di un metro, con angoli arrotondati, maniglie di plastica e un gancio a chiusura che ricordava a Ben quello delle borse frigo.

Il baule era stato caricato sul furgone prima che loro vi salissero e partissero per la missione. La prima volta che lo vide, Grim chiese con disinvoltura se stessero trasportando il cadavere di un bambino. Ben aveva alzato gli occhi al cielo, ma quell'osservazione aveva iniziato a contaminargli i pensieri, perché da quel momento non riuscì più a guardare il baule grigio senza paragonarne le dimensioni con quelle di una piccola bara.

"Qualunque cosa sia, è un'informazione riservata", rispose Grim. Ma Ben sentì che il silenzio che seguì nascondeva qualcosa.

Erano ancora parcheggiati alla stazione di servizio, e Grim spense il motore e rimase seduto a fissare nella direzione dell'insegna al neon sopra la vetrina del minimarket, che diceva «APERTO». Senza gli occhiali da sole e il solito sorriso sfacciato, e con le sopracciglia aggrottate sugli occhi socchiusi, sembrava quasi un'altra persona.

"Cosa c'è che non va?" chiese Ben, alquanto turbato dall'improvviso cambiamento di umore del collega. Il momento passò e i lineamenti di Grim si addolcirono mentre si girava per rispondergli.

"Forse dovremmo dare una sbirciatina... assicurarci che sia tutto a posto."

La proposta fu fatta con un tono leggero e Ben ne capì le motivazioni. Non si sarebbe mai sognato di accedere a materiale riservato, ma il fatto che il suo superiore non ne conoscesse il contenuto alimentò anche la sua curiosità.

Ma sarebbero riusciti a dare un'occhiata? Di sicuro il baule era stato chiuso o sigillato in qualche modo particolare, e aprirlo lì avrebbe incriminati. E se fosse stato affidato loro con un motivo preciso, una specie di prova di lealtà? E se la missione intera fosse stata un test per vedere se Grim avesse seguito le istruzioni più semplici e si fosse attenuto alle regole?

Ben scosse il capo: era un piano troppo contorto. E poi, se si fossero impegnati così tanto per mettere alla prova Grim, perché avevano deciso mandare anche lui? A meno che non fosse per tenerlo d'occhio e riferire eventuali trasgressioni...

A quel punto, Ben si rese conto che l'uomo in questione stava ancora aspettando una risposta. Sbirciando dietro di sé per assicurarsi che il baule fosse ancora intatto, Ben disse frettolosamente: "Sembra tutto a posto. Andiamo."

# CAPITOLO 3

Il sole era scomparso dietro una fitta coltre di nuvole e il mattino dorato aveva lasciato il posto a una giornata dal cielo coperto e opaco; i due uomini stavano percorrendo l'arteria della città, superando una piccola baracca che fungeva da ufficio postale e attraversando una zona residenziale, dove incombevano edifici abbandonati e case fatiscenti con porte blindate e finestre nere spalancate.

Provarono a controllare la cartina usando i cellulari, ma si rivelò un tentativo inutile vista l'assenza di ricezione nella zona.

"Torniamo indietro", disse Grim, facendo retromarcia con il furgone. "Sono sicuro che troveremo una cartina o qualcuno che può darci indicazioni in città."

Si fermarono all'ufficio postale, che sembrava aperto al pubblico quando vi passarono davanti poco prima. Ma in quel momento attaccato alla porta chiusa c'era un cartello, che diceva «Torno subito».

Grim si diresse verso Main Street e parcheggiò di fronte a un negozio chiamato Universo Sport di Caleb, una vera e propria baita fatta di tronchi trasformata in attività commerciale, con una grande vetrina dove era stata esposta attrezzatura per la caccia e la pesca. Ma dall'interno buio era evidente che il negozio non era ancora aperto.

"Non aprono prima delle nove", disse Ben, indicando una targhetta in legno con gli orari di esercizio.

"Proviamo là", disse Grim, dirigendosi a grandi passi verso il Fornitissimo Emporio di Howard. Anche lì le vetrine erano buie.

"Anche questo apre alle nove", disse Ben, raggiungendo Grim e leggendo la scritta bianca sulla vetrina.

"Sì, ma di solito c'è qualcuno che sistema il negozio prima dell'apertura", disse Grim, facendosi ombra con le mani per sbirciare dentro la vetrina.

"Mancano solo trenta minuti", disse Ben. "Aspettiamo nel furgone."

Grim fece un passo indietro e guardò l'edificio, soffermandosi su una fila di finestre appena sopra il negozio.

"Pensi che i proprietari possano vivere lì?" chiese; senza aspettare una risposta, iniziò a gridare verso le finestre: "Ehi! C'è nessuno in casa?"

Ben spostò lo sguardo ansioso da Grim alle finestre: da un lato voleva fermare il superiore, dall'altro sapeva che sarebbe stato fiato sprecato, visto il precedente tentativo. Nel frattempo, Grim continuava a gridare: "Non mi dispiacerebbe un po' di aiuto!" La sua voce tonante riempiva la strada deserta.

"Chi è?" rispose una voce distante dietro di loro, facendoli girare.

Dall'altra parte della strada c'era la Locanda del Tè e, in lontananza, videro la testa di una donna bionda che spuntava dalla porta del locale.

"Cosa volete?" gridò la donna.

"Stiamo cercando di andare in un posto", rispose Grim a voce alta. "Ma la strada è bloccata. C'è stata una frana."

"Una strada montana?"

"C'è stata una frana!" ripeté, mettendo le mani intorno alla bocca a mo' di megafono.

"Vi conviene venire qui per parlare", rispose aprendo la porta e uscendo per andare loro incontro. Indossava un grembiule marrone sopra una semplice maglietta e pantaloni scuri, e in una mano reggeva una scopa.

"Vi serve aiuto?" chiese senza gridare, guardandoli dalla veranda mentre si avvicinavano.

"Stiamo cercando di raggiungere una casa vicino al lago Penumbra. Stavamo andando in quella direzione, passando per Westfield Drive, ma c'è stata una frana e quindi ci stavamo chiedendo se avesse una cartina da prestarci o ci potesse indicare una strada alternativa."

"Intende la piccola casa in riva al lago?" chiese, dopo aver alzato lo sguardo e fissando in lontananza, forse in direzione della loro destinazione. Sembrava avesse quasi trent'anni, i lunghi capelli chiari erano pettinati con la riga centrale e le sopracciglia sottili erano quasi invisibili contro la fronte pallida, dandole un aspetto enigmatico. C'era qualcosa nel suo atteggiamento, forse la testa inclinata verso l'alto o il modo in cui teneva la scopa come se fosse una lancia, che ricordava a Ben una statua greca.

"Sì, signora" disse Grim.

"La casa di Spider".

"Come dice?"

"Niente, ho l'abitudine di dare nomignoli alla gente", disse senza imbarazzo. "Ci abita Radney Atwood. Uno spilungone... tipo Papà Gambalunga. Comunque... come mai dovete andare là?"

"Per una semplice consegna", rispose Grim con un sorriso educato.

"Quello è il vostro furgone?" Fece un cenno al mezzo nero parcheggiato dall'altra parte della strada.

"Sì, signora."

La donna riportò lo sguardo su Ben. "E lui chi è?"

Ben trovò strano che la cameriera, che sembrava avesse iniziato il proprio turno e che avrebbe dovuto avere fretta di tornare al lavoro, facesse così tante domande. L'interrogatorio aveva un tono più cauto che curioso, come una guardia all'entrata che controlla i visitatori prima di lasciarli passare.

Grim gli diede una pacca sulla spalla, rispondendo per lui: "Questo è mio nipote, Ben. Poverino, ha una montagna di debiti studenteschi da pagare, quindi lavora per me finché non riuscirà a trovarsi uno straccio di lavoro decente. A proposito, sono John Grimaldi", aggiunse. "Ma la gente mi chiama Grim."

"Un soprannome misterioso per un sorriso così brillante..." mormorò ironicamente, prima di rispondere con il proprio nome: "Io sono Olivia. Dimmi, qual è la strada bloccata?"

"Westfield Drive."

Guardò nuovamente in lontananza, forse tracciando una mappa mentale della zona. "Sì, conosco un'altra strada. Potrei darvi indicazioni, ma penso sia meglio se vi accompagno."

"Sicura?" chiese Grim.

"Avevo in mente di andare al mercato agricolo della città qui accanto", disse, appoggiando la scopa alla porta. "Tanto vale andarci adesso."

"E il tuo turno di lavoro?" chiese Ben

Fece spallucce mentre si slacciava il grembiule. "Non viene mai nessuno a quest'ora."

"E se lo venisse a scoprire il tuo capo?" Ben insistette, ossessionato dall'idea.

"Ce l'avete di fronte", rispose Olivia con un rapido sorriso, piegando il grembiule e gettandolo su una panchina vicina.

Pochi minuti dopo, i tre stavano percorrendo una strada sterrata affiancata da alberi: Olivia guidava il suo SUV e i due uomini la seguivano nel furgone nero. Quando il sentiero in ghiaia si unì con una strada asfaltata a due corsie, Olivia fece loro cenno di accostare. Scese dal mezzo e si avvicinò al furgone.

"Continuate per quella strada", disse indicandola. "Al bivio girate a sinistra e poi sempre dritto fino alla casa."

Grim chinò il capo e fece un gesto come per toccare l'orlo di un cappello invisibile. "Ci hai risparmiato un bel po' di problemi."

"Se è davvero così", disse appoggiando le mani ai fianchi, "che ne dite di passare dalla Locanda del Tè al vostro ritorno?"

"Per che cosa?"

"Non saprei." Scrollò le spalle. "Magari per un boccone?"

"Ah!" esclamò Grim con una risatina. "Beh, questo sì che è un bel modo di attirare clienti."

Lei rispose con un sorriso leggero e indifferente. "Faccio quello che posso. Allora, vi tengo due posti?"

"Dipende... Cosa propone il menu?" disse Grim, ignorando Ben che si stava schiarendo la voce e stava inviando ogni sorta di segnale per attirare la sua attenzione. E proprio mentre stava per dare uno strattone alla sua camicia, Grim si scansò fuori dalla sua portata, appoggiando gli avambracci e sporgendosi dal finestrino in modo amichevole.

"Che ne dici di una fetta di crostata?" disse Olivia.

Grim fece un gesto con la mano per dire «così così». "Preferisco le torte con la crema."

"Abbiamo anche quelle."

"E una tazza di tè?"

"Certo", rispose Olivia. Poi spostò lo sguardo su Ben e aggiunse: "E tu cosa prendi?"

"Oh, io..." balbettò Ben. "Prendo quello che prende lui..." rispose, sperando così di concludere la conversazione.

"Sicuro?" lei chiese. Tutti stavano guardando Ben, come se ci fosse qualcosa di strano nella sua risposta.

Ben abbassò la testa e tornò al suo posto, poi alzò lo sguardo con finta disinvoltura mentre annuiva e diceva: "Sì...". Sperava che non si fossero accorti del rossore che gli aveva invaso le guance.

La conversazione continuò senza di Ben, che rimase impantanato in un senso di forte imbarazzo anche quando si accasciò all'indietro e fece finta di controllare il cellulare. La sensazione presto lasciò il posto al risentimento nei confronti del collega, che stava guardando storto e che sperava se ne stesse zitto. Ora che sapevano che strada prendere, non c'era motivo di continuare a parlare con Olivia, né tantomeno pianificare di rivederla. Ma come per la cassiera della stazione di servizio, Grim probabilmente continuava a chiacchierare per ricavarne qualcosa che potesse essergli utile. E sebbene Ben avesse rinunciato a guidare e correggere il superiore, era alquanto disgustato dalla sua condotta sconveniente: se gli piaceva così tanto fare quattro chiacchiere con la gente, almeno avrebbe potuto aspettare la fine della missione.

*Non ha nemmeno una mezza possibilità con lei*, pensò Ben, guardando prima Olivia e poi il taglialegna magro che sedeva accanto a lui. Un uomo di quell'età e con la sua esperienza dovrebbe saperlo bene. Non c'era da stupirsi che fosse nei guai al lavoro, visto che non riusciva a completare una semplice missione senza aggirare le regole... e fino a che punto si può aggirarle, prima di infrangerle del tutto?

Un silenzio imbronciato scese tra i due uomini mentre procedevano nel loro viaggio e, sebbene Ben non avesse alcuna intenzione di esternare le proprie lamentele, si aspettava che il superiore dicesse qualcosa o cercasse di rabbonirlo in qualche modo. Invece Grim tenne il finestrino abbassato e, con una mano sul volante, appoggiò il gomito sulla cornice, lasciando che il vento sferzasse l'abitacolo del furgone sovrastando il silenzio.

# CAPITOLO 4

Incapace di dormire alla vigilia della missione, Ben scese nella biblioteca dell'organizzazione e si mise a sfogliare un libro dopo l'altro senza uno scopo preciso, finché non gli venne in mente di cercare informazioni sulla città verso la quale si sarebbe diretti.

Durante il briefing individuale di quel pomeriggio aveva ottenuto dettagli principalmente sul suo compito speciale e sulla missione: lui e Grim avrebbero dovuto consegnare un baule a un «esperto» di nome Radney Atwood, che viveva in una piccola casa in riva al lago nella periferia di Eidercrest. Cosa facesse o in cosa esattamente fosse esperto non fu mai menzionato. Ma essendo un giovane agente con zero esperienza, Ben era abituato a questi briefing parsimoniosi: nessuno gli diceva niente e nessuno offriva informazioni volontariamente, a meno che non fossero rilevanti per il suo incarico. Quel poco che sapeva dell'organizzazione stessa avrebbe riempito un verbale di sole cinque pagine. Come la maggior parte del personale, ne conosceva il nome ufficiale — la Mycelia Sterilia Society, o MSS — ma prese l'abitudine di chiamarla «l'organizzazione» per poterne parlare in pubblico senza preoccuparsi che estranei lo sentissero per caso. Non che la sua esistenza fosse un segreto: l'organizzazione non si nascondeva. Ma proprio come quel termine semplice e astratto, essa faceva affidamento sull'anonimato per non essere notata, svolgendo operazioni in segreto, dominando una rete nebulosa di contatti, e avendo le mani in pasta in diversi settori come quello farmaceutico, di ricerca e sviluppo, e persino di beneficienza.

Ciò che trovò in biblioteca (oltre ai fascicoli sulla crisi idrica della città) fu una scarsa quantità di articoli di giornale che raccontavano il declino del turismo nella zona e la successiva vendita dell'hotel. Ben sospettava che quell'edificio in riva al lago, ormai condannato a chiudere i battenti, fosse stato acquistato da una società fittizia appartenente all'organizzazione, che in seguito demolì tutte le case vicine ad eccezione di una. Guardando vecchie foto, si poteva vedere che quest'ultima era stata rinnovata e ampliata. Con ogni probabilità, quell'unica casa era tutto ciò di cui avevano bisogno e, rimuovendo le altre, avevano ottenuto un'area spaziosa che avrebbe garantito distanza tra essa e gli spazi pubblici.

Questo ricordò a Ben la pratica orticola di potare i fiori appassiti per esaltare ulteriormente la bellezza del bocciolo in fioritura. Non che questo fosse servito a migliorare l'aspetto della casa che aveva di fronte: era un robusto edificio di legno, riparato da intrecci di rami di alti alberi sempreverdi. Si trovava ai piedi di un altopiano, torreggiava l'acqua del lago da una modesta altezza di circa tre metri: una struttura solitaria che si stagliava contro una foresta così fitta da impregnare l'aria di una sfumatura verde muschio. Inquietante come le foto sbiadite, un silenzio permeava quel luogo: non c'era alcuna brezza a smuovere l'immagine riflessa sulla superficie del lago, né a sussurrare attraverso i rami verdi. Era tutto molto tranquillo.

Grim, con il dito pronto a suonare il campanello della casa, si voltò e chiese: "Sei stato tu?"

"A far cosa?" chiese Ben.

"Pensavo di aver sentito delle risatine", rispose Grim, suonando il campanello.

Ben non aveva intenzione di rispondergli, ma un secondo dopo si ritrovò a dire: "Perché mai dovrei ridere?"

"Me lo stavo chiedendo pure io", disse Grim, suonando ancora il campanello.

"Te l'avevo detto io, che dovevi ignorarlo!" urlò una scontrosa voce femminile da qualche parte all'interno della casa. Sembrava giovane, soprattutto quando continuò a lamentarsi. "Uffaaa! Ecco un altro scherzo stupido di Jerris!"

Grim e Ben ebbero il tempo di guardarsi l'un l'altro prima che venisse alla porta una ragazza dai capelli rossi con un vestito ingiallito senza maniche. Dalla sua espressione imbronciata, era chiaro che si aspettava di vedere qualcun altro e non i due estranei, che ora fissava con occhi spalancati. Sbatté loro la porta in faccia.

"Signore..." disse Ben, mentre sentiva altre risatine provenire da dietro la porta chiusa. "Signore, è sicuro che abbiamo l'indirizzo giusto?"

"Indirizzo giusto, persona sbagliata", disse Grim, aprendo la porta ed entrando.

I due uomini si fecero strada nell'atrio in pannelli di pino, senza trovare la ragazza dai capelli rossi. Alla loro destra, una stretta rampa di scale conduceva al secondo piano; alla loro sinistra si trovava un piccolo soggiorno, dove un uomo sedeva su un grande divano verde. Li osservò mentre entravano. Non era il signor Atwood, ma un estraneo con una camicia in mussola di cotone, jeans e stivali a punta.

"Posso aiutarvi, signori?" chiese. L'uomo, né giovanissimo né di mezza età, parlava con cauta cortesia, come se fosse il padrone di casa. Si rivolse loro con uno sguardo di sfida, con un braccio appoggiato allo schienale del divano e la caviglia di una gamba magra sul ginocchio opposto.

"Il signor Atwood è in casa?" chiese Grim con lo stesso tono cauto.

L'uomo continuava a fissarli con un sorriso insoddisfatto, come se li avesse già studiati e trovati banali.

Grim lo ignorò e si diresse verso le scale, quando sentì dei passi precedere un individuo alto e malridotto che si sistemava la vestaglia mentre scendeva.

"Chi siete? Cosa volete?" chiese, sparando una domanda dopo l'altra.

"Radney Atwood?" chiese Grim per essere sicuro.

Anche Ben aveva i suoi dubbi. Avendo visto il profilo dell'esperto, trovava difficile pensare che l'uomo ben curato e con gli occhiali della foto fosse quella persona, con gli occhi arrossati e scocciato dalla domanda.

"Sì! Cosa volete?" rispose.

"Ho una consegna per lei, signore", rispose Grim con tono gentile.

"Non ho ordinato niente", borbottò Atwood, cercando invano di lisciare all'indietro i capelli arruffati, che ostinatamente tornavano al loro stato disordinato dopo ogni passaggio della mano.

"Si tratta di un regalo", disse Grim dopo una pausa di esitazione. "Un regalo dall'azienda, per ringraziarla per il lavoro svolto..." sottolineò, sperando che la sua risposta vaga fosse esaustiva.

E proprio quando Atwood sembrò aver capito, l'uomo sul divano si sporse in avanti.

"Se è una cianfrusaglia da due soldi con un logo stampato sopra, se lo possono tenere", disse, come se la questione riguardasse anche lui.

"Thane, per favore..." disse Atwood. "So gestire i miei affari."

"Certo, lungi da me immischiarmi nei tuoi affari..." Thane sorrise mentre si appoggiava allo schienale, allargando le braccia sul divano.

Grim interruppe il silenzio imbarazzante che seguì, chiedendo ad Atwood se potesse usare il bagno.

"Al piano di sopra... prima porta a sinistra", rispose Atwood, un po' distratto.

"Se non le dispiace... mi può mostrare dov'è?" disse Grim con uno sguardo che trasmetteva un comando nella richiesta educata.

"Certo... da-da questa parte", balbettò l'altro, accompagnando Grim su per le scale.

Appena si allontanarono, Thane si alzò dal divano e superò la porta d'ingresso raggiungendo il furgone parcheggiato fuori.

Ben lo seguì con gli occhi, ma troppo confuso dalla scena non si rese conto delle intenzioni di Thane, finché non sentì il forte rumore del portellone del furgone.

"Ehi!" gridò Ben, correndogli incontro. "Si allontani da lì!"

"Il vostro regalo, è qui dentro?" chiese Thane, indicando il baule grigio.

"Questa è un'informazione privata", rispose Ben, prontamente ignorato da Thane, il quale si avvicinò al lato del passeggero per sbirciare attraverso il finestrino.

Per essere un uomo a cui non spettava nulla, sembrava piuttosto ansioso di prendere il baule, osservò Ben mentre seguiva Thane con ansia, aspettandosi che aprisse la portiera e frugasse nel vano portaoggetti.

Invece lo strano uomo si voltò all'improvviso. "Ragazzo, chi è il tuo padrone?"

"Come, scusi?" balbettò Ben.

L'altro uomo emise un sospiro esasperato cercando di riformulare la frase in termini più semplici. "L'azienda per cui lavori, l'impresa a cui hai venduto l'anima, l'entità senza volto che fa penzolare una carota davanti al tuo naso."

"Questa è un'informazione privata", fu la risposta invariabile di Ben. Cominciò a desiderare che Grim fosse lì con la sua abilità di inventare cose sul posto per deviare domande invadenti.

"Questa è un'informazione privata..." lo imitò Thane. "Sai cos'altro c'è di privato? La proprietà su cui ti trovi..." disse, sconcertando Ben che non colse il punto dell'ultima frase.

Nel frattempo, Thane era andato verso il retro del furgone; il rumore del baule, che veniva trascinato sul pianale di cartone ondulato, riportò Ben al suo problema principale.

"Stia fermo!" gridò, spingendo indietro il baule.

"Che c'è? Ti sto risparmiando la fatica di portarlo dentro", disse Thane, riprendendo il baule.

Ben lo spinse indietro di nuovo. "I nostri affari sono con il signor Atwood. Questo non la riguarda", affermò, posando una mano sul baule per impedire a Thane di afferrarlo di nuovo.

Sorpreso, Thane fece una risatina, si allungò e gli diede un pizzicotto sulla guancia, come se fosse un bambino.

"Che ne dici di andare a inseguire quello scoiattolo? Fai il bravo, su..." gli disse.

Ben gli diede uno spintone, ma non fece altro che sorprendere Thane, che un attimo dopo rise e fece un gesto con le mani invitandolo allo scontro. Ben rispose con un altro spintone. Questa volta l'uomo indietreggiò di un passo o due, facendo sentire Ben più sicuro di sé. Di nuovo spinse Thane con la stessa forza, mettendo a tacere quella scettica voce interiore che gli diceva di non iniziare una rissa che sapeva di non poter vincere. O magari la sicurezza di Thane non era altro che una messinscena: forse era un codardo con la lingua lunga che non sapeva reagire.

Ma proprio mentre Ben si stava congratulando con sé stesso per aver messo al suo posto l'impiccione senza l'aiuto di Grim, Thane lo afferrò per la nuca e gli diede una testata.

Un dolore accecante fece barcollare Ben all'indietro; mentre si copriva il viso e cercava di trattenere le lacrime, sentì un rumore che dedusse essere il baule che veniva trascinato da Thane sul pianale del furgone.

Aprì gli occhi e vide la sagoma annebbiata di Grim, in piedi e di spalle, che fissava Thane. Quest'ultimo era caduto a terra sulla schiena e stava cercando di rialzarsi.

"Il signor Atwood manda i suoi saluti", disse Grim con sorprendente calma, ma non senza un'enfasi sarcastica sull'ultima parola. "Ha anche detto che ti conviene non farti più vedere da queste parti."

Con la vista mezza offuscata dal colpo all'occhio sinistro, Ben riuscì a distinguere la sagoma di Thane, che stava rialzando, ma non il viso: non era certo se sul volto dell'uomo in ritirata fosse apparso un sorriso o un ghigno di disprezzo.

"Tornerò più tardi", disse, e continuò a ridacchiare tra sé e sé, come se avesse salutato due amici diventati scontrosi e aggressivi durante un gioco.

Pochi minuti dopo, Grim e Ben si sedettero sullo stesso divano occupato in precedenza da Thane, aspettando che Atwood prendesse un sacchetto di piselli surgelati per la faccia contusa di Ben.

Quest'ultimo si guardò intorno durante l'attesa: con l'occhio buono sbirciò le pareti di pino coperte di grafici, tabelle e diagrammi incollati, cercando invano di decifrarli o di ottenere anche la più piccola informazione sul lavoro dell'esperto. Accanto a lui sedeva Grim, con le gambe distese e i piedi incrociati appoggiati sul prezioso baule.

"Non avresti dovuto farlo", gridò Atwood con voce sconsolata dalla cucina.

"Non avresti dovuto farlo entrare tu, come prima cosa", rispose Grim, inclinando la testa all'indietro per far sì che la sua voce attraversasse la porta.

L'esperto emerse con il sacchetto di piselli surgelati, tornando a somigliare un po' di più a sé stesso, ora che indossava gli occhiali dalla montatura spessa. "Se avessi saputo che sareste venuti, me ne sarei sbarazzato."

"Come ti sei sbarazzato della ragazza?" chiese Grim con fare provocatorio.

"Oh, lei è..." Atwood si interruppe, sorridendo verso il basso, e iniziò a giocherellare con il sacchetto. "Lei sta con Thane. Vengono qui ogni tanto e lei... insomma, si occupa della casa... cucina, pulisce..."

"Mmm, certo..." disse Grim. I suoi occhi socchiusi esprimevano scetticismo ben più della sua risposta.

"E Thane... Thane è un tipo a posto! Vero, a volte sa essere fastidioso... E potrebbe sembrare molesto, ma in realtà è innocuo! Non farebbe male a una mosca."

"E alle persone, invece?" ribatté Ben.

Atwood non rispose, ma emise un grugnito che avrebbe potuto essere una risata cupa. Porse a Ben i piselli surgelati.

"Come mai si trovava qui?" voleva chiedergli Ben. Ma la domanda gli sparì dalla mente pochi secondi dopo aver appoggiato il sacchetto gelato contro l'occhio e la guancia. Era stato avvolto in uno strofinaccio logoro e, mentre il dolore persistente si attenuava sotto il freddo, Ben decise che sarebbe stato meglio rilassarsi e ascoltare, tenendo con gli occhi chiusi.

"Tornerai a vivere come un eremita", disse Grim, mettendo i piedi a terra ben larghi. "Niente amici, niente appuntamenti, nemmeno un tecnico per riparare qualcosa di rotto o difettoso senza prima avere il via libera dell'organizzazione."

"Il via libera dell'organizzazione..." ripeté Atwood con uno sbuffo, mentre si accomodava su una sedia. "Non sono nemmeno un dipendente dell'organizzazione!"

"No, ma sei comunque sotto contratto", replicò Grim, fissandolo con uno sguardo tagliente. "Finché vivi sotto il loro tetto, segui le loro regole. L'univo motivo per cui ti hanno messo in questa casa in riva al lago è per tenerti lontano da occhi indiscreti."

"Che scemo, e io che pensavo che fossero interessati alla mia ricerca."

"In che senso?"

"Oh, non fare il finto tonto. Sai benissimo di cosa mi occupo."

"Dimmelo tu..." Grim scrollò le spalle, fingendo disinteresse per nascondere la sua lacuna.

Ma non ebbe l'effetto sperato. "Aha!" rispose allegramente Atwood battendo le mani, come a chiudere il discorso. "Al di sopra del tuo livello, giusto? Bene, allora non c'è altro da dire. Ora, non voglio essere scortese, ma se gentilmente poteste togliervi dai piedi, mi fareste un favore. Voglio iniziare a lavorare il prima possibile.”

Tornati al furgone, Grim telefonò al direttore, volendolo aggiornare sulla situazione.

“Sissignore. Il baule è stato consegnato. Solo una cosa: è stato in contatto con persone del posto.”

Ben trattenne il respiro, cercando di capire o almeno cogliere qualche parola proveniente dall’altra parte. Ma non fu così fortunato, specialmente dopo che Grim spostò il telefono sull’altro orecchio.

“No, non è tutto. C’erano due persone nell’edificio: una donna bianca, forse una studentessa liceale o universitaria, e un uomo, anch’egli bianco, sui trentacinque o quaranta anni... uno sfruttatore, a occhio... Sì, sospetto che abbia fatto uso di droghe ricreative. Li ho cacciati via, ma dubito se ne stiano distanti per sempre.”

*Ne hai cacciato solo uno*, pensò Ben, tenendo il commento per sé.

Nel frattempo, la voce all’altro capo si fece più forte, tanto che Ben riuscì a coglierne dei crepitii nel silenzioso abitacolo del furgone. Non era chiaro se il direttore fosse indignato in generale o stesse sfogando la propria rabbia su Grim, ad ogni modo quest’ultimo mantenne un’espressione neutra sebbene sempre più stanca.

“Beh, non volevo rischiare di far saltare la nostra copertura”, continuò Grim, una volta terminata la ramanzina. “Qualcuno potrebbe venire a cercarli e sembrerebbe sospetto se sparissero lo stesso giorno in cui arriviamo noi in città. Il rischio, per quanto piccolo, c’è... ma ovviamente è lei a decidere, signore.”

Ci fu silenzio dall'altra parte, poi Grim si spostò sul sedile e sollevò la testa, precedentemente china in contemplazione.

"Signore?" disse, con una nota di sorpresa. "Io... sissignore. Per quanto tempo? Sissignore. Nella stessa casa? Oh. Certo. Non so se... sì, certo, signore. Sono sicuro che ce la caveremo. Sarà fatto, signore."

"Cos'ha detto?" chiese Ben al termine della telefonata.

"A quanto pare, rimaniamo qui."

"Rimaniamo qui? Per quanto tempo?"

"Finché non sono soddisfatti degli sviluppi della ricerca e il nostro amico esperto non riga dritto."

# CAPITOLO 5

La luce del sole irruppe tra le nuvole pesanti in raggi inclinati e, come per assaporare quel mite mattino, Grim guidava con i finestrini abbassati, una mano fuori e i capelli sciolti che gli sferzavano il viso. Ogni tanto dava un'occhiata a Ben, lanciandogli segnali per poter avviare una conversazione, cosa che il giovane temeva e cercava di evitare.

Sebbene il baule fosse stato consegnato senza danni, Ben era ancora imbarazzato dal suo mezzo fallimento nel custodirlo; si aspettava che Grim gli dicesse qualcosa sulla falsariga di "Sei proprio bravo a tenere la guardia!" o "Forse la prossima volta imparerai a tenere gli occhi aperti, idiota!" o simili osservazioni che era già abituato a ricevere da colleghi e collaboratori ogni volta che qualcosa andava storto.

Indipendentemente da quanto Ben avesse contribuito o meno al fallimento delle missioni (o al raro successo), nella gerarchia del gruppo aveva il ruolo del novellino sfortunato che si prendeva la colpa per problemi di cui non aveva alcun controllo: se gli strumenti non funzionavano, era perché Ben non li aveva controllati; se i colleghi arrivavano in ritardo, era perché Ben li aveva rallentati. Ne sopportava il peso con vari gradi di frustrazione e indifferenza, sapendo per esperienza diretta che era inutile discutere con un gruppo più interessato a trovare un capro espiatorio che ad assumersi la propria responsabilità. Oltretutto era grato che la maggior parte degli abusi fossero verbali, con solo occasionali spinte o scappellotti.

Però stavolta Ben sapeva che qualsiasi punizione gli sarebbe toccata era giustificata, sebbene questo non lo rendesse particolarmente felice.

Un leggero colpetto al braccio fece trasalire Ben dai suoi pensieri.

"Come mai hai quel muso?" chiese Grim allegramente. "Ci hanno assegnato una minivacanza. Goditela finché puoi!"

Ben fissò confuso il compagno sorridente. "Pensavo che dovessimo tenere d'occhio il signor Atwood."

"Solo tenerlo fuori dai guai", lo corresse Grim. "O evitare che i guai bussino alla sua porta. Quindi direi di fare il check-in in un posto decente e ogni tanto passiamo a trovarlo per assicurarci che stia lavorando senza distrazioni, come da programma. Facile, no? Dai! Quand'è stata l'ultima volta che ti sei preso un giorno libero?"

"In primavera", rispose Ben, serio. "Mi è venuta l'influenza e ho preso un congedo per malattia."

Non riusciva a capire perché Grim trovasse la sua risposta divertente; tuttavia, anche Ben sorrise un po', contagiato dall'umore del collega e piuttosto contento che, per una volta, nessuno gli stesse urlando contro.

Iniziò a scendere una leggera pioggia quando raggiunsero Main Street, che mostrava segni di vita nelle auto parcheggiate sul lato opposto della strada e in alcuni clienti che entravano o uscivano da il Fornitissimo Emporio di Howard.

"Pensavo che avremmo fatto il check-in da qualche parte prima", osservò Ben mentre Grim parcheggiava di fronte alla Locanda del Tè.

"Possiamo chiedere un consiglio alla nostra guida locale", disse Grim, passandosi le dita tra i capelli scompigliati. "E poi le avevamo detto che ci saremmo fermati sulla via di ritorno."

Una campanella suonò non appena misero piede nella Locanda del Tè. L'atmosfera all'interno era misteriosa, grazie alle pareti scure e le luci soffuse. Entrambi gli uomini esitarono alla vista di tavoli e sedie vuoti, pensando che forse Olivia non era ancora tornata dalla sua commissione. Poi una voce familiare, proveniente dal retro del locale o forse dalla cucina, disse: "Arrivo subito!" Dopo essersi guardati per un secondo, i due uomini si sedettero a un tavolo, vicino a una grande finestra.

Mentre aspettavano, si guardarono intorno, ammirando l'interno cavernoso del locale, alleggerito da pavimento in legno chiaro, tavoli laccati e lampadari color rame che emanavano un caldo bagliore arancione. Sebbene il locale vantasse di grandi finestre, la luce del sole che filtrava attraverso di esse veniva assorbita dalle pareti nere.

Ben trovò il posto elegante ed enigmatico, ma fu Grim ad esprimere le proprie opinioni.

"Hai proprio un bel locale", disse a Olivia, mentre si avvicinava al loro tavolo. Sembrava li stesse aspettando, o almeno non era sorpresa di vederli.

"Grazie", rispose placida. Stava per dire qualcos'altro, quando lo sguardo cadde su Ben. "Cos'è successo alla tua faccia?"

La domanda portò Ben a toccarsi il viso, e il dolore che ne seguì gli ricordò il livido sempre più scuro.

"Oh, il baule... cioè il pacco che stavamo trasportando...

da consegnare..." balbettò, colto alla sprovvista. Sebbene non avesse intenzione di mentire, non voleva raccontare come si era procurato il livido.

"Lo stavo portando in questo modo..." proseguì in maniera sconnessa, sperando che Grim intervenisse e inventasse qualcosa per aiutarlo, "e mi è scivolato dalle mani e... mi è finito in faccia."

Olivia guardò Grim, che alzò le mani scrollando le spalle rassegnato.

"Continuavo a dirgli che non poteva trasportarlo da solo... secondo te mi ha ascoltato?"

Lei annuì, evidentemente non credendo alla storia ma decidendo di lasciar perdere. "Ti porto del ghiaccio."

"Oh, non è necessario", rispose Ben. "Ce l'ho già messo."

"Sicuro? Allora dell'arnica per l'infiammazione."

Ben accettò pur non avendo la minima idea di cosa fosse l'arnica.

"Ricordami di non chiederti mai di inventare una storia per me", disse Grim con un sorriso ironico non appena Olivia fu abbastanza distante.

Ben si trattenne e non replicò, emise solo un debole gemito mentre si nascondeva la faccia tra le mani. Ma non c'era tempo per crogiolarsi nell'imbarazzo, Grim gli diede un calcio sotto il tavolo per avvisarlo che Olivia era di ritorno.

"Fammi dare un'occhiata", disse, posando una borsa del pronto soccorso sul tavolo.

Ben alzò il viso per farle controllare il livido. Facendo ciò, fu nuovamente colpito dal suo aspetto e dal fascino dei suoi lineamenti dolci; forse era un gioco di luci nel locale scuro, o forse la sua visione era ancora annebbiata e imperfetta. Però sapeva con certezza che la sua vicinanza e l'odore di legno di sandalo che indossava lo facevano agitare, inaspettatamente.

Imbarazzato, abbassò lo sguardo, senza ascoltare ciò che Olivia diceva, né rendendosi conto di averle risposto finché non iniziò ad applicargli un unguento sulla guancia usando un bastoncino di ovatta.

Con un'occhiata a lato, Ben vide Grim che lo guardava, ma da quell'angolazione non capì se la sua espressione fosse neutra o nascondesse un sorriso debole.

"Fammi sapere se iniziano a lacrimarti gli occhi", disse Olivia, tamponandogli l'unguento intorno agli occhi.

"No, è piacevole..." disse Ben. Rendendosi poi conto di quanto la sua risposta suonasse strana, si affrettò ad aggiungere: "Hai un tocco delicato."

"Fa parte del gioco", rispose enigmaticamente. Il breve trattamento terminò un minuto dopo e, con la conferma degli ordini dei due, Olivia si ritirò in cucina, lasciando Ben a fissarla mezzo ipnotizzato. L'imbarazzo tornò ancora una volta e Ben evitò di girarsi verso Grim, aspettandosi di trovarlo a guardarlo con un misto di divertimento e pietà: il tipo di sguardo che lo faceva sentire ingenuo e inesperto. Da un certo punto di vista, lo era.

Nel tentativo di scoraggiare la socializzazione con estranei, l'organizzazione condonava tacitamente la fraternizzazione tra colleghi, sebbene ne fosse pubblicamente contro, considerandola il minore dei due mali, arrivando al punto di organizzare eventi sociali e chiudere un occhio sulle loro relazioni. Il risultato fu un programma aziendale chiuso e limitato, che generava più disprezzo che coppie felici. Questo deliziava gli apprendisti e i nuovi assunti, per non parlare di alcuni impiegati più anziani che frequentavano le serate come squali in attesa di carne fresca, ma la monotonia di vedere sempre le stesse facce e fare le stesse cose logorò Ben, il cui carattere timido e serio gli impediva di trovare una partner simile. E così iniziò a riempire le sue serate di lavoro extra nella speranza di ottenere una promozione.

Pensandoci su, Ben si rese conto di quanto la sua esperienza con le donne fosse stata limitata, e in un certo senso cominciò a capire come mai Grim si comportava come un soldato in congedo in cerca di occasioni interessanti. Sebbene l'organizzazione preferisse che il personale mantenesse le relazioni a proprio interno, non impediva esplicitamente di cercare un partner romantico al di fuori della cerchia ristretta, purché fosse chiaro che ogni violazione della sicurezza o fuoriuscita di informazioni si sarebbe tradotta nella loro eliminazione immediata. Come qualcuno giustamente disse, il loro legame con l'organizzazione si sarebbe stretto come un cappio intorno al collo.

L'idea di quel nodo scorsoio che si avvicinava sempre più a ogni tradimento percepito ossessionava Ben. Ma in quel momento la preoccupazione fu spazzata via dalla presenza di Olivia, mentre posava sul tavolo del tè e fette di torta. Grim mormorò una parola di ringraziamento e iniziò a mangiare, spingendo Ben a fare lo stesso.

La torta era eccellente, semplice ma ricca di sapore, era dolce e si abbinava perfettamente al tè. Di solito Ben preferiva il caffè, ma il tè era profumato e caldo, e apprezzò il cambiamento. Alzò lo sguardo per dirlo al collega, ma lo trovò a fissare il posto vuoto alla sua sinistra con occhi minacciosi e socchiusi e le sopracciglia aggrottate. Un pezzo di torta era rimasto sulla forchetta, e Ben si chiese se per caso a Grim non piacesse il gusto o l'avesse trovata strana.

"C'è qualcosa che non va?" chiese Ben.

L'espressione strana sparì non appena Grim alzò gli occhi, proprio come era accaduto quando erano parcheggiati di fronte al distributore di benzina.

"Hm?" mormorò.

"Niente di che", disse Ben. "Sembrava in pensiero per qualcosa."

Grim scosse la testa. "Buona questa torta... deliziosa", disse, facendo fuori l'ultimo boccone. Forse consapevole del tono forzato, cambiò argomento e disse: "Probabilmente Olivia ha un soprannome segreto per te, come per Atwood... «Fifone» o qualcosa del genere".

"Ah ah, che ridere..." Ben sorrise ad occhi bassi, segretamente emozionato dalla possibilità che Olivia avesse pensato a lui.


"Un motel qui vicino?" chiese Olivia, ripetendo le ultime parole di Grim. Stava portando via tazze e piatti vuoti quando le pose la domanda; lei si fermò a riflettere e lui aggiunse: "Un posto qualsiasi a cinque o dieci minuti di strada da qui sarebbe l'ideale."

"Il più vicino che conosco è nella città vicina, a circa venticinque minuti d'auto da qui", disse poco dopo.

"Non c'è niente qui? Una locanda o un affittacamere?"

"La gente solitamente non si ferma qui, a meno che non stiano da parenti. C'erano dei campeggiatori e dei senzatetto una volta, ma da quando c'è la comune non si sono più visti."

"Non vogliono estranei?" disse Grim, ricordando le parole della cassiera della stazione di servizio.

Lei rispose scrollando le spalle. "Non sono violenti... Solo territoriali. Preferiscono far allontanare gli estranei, piuttosto che far loro del male. Immagino temano che qualcuno possa arrivare e reclamare la proprietà o scacciarli. Non saprei come però... Tempo fa si spostavano sulla Main Street in grandi gruppi, uno spettacolo unico in una città fantasma come la nostra. Howard era solito scuotere la testa e dire «ah, se solo fossero turisti, invece che barboni scalzi». Visto quanti sono, potrebbero causare ogni sorta di scompiglio e nessuno potrebbe farci nulla. Ma Thane li tiene sotto controllo."

"Thane?" chiese Grim, mentre sia lui che Ben la fissavano.

"Nathaniel Moorhouse... ma preferisce farsi chiamare Thane, o altri titoli come Alfa o Boss..." Alzò di nuovo le spalle, ma senza derisione, come se riconoscesse una semplice e innocua peculiarità. "È il loro capo... forse addirittura una sorta di guida spirituale. Tempo fa era normale trovare mendicanti in Main Street, ma lui ha risolto il problema. Non gli piace il concetto di chiedere l'elemosina. Quello che racimolano, lo guadagnano lavorando, qualsiasi esso sia. Manda alcune donne a pulire e ad aiutare in giro... Non mi dispiace, mi dà la possibilità di dar loro del cibo ogni volta che ne ho in più, soprattutto se portano i figli con sé... Comunque, di cosa stavamo parlando?"

# CAPITOLO 6

"Quindi... che facciamo ora, signore?" chiese Ben una volta usciti dalla Locanda del Tè.

Grim storse la bocca da un lato, annuendo mentre pensava a come rispondere.

"Immagino che dovremmo comprarci un paio di sacchi a pelo e accamparci fuori dalla casa di Atwood."

Ben lo guardò con una punta di apprensione. La pioggia leggera era cessata, ma non gli piaceva comunque l'idea di dormire in tenda. "Perché non andiamo in un motel, signore? È un po' lontano, lo so, ma se ci alziamo presto al mattino, possiamo arrivare a un'ora decente."

"Non so, Ben. Più ci penso, e più preferisco rimanere vicino. Per un paio di notti almeno, giusto per tenerlo distante dai guai."

"Thane la fa preoccupare, signore?"

Grim, con gli occhi fissi sulle vetrine dall'altra parte della strada, fece un sorrisino calcolato per sminuire l'argomento. "Non sarebbe saggio da parte nostra ignorare un pagliaccio che vuole farsi chiamare Alfa. E poi ha detto che sarebbe tornato. Prendiamo solo ciò di cui abbiamo bisogno e poi andiamo là. Io andrò da Universo Sport, tu fai scorta di provviste dal Fornitissimo Emporio di Howard... cibo, articoli per l'igiene e tutte le bottiglie d'acqua che puoi trasportare."

Detto questo, si separarono, ognuno per la propria strada. Fuori dal negozio, Ben passò di fianco a un gruppo di stridenti liceali, che parlavano e ridevano davanti alla vetrina. Tra di loro c'era una ragazza, il cui viso Ben trovò familiare. Lo sguardo di fuggita che lanciò non gli diede la possibilità di vedere molto, ma l'idea di conoscere quella ragazza continuò a tormentarlo anche mentre attraversava le corsie strette del Fornitissimo Emporio con il cestino in mano.

Quel nome era una sorta di esagerazione: era un semplice e ordinario negozio di alimentari. Il cestino divenne presto pesante e Ben si mise in fila alla cassa, dove trovò cartelli colorati scritti a mano che dicevano «Consegniamo a casa!» e «Chiedi al nostro personale se non trovi quello di cui hai bisogno!». Di fianco c'era un cartello che sembrava più recente e diceva: «A causa dell'aumento delle temperature, non saranno più accettati soldi precedentemente conservati in reggiseni o calzini».

C'era Howard in persona a gestire la cassa, un tipo corpulento che chiese a Ben se avesse trovato tutto quello di cui aveva bisogno e poi continuò a chiacchierare, chiedendogli da dove venisse e cosa ne pensava della città mentre scannerizzava tutti gli articoli. Le risposte monosillabiche di Ben non avrebbero mai soddisfatto una persona veramente curiosa, ma sembrarono essere sufficienti per Howard, che mormorava e annuiva seguendo la conversazione.

Quando fu il momento di pagare, Ben si ritrovò a corto di venticinque centesimi, ma Howard ignorò questa differenza, gli disse di non preoccuparsene e gli augurò una buona giornata porgendogli un sacchetto e lo scontrino.

Uscendo, Ben colse le note acute di una risata che gli ricordarono quelle soffocate che sentì dietro la porta chiusa del signor Atwood.

Si fermò a osservare il gruppo, concentrandosi sulla ragazza che rideva di fianco a un ragazzo biondo dalle sopracciglia scure, che le teneva un braccio sulle spalle e si sporgeva per un bacio.

La ragazza aveva i capelli rossi raccolti e indossava una giacca leggera, ma senza dubbio era la stessa persona che aveva già incontrato, minuta e magra, con il mento sfuggente e gli occhi grandi, nascosti sotto le palpebre abbassate.

Mentre girava il viso per evitare il bacio sulle labbra, offrendo al ragazzo la guancia, vide Ben che la fissava. Il sorriso diventò un'espressione fredda. Con una spinta, che sembrava una mezza carezza, allontanò il ragazzo, che notò a sua volta Ben. Ma invece di prendersela per l'intrusione, il ragazzo rise e avvolse l'altro braccio intorno alla ragazza.

"Gli piace guardare, eh?" lo schernì. "Si sta godendo lo spettacolo? Vuole un assaggio?" sogghignò e fece finta di morderle la guancia.

L'espressione meschina della ragazza divenne più tesa, sentendosi a disagio mentre cercava invano di respingere il ragazzo o di divincolarsi dal suo stretto abbraccio. Ci provava senza sforzarsi troppo, come se avesse timore di opporre resistenza o di perdere la calma. Nessuno degli amici intervenne mentre il ragazzo continuava a molestarla; alcuni di loro sorridevano distaccati, come spettatori davanti a una commedia mediocre.

Ben abbassò rapidamente lo sguardo e attraversò la strada a grandi passi verso il furgone.

"E dai, torna indietro!" gli gridò il ragazzo. "Non fare il timido! Siamo tutti amici qui..."

Dal tono sembrava più una proposta che una provocazione minacciosa, e Ben quasi sperò che fosse la seconda.

"Sfigato!" urlò uno del gruppo in mezzo agli sghignazzi.

Una volta salito in furgone, Ben fu sorpreso di trovare Grim già dietro il volante, mentre caricava un fucile a pompa.

"Pensa sia davvero necessario, signore?" chiese, guardando nervosamente l'estremità delle canne.

Grim inserì altre due cartucce nel serbatoio di caricamento. "Solo per tenere a bada la folla, in caso qualcuno decidesse di portare con sé alcuni amici della comune. Non fa male essere preparati."

"E la sua pistola che fine ha fatto?"

"Mi è stata rubata. Perché pensi sia andato a comprare il fucile? E tu, cos'hai preso?"

"Ho preso dell'acqua..." disse Ben, tirando fuori una delle sei bottiglie. "E ho pensato che le sarebbe piaciuto del tè freddo, per cui ho preso qualche lattina."

"Ottima idea", disse Grim con disinvoltura, cosa che fece molto piacere a Ben, il quale continuò a elencare: "Dei cracker, marshmallow..."

"Marshmallow?"

Ben scrollò le spalle. "Non li ho mai assaggiati prima, signore, ma ho sentito dire che sono buoni un po' abbrustoliti sul fuoco."

Grim lo guardò divertito. "Che altro?"

*Pensa che io sia un idiota,* pensò Ben, frugando nel sacchetto. *Lui pensa che questa sia una gita, eppure sono io l'idiota.* "Vediamo... ho della zuppa..."

"Già pronta all'uso?"

"In lattina."

"Riportala indietro."

"Cosa? E perché?"

"Non abbiamo niente con cui scaldarla."

"Ma signore, aveva detto che se ne sarebbe occupato lei."

"Non sono ben forniti in quel reparto. Ci sono perlopiù attrezzi per la caccia e la pesca. Ho trovato solo un paio di sacchi a pelo e qualcosa per proteggerci", disse Grim, accarezzando il fucile appoggiato sulle gambe.

Ben non era contento che le canne del fucile fossero puntate su di lui.

"Signore, per favore, lo metta via."

"Calmati, ho messo la sicura", disse Grim; nonostante ciò, fece quanto chiesto dal giovane nervoso. "Riporta indietro le lattine di zuppa", disse, mettendo l'arma dietro i sedili. "Prendi del pane e una confezione di wurstel... e varie salse."

Ben fece una smorfia. "Wurstel?"

"Cosa c'è che non va nei wurstel adesso?"

"Ha idea di cosa ci sia dentro?"

Grim sospirò, ovviamente non in vena di discutere. "E va bene..." disse, aprendo la portiera e atterrando sul marciapiede con un saltello.

"Dove sta andando, signore?"

"A compare dei panini alla Locanda del Tè."


Mezz'ora dopo, Grim parcheggiò il furgone appena fuori dal vialetto della casa di Atwood, da quel punto poteva vedere chiaramente la porta d'ingresso e alcune finestre. Disse a Ben di rimanere dov'era mentre scendeva dal furgone e correva verso la porta. Questa volta fu il signor Atwood a rispondere, e sebbene Ben non riuscisse a sentire la loro conversazione, dedusse dai gesti che Grim lo stesse informando della loro presenza. L'esperto annuì con enfasi, bloccando la porta per impedire a Grim di entrare, arrivando quasi a spingerlo via quando Grim si sporse in avanti cercando di sbirciare all'interno della casa.

"Signore, mi è venuto in mente che potremmo semplicemente chiedere al signor Atwood se possiamo pernottare da lui" disse Ben non appena Grim tornò, dopo che Atwood ebbe sbattuto la porta d'ingresso.

"Potremmo, certo, ma il capo non ci vuole sotto lo stesso tetto. Non ci è ancora concesso sapere che cosa gli abbiamo consegnato, né la natura della sua ricerca."

"Ho notato che cercava di guardare dentro la casa, signore."

Grim scrollò le spalle con disinteresse. "Volevo solo assicurarmi che non stesse nascondendo ospiti indesiderati."

"Ho rivisto la ragazza di prima."

"Dove?" disse Grim voltandosi verso la casa, sporgendosi e scrutando le finestre per vederla.

"In Main Street, davanti al negozio di alimentari."

"Ah..." disse Grim. Sembrava avesse perso interesse nell'argomento, finché non chiese: "Era con qualcuno?"

Ben ripensò al gruppo di persone di prima, facendo fatica a definirli. "Immagino che fosse in giro con... alcuni amici."

Grim colse l'incertezza nella risposta, ma non disse nulla.

*Non sono affari nostri, non dobbiamo occuparcene,* pensò Ben richiamando una parte dell'ingiunzione che ordinava loro di non interagire con le persone, se non in caso di estrema necessità.

Con il passare del tempo, il sacchetto marrone contenente i panini della Locanda del Tè divenne sempre più invitante. Il sole aveva lasciato la posizione del mezzogiorno e intrecciava ora la propria luce scintillante con le fitte chiome degli alberi. Ben esitò un paio di volte, allungando la mano verso il sacchetto per poi ritirarla: temeva di prendersi troppe libertà mangiando davanti al suo superiore, che sedeva in silenzio con una gomma da masticare in bocca, il sedile spinto indietro e uno stivale appoggiato al cruscotto. Il giovane cercò di nascondere il suo allungarsi e ritirarsi fingendo di cambiare posizione sul sedile, finché Grim, senza togliere gli occhi dalla casa, mormorò: "Smettila di muoverti e mangia pure."

Ben fece come gli fu detto, togliendo con calma la spessa carta forno (un lusso se paragonata al cibo dei distributori automatici avvolto nella plastica!) e ammirando la farcitura a strati di tacchino, formaggio e una salsa rossa sconosciuta che poco dopo identificò come confettura di ribes. Apprezzò che Olivia in persona aveva preparato quei panini per loro. Con la mente tornò alla Locanda del Tè, alla sua eleganza naturale, l'atmosfera tranquilla e piena di mistero...

*Proprio come la sua proprietaria*, concluse Ben con un sorriso malinconico.

Grim fece presto la stessa cosa, scartò un panino e lo prese a grandi morsi, mandati giù con sorsi di tè freddo.

"Secondo te cosa contiene?" borbottò, svegliando Ben da un sogno ad occhi aperti.

Il panino era sparito, ma c'era ancora del tè nella lattina che Grim teneva in mano, inclinata.

"Un kraken, ecco cosa contiene", proseguì, rispondendo alla sua stessa domanda con un filo di voce così basso che Ben udì a malapena la risposta. "Un kraken, io lo so che è un kraken. Un maledetto kraken..." disse, sempre più nervoso dopo ogni ripetizione.

"Un kraken?"

Grim, che sembrava essersi ripreso da una trance, guardò Ben lievemente sorpreso, come se avesse dimenticato che il giovane era seduto lì.

"Cosa c'entra il kraken, signore?" chiese Ben per interrompere il silenzio imbarazzato.

Lo sguardo sorpreso durò ancora un po', trasformandosi in sconcerto quando Grim lo rivolse verso la casa. Infine disse: "Sai che cos'è un kraken?"

"Una creatura mitologica, giusto?" rispose Ben con il vago sospetto che non fosse quella la risposta che Grim stesse cercando.

"E un blob, sai cos'è?" disse il superiore, gli occhi fissi su Ben alla ricerca di una reazione involontaria. "Forse è così che lo chiamate nella tua cerchia. Niente? Dai... Sono sicuro che qualcuno deve averlo nominato, forse amici di altri dipartimenti."

"Non ho molti amici, signore", disse Ben. "Ne avevo alcuni durante la formazione, ma siamo stati assegnati a dipartimenti diversi e... beh, ognuno è impegnato con le proprie cose."

"E prima?"

"Ero all'Accademia Tomia."

"Sei un selvatico allora", disse Grim con un accenno di interesse, o forse apprezzamento.

"Preferiamo non usare quel termine, signore."

L'uomo fece spallucce. "Non c'è motivo di vergognarsi: il novantacinque per cento dei ragazzi che la frequentano provengono da orfanotrofi o quartieri poveri."

"So che riceviamo dei sussidi," continuò Ben senza staccarsi dal suo ragionamento, "ma ripaghiamo i nostri debiti."

"Arruolandovi, ovviamente", intervenne Grim.

"Abbiamo un impiego, abbiamo una carriera e un futuro..."

"Tutti con una storia di successo", concluse tristemente il superiore.

Ben ne fu seccato. "Cosa si aspetta, signore? Dubito ci siano molti membri dello staff che abbiano risposto a un annuncio e si siano presentati per un colloquio."

"No, vogliono una categoria specifica di lavoratori", concordò Grim, incrociando le braccia e appoggiandosi allo schienale del sedile.

"Non approva, signore?"

Grim gli rivolse un sorrisetto, riconoscendo la trappola tesa ed evitandola. "Avresti preferito rimanere in un orfanotrofio?"

Ben abbassò gli occhi tristemente. "Non sono nemmeno sicuro del motivo per cui sono finito in orfanotrofio. Avevo solo sette anni, ma so che al tempo i miei genitori erano vivi. Non ricordo di aver festeggiato compleanni. O eravamo troppo poveri, oppure erano troppo fuori di testa per ricordarsene. L'unico motivo per cui so di aver avuto sette anni allora è perché ho visto il mio certificato di nascita."

L'ultima frase colpì il superiore, che guardò il giovane con ammirazione mentre si metteva seduto dritto. "Certificato di nascita? Dove? Come?"

"Conosco una donna che lavora nell'Archivio. Ci siamo frequentati per un po' e il giorno del mio compleanno mi ha regalato una copia del mio certificato di nascita."

Grim fece un fischio. "E in cambio cos'ha voluto?"

"Come?"

"Insomma... deve averti chiesto qualcosa in cambio, magari in seguito."

Ben sorrise titubante. "Intende dire..."

"Tipo un aiuto o un favore... o magari ha chiesto una raccomandazione."

"Oh!" Ben fece una risatina. "No, per niente! Perché avrebbe dovuto volere qualcosa?"

"Mi sembra una cosa normale..." rispose Grim con un'alzata di spalle. "Un orologio o un fermacravatte sono regali. Ma un certificato di nascita? Non è facile da trovare. Probabilmente voleva qualcosa in cambio."

"Ne dubito, signore..." ribatté il giovane, un po' risentito. "Sono un novellino che viene spostato spesso di dipartimento... non ho conoscenze, né niente di utile da offrire in cambio."

Grim ci pensò su, battendo le nocche sul volante prima di annuire con il capo. "Allora si vede che le piacevi davvero tanto."

"Ma no, è che... Cioè, è una cara ragazza. Siamo ancora in buoni rapporti, anche se non ci frequentiamo più."

"Sai se è single ora?"

A Ben non piaceva né lo sguardo di Grim né il tono della domanda appena postagli. "Non penso sarebbe interessata, signore. L'ultima volta che ci siamo parlati, ha detto che era parecchio occupata."

"Ah..." disse Grim tornando a guardare la casa, lentamente cadendo in un silenzio vigile.

"Quindi?" chiese Ben.

"Quindi cosa?" rispose Grim.

"Non mi ha detto la sua storia, signore. Anche lei è stato pescato dall'orfanotrofio? È anche lei un selvatico come noi?"

Ci fu un sottile cambio d'umore tangibile nella risposta di Grim.

"Non mi ricordo."

"Non si ricorda?"

Gli occhi di Grim vagarono sul cruscotto, senza fermarsi verso una direzione precisa. "Ho qualche immagine qua e là in testa... come rimasugli di un sogno... di un ragazzo che conoscevo e che aveva il mio stesso nome..."

"Mi faccia indovinare... si chiamava Farfallone?" disse Ben con una risata, pensando di essere riuscito ad anticipare la battuta finale del superiore.

Però Grim non ammise lo scherzo sorridendo, sembrò invece come emergere da un pozzo oscuro in cui era precipitato con la mente.

Fece un respiro profondo e, rassegnato, scrollò le spalle. "Potrebbe anche essere, per quel che mi ricordo."

# CAPITOLO 7

Trascorsero il resto della giornata nello stesso punto, concedendosi brevi intervalli a turno per uscire, sgranchirsi le gambe e fare i propri bisogni. I metodi di quest'ultima attività erano una novità per Ben, a cui era stata consegnata una piccola pala per scavare una buca profonda almeno quindici centimetri per sotterrare i propri bisogni. Grim, vedendo lo sguardo umiliato del giovane, sorrise con una punta di malizia.

"La realtà dei fatti è che non ci sono solo storielle davanti al falò e marshmallow, caro il mio pivello", disse, sporgendosi dal finestrino per dare un colpetto alla testa di Ben.

"Non ho mai detto il contrario..." ribatté debolmente Ben, mentre si voltava e si inoltrava nel bosco.

"Metti un sasso sul tuo posto, quando hai finito", disse Grim dal finestrino. "Non perderti. E stai attento agli orsi", aggiunse. Ben pensò che fosse una battuta... o almeno sperava che lo fosse. Di sicuro il bosco sembrava più vivo di quanto lo fossero loro quella mattina. Ogni tanto sentivano un ramo spezzarsi o l'eco rimbombante di qualcosa in lontananza, ma dopo la quinta o sesta volta in cui non succedeva nulla, furono meno propensi ad alzarsi o, nel caso di Grim, ad allungare una mano verso l'arma.

Quando il pomeriggio diventò sera e le temperature si abbassarono, cambiarono postazione e si sedettero all'aperto. Grim accese un piccolo falò, trovò un paio di sedie di plastica gettate vicino alla riva del lago e ci si sedette allungando i piedi stivalati verso il fuoco, intagliando un bastone di legno.

Ben, invece, era troppo irritato dalle piccole inconvenienze per apprezzare la vita all'aperto. Dall'occhio ferito si irradiava un mal di testa doloroso e persistente; i piedi gli rimasero freddi, anche dopo essersi rannicchiato nel sacco a pelo come gli aveva consigliato Grim; la sedia, apparentemente pulita, gli aveva macchiato la camicia bianca e i pantaloni color cachi; era inoltre convinto che le salviette umidificate e il disinfettante per mani non fossero adeguati o sufficienti per una corretta igiene. Avrebbe voluto esternare le proprie lamentele, ma dubitava che Grim lo avrebbe ascoltato con empatia. Invece il superiore continuava a fischiettare e lavorare lo stesso bastone, facendolo girare lentamente tra le lunghe dita annerite di tanto in tanto.

"Rimarremo a campeggiare qui?" borbottò Ben, cercando di non far tremolare la voce mentre teneva le mani gelide vicino al fuoco. "Sa bene che se Thane avesse davvero avuto intenzione di tornare, l'avrebbe già fatto ore fa."

Grim non disse nulla e continuò il suo lavoro artigianale.

"Sono certo che il signor Atwood abbia il buon senso di tenere porte e finestre ben chiuse", continuò Ben. "Non ha bisogno che noi rimaniamo qui a controllarlo come se fosse in un programma di protezione testimoni."

Grim non disse nulla e continuò a intagliare.

Ben guardò il bastone, reso sottile come una matita e con una lunga punta affusolata.

"Frecce, signore? Ci metteremo a cacciare della selvaggina? È questo quello che faremo?" continuò, sperando di provocare una risposta o anche uno sfogo di rabbia da parte del collega.

Tenendo la testa china sul suo lavoro, finalmente Grim parlò.

"Se non sei contento della sistemazione, puoi telefonare al quartier generale e chiedere loro che ti vengano a prendere. Forse invieranno un sostituto. Meglio ancora, potrebbero lasciarmi qui da solo finché non sono contenti. Ecco, tieni..." si alzò e porse a Ben il bastoncino affilato. "Usalo per infilzarci i tuoi marshmallow."

Ben seguì Grim con gli occhi mentre camminava, trattenendo l'impulso di lanciargli il bastoncino contro. Non era affatto una vacanza, come Grim voleva convincerlo che fosse, a meno che non odiasse così tanto il suo posto di lavoro da preferire rimanere in quella scomoda situazione. Ben invece avrebbe volentieri fatto a cambio con una giornata piena di interminabili riunioni: perlomeno quelle prevedevano pause per andare in un bagno con un impianto idraulico interno.

Fissò la casa con invidia, pensando a tutte le comodità che conteneva, e con perplessità si chiese che tipo di ricerca potesse essere in corso e come mai fosse un segreto. Si stava già facendo buio e le finestre non erano nemmeno illuminate. Più ci pensava, più tutto gli sembrava strano.

I suoi ragionamenti furono interrotti da Grim che gli porse mezzo panino al tacchino, una manna dalla Locanda del Tè. Ben lo ringraziò e accettò il cibo. Il panino era freddo ma ancora saporito, e il suo umore migliorò un po' dopo aver mangiato, tanto da provare a intavolare un'altra conversazione con Grim.

"Secondo lei, cosa sta combinando là dentro?"

Grim non rispose, ma seguì lo sguardo di Ben fino all'edificio nel quale era stato proibito a entrambi di entrare. Era evidente che il suo superiore fosse all'oscuro tanto quanto lui.

*Ma era proprio così?* si chiese Ben, ricordandosi del momento in cui Grim nominò un kraken o una creatura simile con inspiegabile veemenza. Stanco di porre domande senza ricevere risposta, Ben si rifugiò nei suoi pensieri, che lo portarono inesorabilmente verso la proprietaria della Locanda del Tè.

Cercò di analizzare cosa la rendesse così interessante, così attraente, e come mai a volte gli sembrasse una persona qualunque e altre di una bellezza sorprendente. Trovare una vera spiegazione era pressoché impossibile. Anche quando cercava di richiamare un'immagine di Olivia, ne ricordava solo piccole parti e sensazioni: questa mancanza gli fece venire voglia di andarla a trovare il mattino successivo.

Forse l'avrebbe fatto, se fosse riuscito a convincere Grim ad andare al locale per la colazione. Anche se non avesse voluto, non avrebbe trovato alcun motivo per rifiutare. Ma prima c'era la questione del sonno da risolvere, ossia decidere chi avrebbe dormito per primo mentre l'altro sarebbe rimasto di guardia.

"Rimango io sveglio", si offrì volontario Grim. "Tu vai pure a dormire. Ti sveglierò dopo mezzanotte... e poi sarai tu di guardia."


Quando Ben aprì gli occhi, era buio pesto. Gli ci volle un momento per ricordare dov'era e riconoscere la persona china su di lui, che gli scuoteva la spalla per svegliarlo. Ma la memoria gli ritornò velocemente, non appena Grim lo minacciò di farlo rotolare giù dal pianale del furgone, scuotendolo fuori dal sacco a pelo.

Un thermos rosso pieno di caffè, che lo aspettava vicino al fuoco, rese il risveglio meno brusco.

"Dove l'ha trovato?" chiese Ben sospettoso, pensando che Grim l'avesse abbandonato per tornare alla Locanda del Tè.

"Il signor Atwood ce l'ha gentilmente offerto, un paio di ore fa. Bevilo, io ne ho già preso qualche sorso per scaldarmi."

"Molto gentile da parte sua", disse Ben svitandone il tappo. Emise un sospiro di apprezzamento per il profumo ricco e rinvigorente, poi continuò: "Immagino che sia grato della nostra presenza, visto che siamo qui per tenerlo al sicuro."

"Beh, ci è voluta un po' di persuasione..." disse Grim, grattandosi la mascella ruvida, "ma alla fine ha cambiato idea."

Ben notò il fucile che Grim teneva in mano e si fece un'idea abbastanza chiara di che tipo di persuasione stesse parlando. Poco dopo, lo vide ritirarsi sul pianale del furgone, lasciandogli il compito di alimentare il fuoco e mantenerlo acceso.

Ora che era solo, Ben si ricordò del suo altro compito: annotare i comportamenti del collega. Stranamente nessuno l'aveva contattato per ricordargli della sua missione secondaria, a meno che il suo supervisore non avesse scusato il ritardo per via della permanenza prolungata. In ogni caso, Ben pensò che fosse meglio telefonare il prima possibile e riportare le proprie osservazioni, fintanto che erano ancora fresche in testa.

Aspettò mezz'ora, lasciando il tempo a Grim di cadere in un sonno profondo mentre ripeteva mentalmente il resoconto. Poi, usando la torcia del cellulare, Ben si inoltrò nel bosco, assicurandosi di essere abbastanza distante da non essere sentito, e telefonò al numero che gli era stato dato. Aspettò il segnale acustico e registrò il suo messaggio:

"Valutazione del Soggetto 6753-2. Nome scelto dal

soggetto per questa missione: Grim. D'ora in poi il Soggetto sarà chiamato con questo nome. Io e Grim ci siamo recati..."

Una volta tornato all'accampamento, Ben lo trovò stranamente scuro e ipotizzò che forse la sua temporanea assenza gli avesse in qualche modo ricalibrato la vista. Ma, come scoprì poco dopo, vide che il fuoco si stava spegnendo.

Si precipitò verso di esso, maledicendosi per essersi dimenticato di aggiungere legna prima di allontanarsi, e iniziò ad ammucchiare bastoncini sui tizzoni accesi. Ma poiché erano umidi, soffocarono il fuoco invece di rianimarlo.

Certo che Grim avrebbe avuto dei sospetti, Ben cercò ansiosamente qualcosa per alimentare le braci. Gli occhi si fermarono sul thermos rosso vicino al fuoco spento e, preso dalla disperazione di coprirsi le spalle, svitò il tappo e cosparse di caffè il mucchietto di ramoscelli e cenere, facendo sembrare che il thermos si fosse accidentalmente ribaltato, rovesciandone il contenuto sul fuoco.

Dopo aver escogitato una scusa accettabile, rimaneva il problema di rimanere al caldo per le successive cinque ore. Non c'era che il furgone a ripararlo e, riflettendoci, non era nemmeno male come rifugio: era troppo stretto per dormire comodamente, ma almeno era asciutto e soprattutto era pur meglio che rimanere a tremare all'aperto.

Riuscì a salire e chiudere la portiera senza svegliare il collega, che inspiegabilmente dormiva come un sasso sul pianale, e si sedette rivolto verso la casa di Atwood.

Le finestre erano buie, ad eccezione di un occasionale bagliore visibile al secondo piano, che Ben immaginò venire dalle luci del bagno, che appariva e spariva ad ogni apertura e chiusura della porta.

Sentì qualcosa cadere in acqua: accigliato, si sporse in avanti, sforzandosi di mettere a fuoco il lago oltre la casa e gli alberi. Ma sotto un cielo senza luna il lago era una pozza d'inchiostro che non lasciava trapelare i propri segreti. Riappoggiandosi al sedile, Ben vide nuovamente la debole luce accendersi al secondo piano della casa, per poi scomparire.

Il cielo era tinto di rosa cenere quando gli occhi di Ben si riaprirono. Non si alzò di scatto, ma si sedette ben diritto, affaticato dalla sensazione di aver dormito durante il resto del suo turno di guardia. Quando se ne rese conto, si lasciò prendere dal panico, uscì dal furgone con gli occhi annebbiati e si precipitò verso il lago per schiaffeggiarsi un po' d'acqua sul viso. Il trambusto doveva aver disturbato il superiore, che lo chiamò con il tono di voce di uno che si è svegliato di soprassalto.

"Sono qui, signore", disse Ben voltandosi, usando la parte davanti della camicia per asciugarsi la faccia mentre tornava indietro di corsa.

Grim, aspettandosi problemi, era già uscito dal sacco a pelo ed era pronto con il fucile in mano sul pianale del furgone in maglietta nera e pantaloncini.

"Cos'è successo?" chiese non appena vide Ben.

"Niente, niente!" gridò quest'ultimo. "Va tutto bene, signore", aggiunse, riprendendo fiato mentre osservava la casa. Illuminata dall'alba rosea, il silenzio e le finestre chiuse sembravano confermare quanto appena detto.

"Dov'è Atwood?" chiese Grim.

"In casa, immagino" balbettò Ben. "Cioè... sono sicuro che è in casa, signore." Si voltò per seguire lo sguardo del collega e il cuore gli fece un doloroso salto in gola quando vide la porta d'ingresso leggermente aperta.

Grim spinse da parte Ben, che lo fissò in un silenzio sbalordito. Il panico e il terrore gli avevano congelato la mente, e non poté fare altro che seguire le impronte lasciate dagli stivali di Grim sulla terra umida.

"Atwood!" gridò Grim. La sua voce era ormai distante da Ben: quando alzò finalmente lo sguardo, si rese conto che l'altro era entrato in casa.

Ben lo seguì ed entrò a sua volta, troppo sconvolto per chiedersi se fosse il caso di commettere una violazione di domicilio.

La porta doveva essere rimasta aperta per un po' di tempo: l'aria esterna era entrata nell'ingresso e le assi lisce del pavimento, lucide della luce del giorno che stava iniziando, erano ghiacciate. Una quiete terribile e immacolata regnava nell'intera casa, nessuno dei due osò aprire bocca. Cos'avrebbero potuto dire? Cos'avrebbero mai potuto dire di fronte a una casa in perfetto ordine, con il suo unico inquilino sul tappeto del soggiorno, sdraiato a faccia in giù in una pozza di sangue?

# CAPITOLO 8

Non fu la vista del cadavere a far star male Ben. Non subito. Fu il senso di colpa ad avere la meglio: le conseguenze delle sue azioni stavano aumentando e la verità sarebbe inevitabilmente venuta a galla.

Si rifugiò in un cespuglio vicino, cadde su mani e ginocchia e iniziarono i conati.

Febbricitante e gelido allo stesso tempo, rimase ad ansimare vicino al suo vomito, troppo debole per spostare i rami che delicatamente gli carezzavano la guancia come mosche fastidiose. L'immagine gli provocò un altro conato, sebbene avesse già svuotato lo stomaco.

Alla fine, uscì dal cespuglio a carponi, si appoggiò ad un tronco d'albero per rimettersi in piedi e in qualche modo riuscì a tornare alla casa.

Grim sembrava essersi dimenticato di lui: Ben ipotizzò che forse anche lui fosse stato vittima di un attacco di nausea. Ma non era così: dal piano di sopra si sentì lo stridio di qualcosa di pesante che veniva trascinato sul pavimento, seguito da un forte rumore di altri oggetti che cadevano a terra.

Il rumore sorprese Ben, che si fermò a metà delle scale e che si chiese se per caso il superiore stesse lanciando oggetti in un impeto di rabbia. Non l'aveva mai visto perdere la pazienza, e questo lo spaventava ancora di più.

Tormentato dal rimorso, Ben si aggrappò alla ringhiera mentre si sedeva sui gradini stretti. Qualcosa gli pulsava in gola: non il cuore che batteva, non un altro attacco di nausea, ma qualcosa che produceva un sibilo sottile ogni volta che inspirava. Non reagì quando il piede di Grim gli pungolò la schiena, finché non gli ordinò di alzarsi.

"In piedi, forza. Dobbiamo trovarlo."

Il tono sorprese Ben: c'era un senso di urgenza, ma senza troppa rabbia.

"Trovare cosa, signore?" chiese con voce secca e rotta, tanto che lui stesso riuscì a malapena a sentirsi.

Grim gli diede un'altra spinta con il piede finché Ben non gli fece spazio per lasciarlo passare.

"Quello che gli abbiamo consegnato", rispose il superiore mentre scendeva, saltando gli ultimi gradini. Dopo pochi secondi, il caos ricominciò in cucina, interrotto da imprecazioni occasionali di Grim.

Paragonato a lui, Ben si sentiva come una lumaca: trascinò i piedi fino al soggiorno e si fermò alla vista del corpo prono del signor Atwood.

Sebbene a faccia in giù, la testa era parzialmente girata e mostrava un solo occhio, opaco e spaventosamente spalancato: uno sguardo per sempre fisso e vuoto. La mente di Ben non riusciva ad accettare che fosse un cadavere, un involucro abbandonato che non era più il signor Atwood.

"Che cavolo stai guardando?" urlò Grim quando emerse dalla cucina e trovò Ben immobile.

"Il signor Atwood..." riuscì a dire Ben, gli occhi fissi sulla mano esangue.

Grim prese una coperta dal divano e la gettò sul corpo. "Adesso muoviti. Inizia a cercare il baule, o il suo contenuto, o qualsiasi cosa ti sembri estranea alla casa. Forza, cerca!"

E senza aspettare una risposta, gli passò di fianco e iniziò a scandagliare il soggiorno. Non passarono venti minuti prima che ogni possibile ripostiglio e nascondiglio nella casa fosse stato ribaltato.

Alla fine, Grim si allontanò da un armadio saccheggiato. Si muoveva lentamente, con le mani giunte sopra la testa e il viso svuotato di ogni emozione.

"Non c'è più..." disse con una terribile calma che schiacciò Ben come una lastra pesante. Un momento dopo Grim urlò il suo nome e il giovane sussultò visibilmente.

In uno spazio così piccolo e con molti mobili capovolti, non aveva alcuna possibilità di sfuggire all'ira del superiore.

"Com'è potuto succedere?" gli chiese, afferrandogli il braccio.

"Signore, non lo so, lo giuro! Non ho visto niente!"

"Il fuoco era spento quando mi sono svegliato", disse Grim, stringendo la presa. "Ti avevo detto di mantenerlo acceso! Come me lo spieghi?"

"Ho... ho rovesciato accidentalmente del caffè sopra", balbettò Ben, cercando di controllare il tono della voce.

"Non dirmi balle, Ben... Se inizi a nascondermi le cose, va a finire male."

Ben riuscì a frenare una risatina nervosa, trasformandola in un sorriso teso mentre si dibatteva nel cercare la risposta più giusta, indeciso se rivelare la verità o mantenere la copertura.

"Signore, lo giuro, non ho visto Thane o... o il signor Atwood, né nessun altro!" rispose infine. "Cioè... dobbiamo con... considerare altre possibilità, per esempio che ci fosse qualcun altro in casa, prima del nostro arrivo. O forse qualcuno è entrato dall'altro lato della casa."

Mentre parlava, cercò di liberare il braccio e ci riuscì per una frazione di secondo prima che Grim lo afferrasse per la maglietta e lo sbattesse contro il muro.

"Cazzate, Ben! Tutte cazzate!" tuonò l'uomo, scuotendo ripetutamente il giovane. "Mi stai dicendo che qualcuno è riuscito a entrare e uscire dalla finestra, portando via un baule di quelle dimensioni, senza fare il minimo rumore o attirare la tua attenzione?"

"Sign... signore, mi sono appena ricordato di una cosa!" gridò Ben con voce stridente. "Ho sentito qualcosa cadere nell'acqua ieri."

"Nell'acqua?" ripeté Grim, allentando leggermente la pressione del braccio premuto per il lungo sul collo di Ben.

"Sissignore. Nel lago."

Grim lo scrutò in faccia. "Ti sembrava qualcosa di grande?"

"Era... era piuttosto distante, quindi non ne sono sicuro. Ma doveva esserlo, se sono riuscito a sentirlo persino io, nonostante..."

Non aveva senso terminare la frase: a metà Grim lo lasciò andare e corse verso la riva del lago a perlustrarla.

Incapace di rimanere in piedi, Ben barcollò verso il divano, sul quale crollò e si sedette con la testa tra le ginocchia, ascoltando schizzi deboli provenire da Grim che guadava l'acqua poco profonda.

Il superiore tornò circa un minuto dopo, lasciando impronte bagnate sul pavimento in legno.

Ben balzò in piedi appena in tempo di evitare che Grim lo trascinasse giù dal divano.

"Vado fuori a cercare..." mormorò con occhi bassi, dirigendosi verso la porta.

"Lascia perdere! Non c'è altro che spazzatura in acqua."

"Sembrava qualcosa di piccolo, signore", puntualizzò Ben, condividendo un dettaglio che altrimenti avrebbe tenuto per sé, se l'attenzione non si fosse concentrata sul baule o qualcosa di quelle dimensioni. Grim gli lanciò un'occhiataccia di traverso; quel ritardo nella comunicazione sembrava far comodo a Ben, che aggiunse a bassa voce: "Forse è una cosa importante, signore. E se fosse stata l'arma del delitto?"

"Ne dubito. La gola dell'uomo è stata squarciata ed è morto dissanguato."

"Oh..." mormorò Ben, strofinandosi la gola con uno sguardo sofferente in direzione di Atwood. "Cosa facciamo adesso, signore?"

"Lo arrotoliamo nel tappeto e lo nascondiamo."

Ben si girò verso Grim, in piedi a guardare il corpo: con i capelli sciolti, la maglietta stropicciata, pantaloncini semplici e quell'espressione sorpresa di lieve disagio sul viso, sembrava un uomo che si sveglia al mattino e scopre che il proprio cane gli ha distrutto casa.

"Penso che faremmo meglio a fare una segnalazione, signore, e attendere istruzioni."

"Dobbiamo recuperare il baule, prima."

"Ma signore, è una violazione della sicurezza!"

"E cosa ci vuoi fare!" scoppiò Grim. "È già grave che Atwood sia stato ucciso sotto la nostra sorveglianza. Se scoprono che il contenuto del loro prezioso baule è sparito, ci prenderanno e ci faranno a pezzi!"

L'ultimo punto annullò ogni resistenza di Ben. Durante l'orribile procedimento di arrotolare il corpo di Atwood nel tappeto del soggiorno e nasconderlo dietro i mobili riordinati, Ben si aggrappò alle parole «noi» e «nostro» di Grim, implicando una responsabilità condivisa, quando avrebbe giustamente potuto dire «tu» e «tuo». Senza dubbio era questa la versione pragmatica della situazione: di solito chi comanda si assume la maggior parte delle responsabilità. Eppure, Ben era così abituato a colleghi e superiori che si salvavano la faccia attribuendogli la colpa, che gli sembrava quasi incredibile lavorare con qualcuno disposto ad assumersi parte delle responsabilità.

E se Grim avesse fatto così per ottenere il suo aiuto per insabbiare il tutto? Ma non aveva molto senso, considerato che era Ben il negligente tra i due e quello ci avrebbe rimesso di più. Però Grim era in libertà vigilata, quindi anche lui stava rischiando grosso...

Mentre Ben faceva questi ragionamenti, Grim andò al piano di sopra per rinfrescarsi e trovò una giaccia foderata in flanella, che indossò sopra gli stessi jeans del giorno precedente.

Una volta tornato al piano terra, disse a Ben di fare lo stesso, concedendogli cinque minuti per lavarsi il viso e mettersi addosso qualcosa di pulito.

Mentre si dirigeva verso il bagno, Ben passò davanti alla caotica camera da letto di Atwood, con il materasso rovesciato, libri sparsi un po' ovunque e altri oggetti personali a terra. La luce del sole entrava dalla finestra illuminando il disordine generale, e Ben provò compassione per Atwood: tutte quelle piccole cose erano state per lui fonte di conforto, e ora si trovavano sparpagliate in giro senza cura.

Ben non aveva mai avuto un contatto così ravvicinato con la morte, né era mai stato esposto a tutto ciò che ne conseguiva. Era stata sempre l'organizzazione ad occuparsene, coprendo tutto, dall'atto in sé alle conseguenze. Per lui la morte era un concetto astratto tanto quanto la nascita, una questione privata e circondata di mistero che si svolgeva a porte chiuse: una nuova persona arriva all'improvviso proprio come un'altra se ne va per sempre. E forse fu questa sua mancanza a conferire all'intera situazione una sensazione di irrealtà. Sebbene avesse aiutato Grim a disfarsi del corpo, lo shock aveva lasciato il posto all'intontimento, al punto tale che sentiva il bisogno di scendere le scale, srotolare il tappeto e guardare di nuovo il cadavere.

Ma aveva solo cinque minuti a disposizione e, invece di indugiare, si diresse verso il bagno, si spogliò e si rinfrescò, desiderando di avere più tempo per una doccia. Ad ogni modo fu contento di avere la possibilità di lavarsi, scambiando la camicia malridotta con una pulita e i pantaloni sporchi con un paio in velluto a coste marroni. Lo fece con riverenza, pensando a sé stesso e a come avrebbe voluto che i suoi effetti personali venissero trattati in sua assenza, raccogliendo e ripiegando alcuni vestiti sparsi. Non lo fece perché teneva particolarmente a quell'uomo, ma più che altro per una questione di rispetto, alimentato dal senso di colpa.

Trovò una giacca a doppio petto di lana blu scuro che pensò potesse essere utile contro il freddo; mentre la stava provando, il telefono di casa iniziò a squillare. Ben fissò la luce rossa che lampeggiava, chiedendosi chi potesse essere e se avrebbe dovuto rispondere o lasciar squillare.

Dopo il terzo squillo, Ben udì la voce soffocata di Grim che rispondeva dalla cucina al piano di sotto.

"Sì, alla fine siamo tornati qui", disse Grim, la sua voce sempre più chiara mentre Ben scendeva le scale e si fermava sulla soglia della cucina, spingendo indietro le maniche troppo lunghe della giacca.

"Il signor Atwood è stato così gentile da farci passare la notte qui", proseguì Grim con lo stesso tono cordiale che usava quando parlava con estranei durante le missioni. "Oh, abbiamo solo srotolato i sacchi a pelo e dormito per terra... Il signor Atwood? No, ha avuto una notte un po' pazzerella, è al piano di sopra che dorme come un sasso... Come? Ah, passeremo noi a prenderlo per lui... Non è un problema. Va bene. Ci vediamo tra poco."

"Chi era, signore?" chiese Ben non appena Grim rimise a posto il ricevitore.

"Olivia, della Locanda del Tè. Ha chiamato per sapere se Atwood volesse il solito ordine per la colazione e si è offerta di venire a consegnarlo. Le ho detto che saremo passati noi a ritirarlo."

"E il contenuto del baule?"

"Cosa c'entra?"

"Come, cosa c'entra? Signore!" protestò Ben seguendo Grim, che uscì dalla casa senza rispondere e salì sul furgone.

# CAPITOLO 9

Le prime ore del mattino promettevano una giornata dal cielo azzurro e limpido mentre i due andavano con il furgone verso la città. Nessuno aprì bocca durante il viaggio: Ben, da parte sua, rimase in silenzio principalmente per la vergogna, ma anche perché sentire qualsiasi altra cosa oltre al ronzio del motore lo avrebbe fatto innervosire ulteriormente. Gli occhi gli si illuminarono mentre guardava il panorama dal finestrino: sottili ruscelli che si intrecciavano tra rocce ricoperte di muschio, rami e foglie scintillanti sotto il sole. Si fissò su ogni minimo dettaglio, su ogni venatura e ogni superficie, nella speranza di soffocare i pensieri che gli rendevano i piedi irrequieti e le mani ghiacciate e contratte.

Main Street, mai particolarmente animata, era di nuovo deserta. Come il giorno precedente, Olivia era impegnata a spazzare il pavimento della Locanda del Tè quando arrivarono. Li salutò con un sorriso e con un'espressione serena ed energetica, porgendo loro la colazione di Atwood in un sacchetto di carta di mezze dimensioni, chiedendo se anche loro volessero qualcosa.

Grim passò il sacchetto a Ben e le chiese dove potessero trovare Thane. Erano così di fretta da aver lasciato il furgone con il motore acceso, pronti a ripartire non appena avessero ricevuto informazioni.

"Come mai cercate Thane?" Olivia chiese con distaccata curiosità.

"Solo una questione privata di cui mi devo occupare per conto del signor Atwood." Grim rispose con un sorriso. "Sai, Thane è stato a casa sua ieri, e a quanto pare ha preso in prestito qualcosa che il signor Atwood è ansioso di riavere."

Lo sguardo di Olivia si spostò su Ben, che scivolò all'indietro sul sedile per non mostrarle il viso.

"Avremmo potuto chiedere indicazioni al signor Atwood..." continuò Grim intuendo i suoi dubbi, "ma non volevamo disturbarlo."

"Posso dirvi dove andare," disse dopo un'altra pausa, "ma a meno che non vi abbia invitato, dubito che vi lascerà entrare."

"Fa lo stesso. Vogliamo solo parlare con lui."

"No, non hai capito... non vi lascerà entrare nell'area."

"Ne è il proprietario?" chiese Grim.

"Più o meno come i delinquenti locali si sentono proprietari del deposito di rottami", rispose Olivia con un'alzata di spalle.

"La proprietà non è sua, ma questo non gli impedisce di considerarla tale. Nessuno ha mai provato a cacciarli da lì. Immagino che sia possibile che l'abbia comprata, anche se non crede nella compravendita in contanti. Ad ogni modo, non fa entrare mai nessuno, a meno che non sia stato invitato... o abbia qualcosa da offrirgli."

"Intendi dire... fargli un favore?"

"O un'offerta in senso letterale."

Grim si guardò intorno, come se stesse cercando qualcosa

che potesse essere considerato un'offerta. "Siamo un po' a corto di bestiame", concluse dopo una rapida ricerca.

"Questo lo vedo anch'io", concordò Olivia. "Ma quello che vogliono è cibo, medicine e acqua pulita. Vivono vicino al lago e sono abbastanza sicura che quella sia la loro principale fonte di acqua... il che non è proprio il massimo, considerato che non ci si può nuotare, figuriamoci berla. Vanno a caccia e cercano di coltivare il terreno, ma dubito abbiano cibo in abbondanza. Thane vuole che la comune sia autosufficiente... disprezza la carità tanto quanto i soldi, ma non si può permettere di rifiutare provviste. Probabilmente acconsentirà a farvi entrare, se riuscirete a dargli qualcosa in cambio."

"Come fai a sapere tutto questo?"

"A volte un paio di membri della comune vengono qui al locale per aiutare con alcune faccende, non te l'avevo detto? Fu proprio un'idea di Thane, per ripagarmi del cibo che fornisco loro... perlopiù sono prodotti che non posso vendere, perché non sono più freschi."

"Pensi di riuscire a mettere da parte qualcosa che possiamo portare con noi? I negozi sono chiusi e abbiamo poco tempo. Qualsiasi cosa va bene, la prendiamo volentieri... pagandola, ovviamente... a meno che anche tu non sia contro i soldi."

"Non sono abbastanza idealista per fare a meno dei contanti", rispose con un sorriso sbarazzino.


Dopo aver recuperato una scatola di cartone contenente un pacchetto di farina, due dozzine di uova, una bottiglia di olio d'oliva e una decina di litri d'acqua filtrata, i due uomini tornarono indietro, imboccando una strada che curvava lungo l'altra sponda del lago.

"Qual è il nostro piano, signore?"

"Troviamo Thane. Gli facciamo pensare di aver portato un'offerta di pace. Poi lo obblighiamo a dirci dove ha messo il contenuto del baule. Dopodiché chiamiamo il quartier generale, riportiamo la situazione e diciamo loro che abbiamo il verme in custodia. Nella migliore delle ipotesi, ce la caviamo con una ramanzina."

"E se non ce l'ha, signore? Cioè... come fa ad essere sicuro che sia stato lui a prendere il baule?"

"Perché si comporta come un bambino che vuole rubarti il giocattolo nuovo, insieme a qualsiasi altra cosa luccicante che non può avere. Non sappiamo cosa ci fosse nel baule..." aggiunse Grim, lasciando la presa sul volante per distendere le dita. "Forse farmaci sperimentali, o un sistema di filtraggio avanzato, o documenti sulla ricerca che pensa di poter vendere o barattare..."

"Ieri sera ha detto qualcosa su un kraken, signore."

"Dico un sacco di cazzate, sai..." disse Grim. "Comunque, anche se fosse un oggetto senza valore, avrebbe potuto averlo preso come un trofeo. Se si considera davvero un maschio alfa, puoi scommetterci che si è offeso per il benservito che si è beccato ieri. Forse ha pensato che fosse stata un'idea di Atwood, e quindi si è vendicato."

"Povero signor Atwood", mormorò Ben, di nuovo con i sensi di colpa.

"Povero un corno!" sbottò Grim. "Quell'uomo era una fonte di guai, o c'era troppo vicino! Sapeva benissimo che non doveva immischiarsi con quell'idiota. Ma ormai è andata come è andata... Cosa c'è nel sacchetto?"

"Come dice, signore?"

"Il sacchetto che stringi al petto come se fosse un tesoro."

"Oh..." disse Ben, srotolando la parte superiore del sacchetto di carta e sbirciandone il contenuto. "C'è un muffin, del caffè e..." tolse il coperchio da un contenitore rotondo, "delle uova alla Benedict."

"Puoi mangiare le uova. Io prenderò il muffin", disse Grim.


La strada terminava davanti a un cancello di ferro, dove c'erano di guardia due uomini dall'aria annoiata: uno teneva un'arma appoggiata alla spalla, l'altro puntava un fucile al veicolo in avvicinamento.

Grim fermò il furgone a pochi metri dal cancello ricoperto di piante arrampicanti, abbassò il finestrino e, alla richiesta di specificare il motivo della visita, disse che stava consegnando merci da parte di Olivia.

La guardia con il fucile fece cenno al suo amico di controllare il retro del furgone, tenendo l'arma puntata sui due mentre ordinava loro di scendere e mettere le mani sul veicolo.

"Non mi aspettavo questo livello di sicurezza... nascondete delle testate nucleari lì dentro?" scherzò Grim mentre veniva perquisito.

La guardia lo ignorò, masticando un pezzetto di qualcosa e ruminando con ozio bovino, prima di passare alla perquisizione di Ben, che alzò le mani e dichiarò che non stava trasportando nulla, sperando così di liberarsi dell'uomo.

"Non è così che funziona, pivello", lo avvertì invano il suo superiore. E infatti la guardia afferrò Ben e lo sbatté contro il cofano del furgone, allargandogli le gambe per perquisirlo.

Dopo aver frugato tra le provviste, l'uomo armato riferì al compagno che era tutto in regola; dopodiché disse loro che potevano entrare, ma lasciando il furgone fuori.

Grim provò a convincerli che sarebbe stato più veloce entrare e consegnare il tutto con il mezzo.

Ma le guardie rifiutarono, dicendo che sarebbero state ben

contente di prendere personalmente la merce se non fossero stati in grado di portarla dentro a piedi.

Ben vide Grim contrarre la mascella, prima di arrendersi e acconsentire. Parcheggiò il furgone al lato della strada, assicurandosi che fosse chiuso a chiave prima di prendere la scatola con le provviste. Ben gli camminava di fianco, trasportando due taniche d'acqua da quattro litri e mezzo per mano.

Superato il cancello, passarono davanti a un cartello di legno il cui messaggio di benvenuto originale era stato coperto da una scritta nera fatta a mano che diceva «Rimango qui».

Davanti torreggiava il vecchio hotel: un edificio neoclassico a due piani. Da lontano si potevano vedere le tracce del suo antico splendore, sebbene quasi invisibili sotto le macchie secche del tempo che, come lacrime, scendevano lungo la facciata piena di crepe e di edera che si insinuava tra le finestre dai vetri frantumati.

Bambini correvano sull'erba incolta senza allontanarsi troppo dagli adulti, che erano seduti a terra o intenti a maneggiare piccoli barbecue portatili: sui carboni ardenti grigliavano funghi, patate, piccoli pesci e fettine di carne varia infilzati in ramoscelli affilati. C'erano anche bambini molto piccoli, portati in braccio dalle madri o tenuti per mano per non lasciarli avvicinare troppo al fuoco, attirati dai tizzoni incandescenti e dal fumo che saliva, più interessati a vedere come si preparava il cibo che a mangiarlo. Sebbene la maggior parte degli adulti fosse adeguatamente vestita con abiti rovinati o scoloriti, i loro bambini indossavano magliette troppo grandi o pantaloni di taglie sbagliate, stretti in vita con un pezzo di corda e accorciati per adattarsi alla loro piccola statura. L'alternarsi di chiacchiere, vagiti e clangori domestici di stoviglie smaltate era talvolta interrotto da grida acute o grandi risate provenienti da un gruppo di bambini, che si erano raccolti intorno a una vasca da bagno (stranamente posizionata all'aperto) e che spruzzavano acqua su un maialino impaurito, cercando di lavarlo o forse di affogarlo.

Dozzine di occhi fissarono i due sconosciuti e le cose che trasportavano: una serie di teste che, una dopo l'altra, alzarono lo sguardo dalle proprie occupazioni per posarlo sui due individui in avvicinamento, seguendoli da distante mentre passavano. Nessuno si avvicinò, né tantomeno tentò di prendere la merce che aveva attirato la loro attenzione, ma alcuni di loro cambiarono posizione, mettendosi come in attesa di un segnale per balzare in avanti e strappare loro il bottino di mano.

Ben scrutò furtivamente i volti inespressivi rivolti verso di lui, cercando tra essi quello dell'uomo che volevano incontrare. Finì addosso a Grim, che si era fermato di colpo davanti a lui.

"Qualcuno sa dirmi dove posso trovare il signor Moorhouse?" gridò, guardando la folla che si stava radunando intorno a loro. "Abbiamo una consegna per lui."

Una donna dai capelli bianchi e crespi, con addosso un semplice vestito di cotone, si avvicinò.

"Che volete da Baal?" chiese con voce scontrosa, fingendo di non essere interessata al contenuto dalla scatola.

"Stiamo cercando il signor Moorhouse", rispose Grim.

"Tu lo chiami così. Ha molti nomi, il mio Baal."

Grim, una spanna più alto di lei, la guardò con un breve cipiglio, prima di annuire lentamente.

"La signora dalla Locanda del Tè ha preparato questi per voi", continuò sorridendo. "Ha detto che alcune persone qui hanno bambini e un po' di cibo in più potrebbe far comodo."

La donna lo scrutò, strizzando gli occhi al sole, e trattenne una risposta, forse cercando di impaurirlo e fargli dire la verità.

"Molto gentile da parte sua", disse infine con un tono tutt'altro che riconoscente. "Dammi la scatola, ci penso io."

"Oh, non si preoccupi", disse Grim, allontanando la scatola dalla sua portata e facendo un passo indietro con una mossa scaltra. "Ci è stato detto di consegnarlo al signor Moorhouse in persona, ci può accompagnare da lui?"

Lei lo guardò torvo, evidentemente non apprezzando la risposta, e li fece aspettare sul posto mentre entrava nell'edificio per controllare se potesse farli entrare.

Nell'attesa, i due uomini spostarono ciò che trasportavano da un braccio all'altro e la folla si disperse, la maggior parte tornò a ciò che stava facendo prima. Da qualche parte in mezzo alla gente giunse una voce che canticchiava: "Fallo... fallo sanguinare, oh fallo sanguinare! Fallo sanguinare, fallo sanguinare, fallo sanguinare..."

Ben sentì un leggero strattone e, guardando in basso, vide una bambina che cercava di togliergli di mano una tanica d'acqua. Fortunatamente il padre intervenne e la trascinò via con sé senza degnare Ben di uno sguardo. Un minuto dopo, la donna dai capelli bianchi tornò e ordinò loro di seguirla nell'atrio cavernoso dell'hotel, dove un lampadario in frantumi giaceva a terra come se fosse un centrotavola decorativo su una distesa di rami e radici verdi, che si insinuavano tra le crepe del pavimento cercando la luce del sole che le alte porte finestre lasciavano entrare.

Grim lanciò un'occhiata a Ben sollevando un sopracciglio, come a dire: "Già che ci siamo...". Poi posò la scatola a terra e si sedette a gambe incrociate sul pavimento. Mentre Ben faceva lo stesso, teste che si giravano indicarono l'ingresso di una figura importante, che fece un passo tra la gente seduta tenendo le braccia aperte, lasciando che le dita allungate sfiorassero accidentalmente teste e scalpi mentre passava loro accanto.

Casualmente Ben era seduto proprio sul suo percorso e, sebbene avesse tentato di scansarlo, i polpastrelli di Thane gli sfiorarono i capelli, causandogli un incomprensibile brivido.

Thane raggiunse rapidamente il suo posto rialzato e si sedette, appoggiandosi su un gomito, scrutando la massa radunata, aspettando che gli ultimi bisbigli dei genitori che mettevano a tacere i figli si estinguessero. Il suo viso era oscurato dal sole che splendeva attraverso le finestre alle sue spalle, fondendo il suo profilo a quello del suo trono improvvisato. Una volta raggiunto il completo silenzio nella sala, si alzò in piedi e parlò.

"Abbiamo avuto un inverno rigido e una primavera difficile. Ma ce l'abbiamo fatta. Grazie alla natura che ci circonda, abbiamo prosperato sotto il sole estivo. Vi ho promesso un terreno fertile, libero e pronto per essere conquistato. E l'ho fatto. Vi ho detto che ci saremmo stabiliti sulle ossa e sulle rovine degli altri. E guardatevi intorno: come alberi possenti che mettono le radici, anche noi cresceremo su queste ricche rovine. Avremo una vita lunga e prosperosa. In passato questo posto attirava edonisti in cerca di piacere, ma a quanto pare non è più all'altezza dei loro standard e quindi lo evitano, proprio come evitano voi. Non ne vedono il potenziale. Bene! Io lo vedo, quel potenziale. Lo vedo in voi, in noi, in questa terra. Tra qualche anno vorranno venire nei nostri giardini, ma non li lasceremo entrare. Rimarranno fuori. Li terremo distanti perché sono velenosi. La loro economia vi ha resi poveri. La loro scienza ha fatto ammalare voi e vostri figli. Il loro sistema è truccato per far comodo a pochi prescelti, mentre prosciuga le nostre risorse e la nostra vita per intontire i nostri figli e contrastare il loro potenziale. Ma adesso basta!"

Ben si scollegò dal discorso e osservò la stanza, una distesa di volti, alcuni sorridenti ed altri pieni di rabbia, e vide delle figure che gli sembravano familiari: erano il ragazzo biondo e la sua ragazza, la stessa coppia che si trovava fuori dal Fornitissimo Emporio di Howard, solo che in quel momento era lei a premere il viso sul ragazzo, strofinandosi sul lato del collo, cercando di fargli distogliere l'attenzione dal sermone. I suoi sforzi furono però vani: lo sguardo del ragazzo rimase fisso sulla figura centrale davanti a sé, come se lei non ci fosse. Dopo un po', la ragazza si arrese e posò la testa sulla sua spalla.

Al termine del sermone, alcuni membri della congregazione rimasero nella stanza con l'intenzione di avvicinarsi a Thane. Grim li superò, usando la scatola ingombrante per farsi strada tra la gente.

"Ho bisogno di parlarti", disse a Thane non appena fu abbastanza vicino, interrompendo il giovane dai capelli biondi che si era fiondato davanti a loro per dirgli qualcosa. Il giovane, guardando i due, sorrise quando riconobbe Ben. Ma prima che avesse la possibilità di dire qualcosa, Grim gli spinse addosso la scatola con le provviste e gli ordinò: "Vai a mettere queste cose al fresco."

Thane non sembrò infastidito dall'intrusione, rimase sorridente e fece un cenno al ragazzo biondo. "Vai, Jerris. Porta tutto in dispensa", disse. Jerris, imbronciato, si allontanò.

"Sapevo che sareste venuti, me lo sentivo", disse Thane, stiracchiandosi sullo schienale della sedia.

"Bene", rispose Grim. "Che ne dici se saltiamo i convenevoli e ci restituisci quello che hai preso?"

Thane alzò le sopracciglia, sorpreso. "Quello che ho preso?"

"Senti, non sono qui per intromettermi nell'accordo che avevi con Atwood, qualunque esso fosse. Se avevi dei conti da saldare, sono affari vostri. Sono qui solo per riprendere ciò che non appartiene nemmeno a lui."

Thane, ancora seduto, appoggiò la testa su una mano, sporgendosi di lato. Rimase in quella posizione per qualche tempo, come se stesse riflettendo su qualcosa. C'era silenzio totale nell'atrio e si potevano sentire le grida lontane dei bambini che giocavano all'aperto. Illuminato solo in determinati punti, tutto ciò che non veniva toccato direttamente dal sole era nascosto nelle tenebre.

Infine Thane sollevò una mano e contrasse le labbra, scrollando bruscamente le spalle. "Non ho la più pallida idea a cosa tu ti riferisca."

Grim era in piedi con i pollici agganciati alle tasche anteriori dei jeans. Inclinò la testa di lato e, sotto le palpebre abbassate, gli occhi catturarono la luce solare, assumendo una sfumatura ambrata mentre si fissavano su Thane.

"Senti, buono a nulla..." iniziò con assoluta calma, "non sono venuto fin qui per vederti interpretare il ruolo del santone, o del leader illuminato, o qualsiasi altra stupidaggine pseudo ideologica tu stia cercando di diffondere. Sono qui per il baule e il suo contenuto, il baule che ci hai visto consegnare, proprio quello a cui giravi intorno, annusandolo come un cane che supplica gli avanzi, lo stesso baule che non è più dal signor Atwood..."

"Baule, baule, baule..." lo derise Thane in tono piatto.

"Sai bene di cosa sto parlando", disse bruscamente Grim mentre l'avversario ridacchiava.

"Ma la vera domanda è: tu sai di cosa stai parlando?" ribatté Thane, abbassando la voce a un registro confidenziale. "Vedi... non puoi andare in giro ad accusare gli altri di aver rubato la tua preziosa roba, quando non hai la minima idea di cosa sia stato rubato."

Grim, che si fece avanti per affrontarlo, si fermò a metà passo quando sentì un oggetto puntato contro la schiena. Anche Ben sentì qualcosa contro la schiena, di un diametro maggiore dispetto a quello della canna di un fucile.

In qualche modo, le guardie del cancello erano state convocate — o forse si erano spostate per proteggere l'atrio durante il sermone — e ora stavano puntando le loro armi contro i due intrusi.

In quel momento Ben capì il significato dell'espressione «avere le viscere in subbuglio», e per fortuna riuscì a non far trasparire il suo stato. Guardò Grim e copiò le sue azioni, mentre quest'ultimo alzava le mani, tenendo i gomiti ai lati del corpo. L'uomo conservò la sua compostezza: teneva gli occhi abbassati, non in umiliante sconfitta, ma con l'aria pragmatica di chi cerca di dare un'occhiata all'arma premuta contro la schiena, la cui punta della canna era scomparsa tra le pieghe della camicia, senza girare completamente la testa. Vederlo mantenere la calma rassicurò Ben, sebbene sentisse una debolezza paralizzante che stava per avere la meglio sulle sue gambe. La giacca di lana era abbastanza spessa da isolare la temperatura del fucile, ma ero difficile ignorare la pressione delle canne rotonde tenute contro la parte bassa della schiena, attaccate a lui come giganti sanguisughe.

Nel frattempo, Thane alzò entrambe le mani e le agitò in aria, lasciando che la luce del giorno gli filtrasse tra le dita. Le giunture in legno della sedia scricchiolarono nell'atrio semibuio e vuoto quando Thane si appoggiò allo schienale, incrociando la magra caviglia sinistra sopra il ginocchio destro.

"Direi che abbiamo finito qui", disse. "Questi due signori vi accompagneranno fuori. Portate i miei *saluti* a Olivia", aggiunse, imitando la precedente frase di commiato di Grim.

# CAPITOLO 10

Grim e Ben, seduti nel furgone fuori dal cancello, erano immobili in un silenzio umiliante. Il cuore di Ben batteva così forte da fargli venire la nausea. Grim era intento a controllare il fucile, assicurandosi che fosse ancora carico e che nulla fosse stato manomesso o rubato. Era il suo modo di impedire ai pensieri di galoppare liberi come stavano facendo quelli di Ben, il quale aspettò che l'altro avesse riposto l'arma prima di azzardare a dire: "Signore, penso che dovremmo chiamare il quartier generale. Se non facciamo la segnalazione adesso, le cose non faranno altro che peggiorare."

Grim aspettò qualche secondo prima di voltarsi verso di lui, alzando le sopracciglia con malizia: "Avremmo dovuto dare un'occhiata intorno, quando ne avevamo la possibilità."

Come risposta, Ben emise un leggero rantolo che voleva essere una risata sommessa. "Un'ora fa ha detto che saremmo usciti sia con il baule sia con quel furfante."

Grim fece spallucce. "Un'ora fa pensavo che saremmo entrati in una casa sgangherata, protetta da una manciata di teppistelli armati di mazze chiodate."

"Ed è per questo che dobbiamo telefonare al quartier generale, signore. Non possiamo affrontare la situazione da soli."

"Abbiamo ancora tempo per recuperare. Per il momento l'organizzazione pensa che qui sia tutto rose e fiori."

"E invece siamo in guai seri", disse Ben, guardando davanti a sé mentre si lasciava cadere sul sedile.

"Abbiamo un baule rubato, un esperto morto e il colpevole a piede libero: peggio di così non può andare", disse Grim con un cenno del capo.

Il giovane lo guardò a bocca aperta, indignato. "Come fa ad essere così calmo?! Stiamo parlando di disobbedienza agli ordini e una lunga lista di reati! Non ce la caveremo con una riduzione dello stipendio o una retrocessione... Ci faranno fuori! Nel senso... ci rinchiuderanno! Finiremo in carcere..."

"Un motivo in più per recuperare il più possibile. Non dire a qualcuno che gli hai rovesciato l'acquario quando i pesci rossi stanno ancora boccheggiando sul tappeto. Come prima cosa, dobbiamo scoprire cosa stiamo cercando."

Ben si piegò in avanti, nascondendo il viso tra le mani. "Non ce la faccio", gemette. "Mi fa male la testa. Non sto bene. Mi viene da vomitare. Finirò in una cella..." alzò la testa. "No, mi devo calmare. Devo fare un respiro profondo. Mi devo calmare. Devo fare un res..." continuò a mormorare, abbassando la testa finché non gli cadde di nuovo tra le mani. "Oh, ho bisogno di bere qualcosa!"

Mentre Ben rimaneva accasciato, Grim trovò uno stuzzicadenti e si appoggiò allo schienale del sedile con un piede appoggiato al cruscotto.

"Inizia a fumare", gli suggerì indifferente, addentando il bastoncino di legno senza distogliere lo sguardo dal cielo. "Almeno ti aiuta a rimanere lucido."

"Certo, ho proprio bisogno di un tumore!" ribatté Ben, lasciando cadere le mani per guardare storto il collega.

"Ah, preferisci un bel fegato grasso?" rispose Grim punzecchiandogli un fianco.

Ben sobbalzò e schiaffeggiò via il dito fastidioso del collega. "Beh, almeno non mi manderà nella fossa prima del tempo!"

"Già... una bella tomba al posto del pensionamento", disse Grim, tornando a masticare lo stuzzicadenti con un sorriso quasi malinconico. "Bella idea!"

Ben si voltò dalla parte opposta alzando gli occhi. Stava pensando al quartier generale e alla chiamata che avrebbe voluto fare in segreto, quando Grim schioccò le dita.

"La ragazza con cui uscivi..." disse, puntando un dito verso Ben, "quella che ti ha dato il certificato di nascita... Dove hai detto che lavora?"

"In Archivio", rispose Ben dopo una pausa incerta.

"Hai ancora il suo numero?"

"Penso di sì. Dovrei controllare la rubrica."

"Fallo subito."

"Come? E perché?"

Grim mise in moto il furgone e si allontanò dal cancello. "Tu trova il suo numero di telefono e io mi occuperò del resto."

Ben trovò velocemente il nome che stava cercando: Harper, Archivio. Forse Harper aveva scoperto anche il proprio cognome, ma l'aveva tenuto per sé. Nell'organizzazione ci si chiamava solo per nome; era una pratica comune e solo alcuni preferivano essere chiamati con il loro cognome, di solito proveniente da uno pseudonimo o un soprannome. L'unico altro metodo di distinzione erano i titoli, che venivano assegnati con le promozioni ai livelli superiori. Tutto questo veniva fatto con l'obiettivo di eliminare qualsiasi collegamento con l'esterno e impedire ai membri dell'organizzazione di cercare i genitori biologici o altri familiari. E sebbene non fosse esplicitamente proibito cercare di scoprire il cognome assegnato loro alla nascita, la procedura era così complicata da scoraggiarne ogni tentativo. Se il cognome, nonostante tutto, fosse stato scoperto, non sarebbe mai stato accompagnato da un documento ufficiale a confermarlo; oltretutto quando un membro ficcava il naso tra i fascicoli contenenti dati personali, veniva spesso segnalato e poi monitorato per attività sospette. Proprio per questo la copia del certificato di nascita di Ben era un oggetto prezioso e raro.

"Trovato", disse, alzando il cellulare.

"Bene" disse Grim. "Come hai detto che si chiama?"

"Harper."

"Harper..." ripeté Grim tra sé e sé, girando il volante per fare una svolta brusca.

"Perché ha bisogno del suo numero?" chiese Ben.

"Dobbiamo capire cosa c'è nel baule."

"Intende quello che abbiamo consegnato? Ma signore, lei lavora in Archivio. Non c'è quel tipo di informazioni in quel dipartimento."

"Perfetto. Non sospetteranno mai di lei allora."

"Certo che no, soprattutto se non riesce ad avere accesso a quelle informazioni", sottolineò Ben.

"Ma è riuscita a ottenere il tuo certificato di nascita, no? Non è un documento depositato negli archivi. Sono sicuro che la tua amica ha i suoi contatti."

"Se lo dice lei..." rispose Ben, anche solo per terminare la discussione senza dargliela vinta. "Vuole che la chiami adesso, signore?"

"Non ancora. Prima dobbiamo trovare un telefono."

"Perché? I nostri non vanno bene?"

"Preferirei usarne uno che non appartiene all'organizzazione, giusto per sicurezza."

Cominciarono dall'ufficio postale, di fianco al quale c'erano due cabine telefoniche: una era fuori servizio, l'altra era priva di telefono, coperta di graffiti e riempita di bottiglie vuote e lattine di birra schiacciate.

Ben, con le mani infilate nelle tasche della giacca, scrollò le spalle. "Potremmo usare il telefono del signor Atwood."

Grim ci pensò su, tenendo lo sguardo fisso sulle cabine inutilizzabili. "Potremmo, ma... non possiamo essere certi che non sia controllato." Rimase in piedi con le braccia conserte, osservando pensieroso la leggera oscillazione del ricevitore rotto che penzolava appeso a un cavo sfilacciato. Decise che avrebbero fatto un tentativo alla stazione di servizio.

Mentre percorrevano Main Street, Grim frenò bruscamente, poi fece marcia indietro di qualche metro finché il suo finestrino non si affiancò alle vetrate della Locanda del Tè.

Il portico del locale era pieno di scatoloni accatastati, sormontati da lampade da tavolo tutte diverse, uno stereo con due lettori per musicassette e tutta una serie di oggetti vari, che spesso rimangono sepolti in soffitte polverose. Ma ciò che aveva attirato la sua attenzione era un cartello bianco, posto in un angolo della finestra, che diceva: "Alloggio in affitto".

Appena scesi dal furgone, Olivia apparve con una cassa in legno piena di libri e una vecchia radiosveglia con il cavo avvolto intorno ad essa.

"Che succede?" le chiese Grim, mentre lei posava la cassa a terra, vicino a una pila di tascabili spiegazzati.

"Mi è venuto in mente di sfruttare meglio il piano di sopra", rispose. "Ci penso da ieri, da quando hai chiesto dove potevate pernottare. Mio zio viveva lassù, finché non è morto. Da allora quel piano è diventato una specie di ripostiglio."

"Quindi lo metti in affitto?"

"Beh, ha tutti i servizi: bagni con acqua corrente, elettricità funzionante, un piccolo..."

"Secondo te è pronto?"

"Direi di sì... devo solo togliere un paio di cose."

"Lo prendiamo noi."

Olivia ridacchiò. "Sapete, voi due siete già diventati i miei clienti preferiti!" Il suo sorriso si spense quando si rese conto che i due dicevano sul serio e la stavano guardando in attesa di una conferma. "Come? Veramente?"

Grim alzò le braccia scrollando le spalle. "Se possiamo rimanere per un periodo breve, allora certo."

"Quanto breve?"

"Affitti a ore?"

Lei scosse la testa con un sorriso teso. "Questo non è un motel. Direi un minimo di due notti."

"Per me va bene", fu la pronta risposta di Grim.

Olivia, pensierosa, non sapeva ancora se fosse serio o meno. "Pensavo che Spid... intendo dire, il signor Atwood... Avevo capito che vi ospitava lui."

"Solo per una notte. L'alloggio ha per caso una linea telefonica privata?"

La proprietaria della Locanda del Tè lanciò un'occhiata al piano superiore dell'edificio. "La maggior parte delle persone chiederebbe se l'acqua è potabile, o se c'è la televisione, o..." si mise le mani sui fianchi. "Ma sì, c'è una linea telefonica. Puoi ricevere chiamate, ma non puoi farne in uscita. Ho pagato..."

"Non c'è problema. Lo prendiamo", l'interruppe Grim.

Olivia emise un suono che avrebbe potuto essere di sorpresa o di protesta; anche Ben, a cui piaceva quella sistemazione per motivi più personali, temeva che il disinteresse del suo collega potesse ritorcergli contro.

"Non vuoi sapere il prezzo prima?" chiese Olivia.

"Certo, quant'è?"

"Dunque..." si fermò per un rapido calcolo mentale, "sono settantacinque a notte."

"Facciamo sessanta?" controbatté Grim.

Olivia sorrise, avendo trovato finalmente il limite al suo entusiasmo. "Settantacinque" insisté, incrociando le braccia.

"Sessanta e ti aiutiamo a spostare tutta questa roba."

"Settantacinque. Non è un prezzo trattabile."

"Che ne dici di cinquanta? Il ragazzo ti laverà i piatti e a fine giornata sei libera di buttarci fuori."

Si voltò per bloccare un'irrefrenabile risata di incredulità. "Ma come, non dovevate rimanere due o tre notti?"

Al che Grim rispose alzando le braccia in arresa. "Non posso permettermele se mi prosciughi tutte le finanze subito. Senti, so che gli affari non vanno esattamente a gonfie vele, vedo che vuoi sfruttare... scusa, che vuoi cogliere ogni opportunità. Ma non è previsto l'arrivo di un bus carico di turisti da un momento all'altro... Siamo gli unici estranei in cerca di un alloggio. Allora che ne dici di questo: sessanta a notte, più tutti i pasti nel tuo bel locale, che ne pensi? Ti assicuro che alla fine guadagnerai di più di quello che chiedi per l'affitto."

"E va bene..." disse Olivia, alzando le mani un po' restia. "Ma solo se accetti di pagare in anticipo e se mi aiutate a portare tutta questa robaccia nel capannone."


Nel giro di un'ora, l'ultimo scatolone era stato riposto nel capannone. E dopo aver pagato in anticipo, ribadendo che non gli importava se l'alloggio fosse in ottime condizioni o meno, Grim chiuse la porta delicatamente mentre Olivia si allontanava. Si diresse poi verso il telefono.

L'arioso monolocale era piuttosto luminoso, con pareti bianche e pavimenti chiari, arredato in modo modesto con due brandine militari come letti temporanei, una scrivania semplice appoggiata al muro e finestre rivolte verso sud che offrivano una chiara visuale di Main Street.

Mentre Grim si chinava sotto la scrivania per collegare il telefono, Ben gli rimase vicino a guardare fuori dalla finestra. Se avesse fatto tre passi indietro, le sue gambe avrebbero urtato il bordo della sua brandina.

"Ci siamo..." disse Grim, pettinandosi indietro i capelli sciolti mentre si rialzava. "Salvati questo numero e inoltralo ad Harper. Dille..." fece una pausa, cercando a un modo per trasmettere al meglio il messaggio, convincendola a richiamare quel numero sconosciuto senza destar sospetti.

"Le dirò di chiamare..." disse Ben, ragionando a voce alta, "e di prenotare un tavolo alla Locanda del Tè... per pranzo. E le dirò di provare l'insalata Raskovnik del loro menu segreto."

Grim trovò il tentativo ridicolo. "Pivello, vogliamo che ci richiami, non che blocchi il numero."

"No, non ha capito, signore. Nel folklore slavo, il raskovnik è un'erba magica che può sbloccare o rivelare tutto ciò che è bloccato o nascosto. Con menu segreto, intendevo dire di chiamare in incognito. E il pranzo, beh, intendevo dire di chiamare durante la sua pausa pranzo."

"Ah!" Grim annuì. "E come fai ad essere sicuro che capirà tutto?"

"Sono abbastanza certo che farà una ricerca su raskovnik, quindi scoprirà che non esiste veramente, e da lì in poi probabilmente capirà che il messaggio è in codice."

La reazione di Grim fu così bizzarra da quasi spaventare Ben: fece un passo in avanti, prese la testa di Ben con entrambe le mani, poi premette la fronte sulla sua, chiudendo gli occhi come se si stesse concentrando, mentre il giovane si guardava intorno nervoso e confuso.

"Cos'è appena successo, signore?" chiese, non appena Grim si allontanò.

"Volevo vedere se riuscivo ad assorbire un po' della tua intelligenza", disse l'uomo, lasciando la testa di Ben con una piccola spinta scherzosa.

Un'espressione confusa rimase stampata sul volto di Ben mentre si sistemava i capelli, controllando di nascosto se gli dolesse la fronte.

# CAPITOLO 11

Le due ore successive sembrarono infinite, in attesa che squillasse il telefono. Non sapevano ancora se Harper avesse ricevuto o letto il messaggio in codice.

"Ti ha risposto al messaggio?" chiese Grim. Seduto ai piedi della brandina, si appoggiò all'indietro stendendosi sulla schiena, tenendo i piedi ben piantati a terra.

Dalla sua brandina, Ben gli rispose con voce piatta: "No."

"Avresti dovuto dirle di chiamare per il brunch", affermò Grim dopo un minuto privo di novità.

Ben si accigliò: "Chi è che esce per il brunch?"

A quel punto Grim si alzò di scatto e si diresse verso la porta. "Quelli che non vogliono fare brunch a casa", gli rispose, mentre Ben si domandava dove stesse andando.

L'appartamento aveva due porte: una in cucina, che dava su una scala esterna, e una porta comunicante che si apriva sulle scale interne che portavano alla Locanda del Tè. Olivia disse che avrebbe lasciato quest'ultimo passaggio aperto fino all'orario di chiusura, e Grim ci passò attraverso per scendere a ordinare qualcosa da mangiare.

Un minuto dopo, Ben decise di seguirlo: il suo obiettivo non era accompagnarlo, ma sedersi in cima alla rampa di scale per origliare la conversazione con Olivia. Una parte di lui voleva ancora adempiere il compito assegnatogli di tenere sott'occhio il soggetto; sebbene non potesse vederlo, le scale erano così vicine al bancone da riuscire a sentire le loro voci anche da dove si trovava.

Grim doveva aver già ordinato da mangiare, visto che non sentì né convenevoli né domande generiche sulla loro sistemazione.

"Com'è andata con Moorhouse?" chiese Olivia.

"Oh, alla fine si è rivelato tutto un malinteso", rispose, sfuggendo alla domanda.

"Lo immaginavo. Non che io sia un'esperta in comportamento, ma Thane non mi sembra proprio il tipo che ruba."

"Come mai?"

"Non saprei... Forse non desiderare né necessitare le cose degli altri sono per lui motivo di orgoglio."

"Perché desiderare quando può prendere ciò che gli pare?" chiese Grim. Olivia lo guardò storto e lo spinse ad elaborare: "Insomma, si è impadronito di quel terreno, no?"

Lei gli rispose con una punta di impazienza: "Ascolta, non sono qui a difenderlo. Sto solo dicendo che rubare non sembra essere una delle sue inclinazioni. Tempo fa scherzò su come suo padre lo picchiasse quando era piccolo, gli lasciò delle grandi cicatrici per ricordargli di tenere le mani a posto..."

Il resto del discorso si perse in una serie di trilli provenienti dal telefono al piano di sopra, che aveva iniziato a squillare.

Ben si affrettò a rispondere, e sentì Grim che correva su per le scale prima di riuscire a dire: "Pronto?"

"Non ho tempo, quindi è meglio se ti sbrighi", disse Harper non appena rispose. Tra l'urgenza nella frase di Harper e il collega che gli diceva a gesti di fare qualcosa che non riusciva a capire del tutto, Ben rimase immobile finché Grim non gli strappò il ricevitore dalle mani e gli ordinò di chiudere la porta dell'appartamento.

"Harper", disse Grim, mettendo la chiamata in vivavoce.

La risposta di Harper crepitò attraverso i piccoli altoparlanti. "Chi sta parlando?"

"Sono un amico di Ben. Senti, ci serve il tuo aiuto per una cosa."

Una sirena iniziò a suonare da qualche parte vicino ad Harper.

"Dove ti trovi?" chiese Grim.

"Non è importante", disse alzando la voce per farsi sentire sopra il crescendo della sirena, che si spense poco dopo. "Dovrei essere in pausa pranzo. Ho solo cinque minuti a disposizione, quindi vieni al punto."

"Abbiamo bisogno che tu faccia una cosa per noi... trovare qualcosa di riservato."

"Hai il permesso..." iniziò a dire, prima di interrompersi con uno sbuffo sarcastico e abbassando la voce a un mormorio. "Cosa sto dicendo... ovviamente non ce l'hai, altrimenti non avresti chiamato me."

"Ascolta, sono in periodo di prova..." disse, e all'improvviso lei esclamò: "Vattene via!"

"Come scusa?" chiese Grim.

"No, non tu! C'è questo tizio che continua a tormentarmi, vuole qualcosa... Ti ho detto di andare via!" gridò, coprendo il microfono del ricevitore. "Se ti avvicini ancora una volta, ti arriva un cazzotto sul naso e non smetterò di dartene finché non ti avrò rotto tutte le dita di mani e piedi! Sì, hai capito bene! Ti sfido a riprovarci, bello! Ho un piede di porco proprio per i viscidi come te!”

Dopo una lunga pausa durante la quale Grim e Ben rimasero a fissarsi, quest'ultimo soffocando una risata nervosa, Harper tornò da loro.

“Se n'è andato, finalmente.”

“Vai in giro con un piede di porco?” chiese Grim.

“Niente battutine con me...!”

“E va bene, va bene... torniamo a noi. Siamo stati incaricati di consegnare un baule anonimo a un ricercatore: un certo Radney Atwood che abita vicino al Lago Penumbra. Vogliamo sapere cosa c'entra dentro il baule.”

“Perché?” chiese, sospettosa.

“Perché è sparito.”

“E allora chiamate qualcun altro. Non è di mia competenza.”

“Non posso”, disse Grim. “Sono in periodo di prova, lo sai.”

“No, non so un bel niente io”, ribatté lei. “Non so nemmeno chi tu sia.”

“Il mio numero identificativo è 6753-2. Mi puoi cercare nel sistema. Probabilmente anche tutti quelli che hanno collaborato con me sono sotto sorveglianza. Senti, il baule è scomparso e noi siamo nella merda. È per questo che ti abbiamo chiamato... nessuno sospetterà di te.”

“Ma non è di mia competenza”, sottolineò nuovamente.

“So di cosa sei capace. Ben mi ha parlato del regalo.”

“Quale regalo?” chiese, fingendo di non sapere a cosa si riferisse.

“Il suo certificato di nascita.”

“Quel brutto...!” farfugliò con una risata sbalordita che censurò l'epiteto principale, chiaramente deducibile dalle parole pronunciate e il tono della voce. Ben voleva dirle che stava ascoltando, ma Grim continuò dicendo: "Non stiamo cercando di ricattarti. Abbiamo solo bisogno del tuo aiuto."

Emise un sospiro lungo e stanco. "Non ho proprio voglia di finire nei guai."

"Dai... Farò in modo che ne valga la pena."

"E come? Dandomi soldi in cambio?" fece una risatina di derisione. "Perché ci manca solo questo: gente che mi controlla e mi chiede chi ha depositato un bel mucchietto di soldi nel mio conto."

"Sono una persona discreta", la rassicurò Grim. "Tengo dei contanti da parte per emergenze come questa. Ben ti invierà la loro posizione. Usala pure. Oppure no, se preferisci tenerla come garanzia."

Dopo un momento di silenzio, si sentì un nitido clic. Ben fissò l'altoparlante del telefono a bocca aperta, quando capì che Harper aveva riattaccato.

"Cosa mi sono perso? Perché ha riattaccato?" chiese con un filo di voce, incapace di riprendersi.

Grim lo ignorò e iniziò a scrivere qualcosa su un foglietto.

"Ecco", disse un momento dopo, porgendo a Ben un biglietto scarabocchiato. "Mandale questo in un messaggio."

Ben prese il pezzo di carta, ma si sentiva ancora troppo sconvolto per leggerlo. "Signore, ha riattaccato."

"Ehi, è ora che ti svegli", disse Grim, accarezzando energicamente il viso di Ben per farlo rivenire. "Dobbiamo mandarle la posizione dei soldi, e subito."

"Ma lei..."

"Ha il nostro numero", concluse il suo superiore. "Potrebbe avere il tempo di controllare se quei contanti ci sono veramente, se le mandiamo la posizione ora."

Mentre Ben copiava il messaggio, notò Grim prendere il portafogli, il cellulare e il portachiavi e dirigersi verso la porta della cucina.

"Signore?"

"Faccio un giro alla casa di Atwood. Voglio controllare che non abbiamo dimenticato niente. Oltretutto abbiamo lasciato i nostri vestiti là. Tu rimani qui, in caso Harper richiami."

Dopo che se ne fu andato, Ben fissò la porta della cucina in un silenzio stordito finché non sentì bussare all'altra porta.

"Ciao..." disse Olivia, aprendo la porta comunicante. "Ho visto tuo zio andarsene via senza prendere il pranzo, quindi ho pensato di portarvelo qui."

Ben guardò il vassoio che stava trasportando, facendo un passo indietro per lasciarla entrare, e vide che stava posando tazze e piatti sulla scrivania. Ben balbettò: "Pu... Puoi lasciare semplicemente il vassoio, se vuoi."

"Non c'è problema", disse. "E poi ho solo due vassoi. Non posso permettermi di lasciarvene uno qui."

"Giusto." Ben rise, spostando il taccuino e la carta scarabocchiata dalla scrivania. La luce del sole illuminava le braccia scoperte di Olivia, e per un momento Ben rimase incantato dal bagliore biondo dei suoi capelli setosi e soffici, che non aveva notato prima di allora.

"Come va la botta?" chiese, gli occhi verdi della donna fissi sui suoi.

"Meglio", rispose alzando la mano a sfiorare il livido che aveva quasi dimenticato e che gli doleva solo quando toccato.

"Ricordami più tardi di portarti dell'altra arnica..." disse, offrendo la pomata con una distaccata sollecitudine degna di un medico; e mentre Ben la ringraziava, non poté fare a meno di chiedersi se fosse generalmente una persona che si preoccupa per gli altri, o se ci tenesse particolarmente a prendersi cura di lui. Non pensò nemmeno alla possibilità che si occupasse anche dei membri della comune con uguale attenzione: avrebbe ferito il suo ego. Allo stesso tempo non diede mai per scontato che lei potesse provare sentimenti per lui, sebbene ne nutrisse un'incontenibile speranza che cercava di ignorare, come si cerca di ignorare un uccello che svolazza ostinatamente in una gabbia.

Il pranzo che aveva preparato includeva due tazze di caffè caldo, il cui invitante vapore aromatico si sollevò volteggiando. L'aria, l'ambiente, la compagnia: l'insieme era un balsamo perfetto per i suoi nervi logori. Voleva chiudere gli occhi e assaporare quel momento fugace: pensò addirittura di chiederle di sedersi con lui per un minuto, considerando la dolorosa possibilità di un rifiuto e la scarsa probabilità che lei accettasse. Intanto Olivia era rimasta in piedi in mezzo alla stanza a guardarsi intorno.

"Avevo dei letti singoli qui", disse guardando le brandine, "ma erano così rovinati... e le condizioni dei materassi poi..."

Ben non sapeva cosa rispondere, se non mormorare che le brandine non erano così male. A vederla lì in piedi si ricordò di quanto l'avesse trovata elegante nella sua semplicità, dalla camicia bianca immacolata che indossava sotto il grembiule marrone, al modo in cui attorcigliava i lunghi capelli chiari in una specie di treccia mezza sciolta, fissata sulla nuca. Quando si voltò verso le grandi finestre, Ben memorizzò immediatamente la curvatura ininterrotta che iniziava dalla punta del suo mento sollevato e le scendeva lungo il collo.

"Avete tutto quello che vi serve?" chiese. "Ho notato che non avete molte borse con voi."

"Oh, abbiamo tutto. È che..." fece un gesto vago con la mano. "Abbiamo lasciato tutto dal signor Atwood. Grim è andato a prendere le nostre cose."

Lei gli sorrise. "Ti permette di chiamarlo Grim?"

"Beh, certo..." rispose Ben, scordando per un momento che Grim era suo zio, secondo la loro copertura. Olivia reagì scrollando le spalle: "Forse sono troppo legata alle tradizioni. Mi sembrerebbe strano chiamare mio zio solo con il suo nome."

"Giusto, giusto!" rise Ben, mentre si sentiva il cuore sprofondare nello stomaco rendendosi conto dell'errore. Fino a qualche minuto prima si sentiva fortunato a non avere Grim tra i piedi a metterlo in secondo piano, ma in quel momento aveva troppa paura di dire qualcosa che avrebbe compromesso la loro copertura.

"Mi sembra di aver sentito dei clienti entrare", mentì Ben, lanciando un'occhiata alla porta comunicante, creandole una scusa per andarsene.

"No, penso tu abbia sentito la gente che sta qui fuori dal locale..." disse. "E poi, se qualcuno dovesse entrare, sono certa che Madlyn sappia occuparsene da sola."

"Chi è Madlyn?"

"Una ragazza che va alle superiori... Beh, probabilmente verrà bocciata se non si metterà a studiare seriamente."

Ben le rivolse un sorriso di esitazione. "Non ti seguo..."

"Lei e alcuni dei suoi coetanei hanno l'abitudine di passare più tempo alla comune che a scuola... soprattutto quel ragazzo, Jerris", spiegò Olivia, guardando fuori dalla finestra mentre parlava, come se si aspettasse di vederlo apparire da qualche parte in Main Street. O forse era solo il ricordo ad attirare il suo sguardo, come nel caso di Ben, che si sovvenne del gruppo di delinquenti che aveva incontrato fuori dal negozio di alimentari di Howard. Sapeva che Jerris era il ragazzo biondo perché Thane lo aveva chiamato per nome, e dedusse che Madlyn fosse quindi la ragazza dai capelli rossi al suo fianco.

"Quindi non fanno parte della comune?" chiese Ben.

Olivia continuò a guardare fuori e rispose: "No, sono solo ragazzi del posto che cercano di rimpiazzare famiglie troppo rigide o problematiche con altre."

"Pensavo che Thane non accettasse estranei nella comune."

"Diciamo che chiude un occhio per i membri giovani e facilmente impressionabili", disse guardandolo con un sorriso sarcastico, "soprattutto se può metterli a lavorare."

Gli fece tornare in mente l'episodio del giorno prima, quando Madlyn rispose alla porta del signor Atwood e Thane se ne stava seduto lì, come un intermediario che supervisiona una transazione. Un leggero brivido gli percorse la schiena e iniziò a porsi una serie di domande: se qualcuno fosse a conoscenza di quell'accordo illecito, se il signor Atwood avesse pagato per quei servizi, e se quella sordida faccenda fosse in qualche modo collegata al suo omicidio. Ma temendo di nominare Atwood e i suoi interessi, il giovane tenne i dubbi per sé.

Dopo poco la conversazione deviò su altri argomenti, come informazioni generali sulla città e come mai stavano trascorrendo qualche giorno in quel posto. Ben provò ancora una volta ad usare la carta dell'ignoranza, facendo finta di essere la povera vittima dei capricci di uno zio eccentrico. Non trovando nulla di interessante nelle sue risposte vaghe, Olivia decise di tornare al lavoro e scese al piano di sotto.

Ben chiuse la porta con un sospiro di sollievo e poco dopo Grim entrò dall'altra porta, portando sotto il braccio un fagotto fatto di vari vestiti.

"Ha chiamato qualcuno?" chiese con il fiatone, avvicinandosi alla scrivania, come se avesse sentito il telefono squillare.

Ben rispose scuotendo la testa, seguendo Grim con gli occhi mentre quest'ultimo gettava con noncuranza i vestiti in un angolo. Chiuse poi la porta della cucina e si mise a camminare avanti e indietro per la stanza, schiacciando un pugno nel palmo dell'altra mano.

"Signore, è successo qualcosa?" chiese Ben, agitato dal comportamento del superiore.

Grim si fermò e alzò lo sguardo.

"Il corpo di Atwood è scomparso."

# CAPITOLO 12

Grim scoppiò a ridere.

Quel suono fu così strano, così inaspettato, che all'inizio Ben non poté fare altro che rimanere fermo ad ascoltarlo, dimenticando la terribile notizia che lo precedette. Passato lo shock, un'ondata di calore gli annebbiò la mente.

"La smetta di ridere!" gridò, balzando in avanti per afferrare il collega, che si trovava seduto sul bordo di una brandina.

"Scusa... scusa", ripeté Grim, smorzando le risa. "Ma quando l'ho detto a voce alta, mi è sembrato quasi incredibile. Cioè, immaginati un cadavere che... *puff*!" disse, accompagnando la parola con un gesto da prestigiatore.

Sembrava sul punto di scoppiare a ridere di nuovo, ma alla fine riuscì a trattenersi sporgendosi in avanti e cullando la testa tra le mani. Rimase in quella posizione per qualche secondo; proprio quando Ben fu sul punto di dire qualcosa, Grim alzò la testa, lasciando cadere le mani tra le ginocchia.

"Hai presente quel tappeto in cui l'abbiamo arrotolato?" disse con calma, senza alcuna leggerezza negli occhi a parte un luccichio residuo delle precedenti risate. "Anche quello è scomparso. È come se fosse sparito nel nulla."

Abbassò lo sguardo accigliato, fissando lo spazio vuoto tra le ginocchia. Poi lentamente rilassò la fronte, realizzando qualcosa di nuovo.

"Sparito nel nulla..." annuì, trovando un nuovo significato in quelle parole. "Non è una cosa così negativa."

Ben colse ogni sillaba sussurrata, ma non riuscì a comprenderne il senso e ipotizzò che il collega volesse dire il contrario: "Non è una cosa positiva". Probabilmente era così angosciato da aver scambiato le due parole.

"Non è una cosa così negativa..." ripeté Grim, come se volesse convincere Ben, che fino a quel momento era sospeso tra l'incredulità e la negazione. Sentendo quella frase ripetuta, ebbe una sorta di mancamento che lo spinse ad afferrare il tavolo e la sedia per evitare di cadere.

*Grim è impazzito*, pensò Ben. Disse a voce alta: "Siamo fottuti!"

"No, pivello. Pensaci!" disse Grim alzandosi in piedi e inclinando la testa per inserirla nel campo visivo di Ben. Quest'ultimo aveva gli occhi spalancati, ma non riuscivano a mettere a fuoco il viso dell'uomo.

"Pensaci bene!" insistette Grim, afferrandogli le spalle. "Non possono punirci per qualcosa di cui non hanno le prove. Un cadavere è una prova incriminante. Ma un corpo scomparso è un'indagine ancora aperta."

Gli ingranaggi iniziarono a ruotare nella testa di Ben, ma così lentamente che gli ci volle mezzo minuto per rispondere.

"Ma non c'è più, signore. Scomparso o morto, non c'è più. E noi ne siamo responsabili."

"Lo so, pivello, ma vedila in questo modo: dov'era Atwood quando è scomparso?"

La domanda era così assurda che Ben si girò a guardare il suo superiore, che gli fece un cenno per spronarlo a rispondere.

"A casa sua", fu la risposta scontata, così ovvia che Ben quasi dubitò fosse la verità.

"Esatto", disse Grim. "E casa sua è una zona dove noi non possiamo entrare. Quindi come facciamo noi a sapere cos'è successo ad Atwood, se non siamo mai entrati?"

"Invece ci siamo entrati."

"Ma loro non lo sanno, pivello."

All'apparenza, aveva perfettamente senso. Eppure, mancava qualcosa, un dettaglio cruciale...

"Il baule", disse Ben.

"Cosa c'entra?"

"Ma come, cosa c'entra? Signore, non c'è più!"

"E quindi? Come facciamo a sapere che è scomparso se non siamo mai entrati in quella casa?"

"No, no, no!" gemette il giovane. "Questa è follia! Sta dicendo veramente che non dovremmo segnalarlo? L'unico motivo per cui siamo rimasti è proprio per tenere d'occhio la situazione qui! E come spiegheremo la scomparsa di Atwood? È negligenza, è... inaccettabile!"

"No, è solo una delle due cose", rispose Grim, facendo spallucce.

La frustrazione di Ben lo sopraffece: distolse lo sguardo con un'espressione disgustata, nascose il viso tra le mani, poi fece un respiro profondo prima di lasciarle cadere.

"E va bene, va bene. Mi spieghi il ragionamento, signore. Un uomo adulto, e un baule abbastanza ingombrante — contenente materiale riservato, oltretutto — scompaiono, letteralmente. E la nostra spiegazione è: sono scomparsi e basta." Si mise a ridere, mentre la sua voce diventava sempre più acuta mentre parlava. "Oh, fantastico! Scrivere il resoconto della missione sarà uno spasso!"

Essendosi sfogato da poco per l'ironia della situazione, Grim non rise con Ben, ma rimase voltato verso la finestra a guardare fuori. Con la sua reazione non voleva né mortificare né ignorare il giovane collega, ma Ben prese sul personale il silenzio imbarazzante che seguì e si offese. Era stanco di essere sballottato a destra e a sinistra dai capricci dell'altro.

Il giovane continuò a fissare ostinatamente la nuca di Grim: i suoi occhi grigi diventarono freddi e inespressivi, dietro il sottile strato umido e luccicante. Gli diede il tempo per voltarsi e ammettere che il suo piano era folle e impraticabile. Il tempo passò senza reazioni né cambiamenti, quindi Ben alzò le braccia e le lasciò cadere lungo i fianchi in segno di esasperazione.

"Prima uccide Atwood, poi nasconde il corpo. Quel tizio si sta prendendo gioco di noi, signore. Lo sa che ci sta prendendo in giro. Non possiamo far finta di niente. Dobbiamo agire!"

Ben fu quasi sorpreso nel sentirsi così assetato di vendetta, sebbene non potesse negare che il suo sfogo di rabbia e frustrazione avesse un sapore esaltante. Simili emozioni negative venivano spesso smorzate da un senso di colpa o dalla consapevolezza della necessità di ignorarle e passare oltre, senza agire spinto da sensazioni temporanee. Ma in questo caso la situazione era diversa, perché il responsabile dei loro problemi si era rivelato amorale, e soprattutto se l'era cercata; inoltre, il giovane era indignato anche per conto dell'organizzazione. Anche se indirettamente, Radney Atwood ne faceva parte, mentre Thane e i suoi seguaci ne rappresentavano l'opposto: erano di mentalità ristretta e superstiziosa e di natura velenosa, che si era palesata in una reazione violenta a un insulto. E sebbene Thane ne fosse il responsabile, nella mente di Ben non c'era separazione tra il capo e i suoi seguaci, dal momento che avrebbero sicuramente appoggiato le sue azioni. Forse pensavano di essere intoccabili, ma l'organizzazione non era solita passare oltre e far finta di non vedere quei passi falsi.

Ben era così certo di conoscere l'opinione del collega, che rimase sorpreso nel sentirlo dire: "Atwood è sacrificabile. Ora che è morto, non ha alcun valore per l'organizzazione. Il contenuto del baule, invece, è la cosa più importante."

Teneva il viso voltato verso l'esterno mentre parlava e, da dove si trovava, Ben poteva vedere in controluce solo il profilo della fronte e della guancia, e nel mezzo delle ciglia rivolte verso il basso.

"Sono interessati solo al baule, quindi è quello che cercheremo", ripeté Grim con un leggero colpo di nocche sulla scrivania. "Rimarremo qui, aspetteremo la chiamata di Harper e poi vedremo il da farsi", concluse, accompagnando ogni punto con un colpetto alla scrivania.

"Tutto qui?" Ben quasi gridò in risposta. "Questo è il suo piano? Rimanere fermi ad aspettare una chiamata che non arriverà mai?"

"Ho detto che confronterò Thane una volta che saprò cosa c'è in quel baule", rispose l'altro uomo con calma, alzando la testa senza voltarsi. "Non ha senso agire alla cieca come abbiamo fatto stamattina. Abbiamo dato un'occhiata al posto, sappiamo dov'è... Forse avremo bisogno di ritornarci, ma sono sicuro che potrei trovare un modo per aggirare le guardie. Dobbiamo solo essere pazienti... considera il baule come un ostaggio che dobbiamo liberare. Se Thane sospetta che ce l'abbiamo seriamente con lui, possiamo dire addio per sempre al nostro ostaggio."

La spiegazione non convinse Ben, che non poteva permettersi il lusso di portare pazienza, non quando aveva un rapporto da consegnare entro la fine della giornata. Non riusciva a capire perché il collega avesse scelto un approccio passivo invece di agire.

"Quindi è questa la scusa che vuole usare?" disse per provocarlo. "Pensavo che un uomo come lei, con un'arma, sarebbe stato in grado di far fuori le due guardie. Perché ha comprato un fucile quando non ha l'intenzione di usarlo?"

Grim si girò verso di lui. "E cosa vuoi che faccia?" ribatté a voce bassa. "Vuoi che ti dia un fucile? Per tornare là dentro, assaltare la proprietà? Abbattere porte? Far fuori tutti quanti, uomini, donne e bambini? È questo ciò che vuoi? Farti strada a suon di pallottole? Facile, no?"

Mantenne la voce appena più alta di un sussurro, facendo passi in avanti mentre parlava, riducendo la distanza tra lui e Ben, che indietreggiò fino a quando la parte posteriore delle ginocchia non urtò una delle brandine.

"Il problema è che sicuramente reagiranno, sparando a loro volta", proseguì Grim con un sorriso funesto. "Oh, puoi scommetterci quelle chiappette rosa che lo faranno. Forse non hai notato i vari fori e bossoli che c'erano in giro, ma io li ho visti bene. Finiremmo tutti a spararci addosso finché non avremo esaurito le munizioni, senza contare quelle che andranno sprecate perché è impossibile colpire un bersaglio in quelle condizioni. E cosa otterremmo, Ben? Uno spreco di pallottole e di tempo, perché non scopriremmo nulla di nuovo sul baule. Quella gente ci farebbe fuori. È questo ciò che vuoi, Ben?"

Per un qualche motivo, il suo tono calmo era più intimidatorio di un qualsiasi scoppio di rabbia, sentimento che tuttavia provava ma che teneva nascosto. Per evitarne lo sfogo, Ben disse: "Ha ragione, signore... ha ragione. Scagliarsi su di loro non risolverebbe nulla, in fondo siamo solo in due.

È per questo che dobbiamo chiedere rinforzi", aggiunse, come se avesse voluto arrivare a questo punto sin dal principio. "E so cosa dirà... che non è una soluzione ideale... ma se va tutto per il verso giusto, non ci saranno molte vittime. Dopotutto la situazione non è così grave quanto quella di Duncastor..."

"E tu che cavolo ne sai di Duncastor?!" chiese Grim con incontenibile rabbia, quasi scagliandosi contro Ben, che cadde all'indietro sulla brandina cercando di proteggersi con una mano alzata.

La domanda era più una sfida che una vera richiesta: Ben non aveva comunque intenzione di rispondergli, sapeva solamente che era a causa di qualche errore di Grim che il suo supervisore aveva deciso di mandare Ben a tenerlo d'occhio. I dettagli dell'incidente giravano perlopiù come banali pettegolezzi, forse era per questo che Grim pensava che Ben non sapesse niente di più rispetto a quanto avrebbe dovuto. Eppure, era evidente che il giovane avesse da ridire, non contento di obbedire in silenzio al collega.

"Tieni..." afferrò il telefono di Ben dalla tasca della giacca e glielo scagliò contro. "Volevi contattare il quartier generale, e allora perché non chiami adesso? Racconta loro come è iniziato questo casino, e mi raccomando... specifica chi si è addormentato durante il proprio turno di guardia."

Dopo essersi sfogato, Grim andò a sedersi alla scrivania dando le spalle a Ben e incrociando le gambe all'altezza delle caviglie in un angolo della stanza.

Ben rimase dov'era, fissando il vuoto, trafitto da un tumulto di emozioni, tra cui principalmente rabbia e la sensazione di essere stato tradito. Mantenne un'aria indifferente, sebbene gli angoli della bocca fossero contratti per lo sforzo nel mascherare lo stato d'animo. Si sentì improvvisamente troppo esausto per alzarsi, schiacciato da pensieri inquietanti che faticava a riordinare. L'ultima cosa che voleva fare era dormire, ma rimase disteso dov'era e, mentre la brandina cullava il suo corpo stanco, Ben iniziò ad addormentarsi.

Quando riaprì gli occhi, Ben trovò la stanza vuota. Il fulgore di mezzogiorno era passato da tempo, intensificando l'azzurro del cielo. Il telefono era a pochi centimetri dal suo viso e, quando lo girò per controllare l'orario, stimando che fosse passata circa un'ora, vide che in realtà erano passate le tre del pomeriggio da pochi minuti.

Si alzò a sedere, premendosi una mano sulla testa pesante e chiedendosi dove fosse andato Grim, sebbene grato della sua assenza. Che fosse ancora arrabbiato con lui, pentito o indifferente, l'imbarazzo che ne sarebbe derivato sarebbe stato troppo per lui in quel momento.

Si avvicinò alla scrivania per mangiare qualcosa e notò che Grim aveva svuotato il proprio piatto. Ben sperò che Grim se ne fosse andato in giro per permettergli di mangiare in pace.

Il caffè era freddo ma ancora buono, così come il panino. Osservò Main Street mentre, affamato, faceva fuori il suo panino in tanti piccoli bocconi.

Oltre all'occasionale auto di passaggio, la maggior parte del movimento si svolgeva davanti al Fornitissimo Emporio di Howard, dove Ben vide Madlyn appoggiata al muro come il giorno precedente. Ma in quel momento stava parlando con Grim.

Era Grim, c'era alcun dubbio: sebbene fosse di spalle, i suoi capelli lunghi e scuri, la giacca verde militare e i jeans scuri erano facilmente riconoscibili. Ben lo vide avvicinarsi alla ragazza, con la testa che quasi fluttuava sopra la sua. Poi fece un passo indietro e girò la testa per soffiare il fumo, tenendo una sigaretta accesa nella mano sollevata.

"Cosa sta combinando adesso?" si chiese Ben, poi decise che avrebbe preferito non saperlo. Fin dal primo giorno era chiaro che Grim considerava quella missione come una sorta di vacanza retribuita, e non avrebbe lasciato che piccoli inconvenienti, come la morte di Atwood o la scomparsa del baule, gli rovinassero il divertimento. O forse, nella sua mente, stava cercando di far qualcosa per risolvere la situazione, ma con calma e sfruttando al meglio quel periodo di grazia.

«L'organizzazione pensa che qui sia tutto rose e fiori.»

Forse lo pensava anche lui: dopotutto, non era lui il responsabile di quel pasticcio.

Un sogghigno a bocca chiusa inasprì il viso giovane di Ben. Proprio quando pensava di poter contare sul collega, eccolo dimostrare quali fossero le sue priorità.

*Per fortuna che dovevamo proteggerci le spalle a vicenda*, pensò Ben, guardando i due ridere e avvicinarsi sempre di più.

La cosa peggiore era che lui, Ben, non sapeva esattamente che tipo di punizione spettasse loro. Nella migliore delle ipotesi quella vicenda sarebbe diventata un capitolo nero nel suo fascicolo, avrebbe potuto essergli d'ostacolo nella sua carriera, facendogli fare la fine di quegli impiegati di una certa età che vanno a prendere il caffè e fanno commissioni per i loro giovani manager. Nella peggiore delle ipotesi avrebbe potuto vedere in prima persona come funzionano i livelli più bassi dell'organizzazione, e capire meglio perché gli ex membri dello staff, a conoscenza di dati sensibili e informazioni segrete, sparissero laggiù senza mai riemergere. Durante gli aperitivi giravano voci su ex membri che godevano ancora di buona salute, alla quale furono costretti a rinunciare a malincuore per metterla al servizio di vari esperimenti. (Oh, quanto avrebbe voluto tornare indietro nel tempo, quando poteva ascoltare quelle storie dell'orrore con lo stesso divertito distacco che gli dèi dell'Olimpo provavano nei confronti dei mortali!) Anche se gli allarmisti arricchivano quelle storie con dettagli raccapriccianti, Ben aveva la certezza che c'era un fondo di verità, avendo sentito una volta uno scienziato del settore farmaceutico lamentarsi della mancanza di cavie umane che, a suo dire, erano meglio dei roditori.

La sua giovane età e la buona salute, che fino a quel momento aveva quasi dato per scontato, sembravano condannarlo a un destino incredibilmente crudele. E con un brivido premonitore, in quel momento capì il sorriso malinconico di Grim quando disse «una bella tomba al posto del pensionamento, bella idea!»

Forse era quello che stava facendo: aveva i giorni contati e stava negando l'inevitabile, come un prigioniero delirante che ride e grida mentre i suoi rapitori lo trascinano verso un destino sconosciuto.

# CAPITOLO 13

Grim guardò l'anello di fumo che si sollevava dalla sua sigaretta, dilatandosi in una ghirlanda e poi dissolvendosi nell'azzurro del cielo.

"Carino..." mormorò Madlyn senza entusiasmo, distogliendo prontamente lo sguardo come se si fosse pentita di aver mostrato un briciolo di interesse.

Ma l'aveva fatto, e questo era per Grim un segnale incoraggiante.

Non aveva intenzione di ricominciare a fumare, ma vedendola con una sigaretta in mano, decise che avrebbe potuto unirsi a lei. La sua strategia di approccio era volutamente indiretta: uscendo dal Fornitissimo Emporio di Howard gli venne voglia di godersi una sigaretta in pace, ma a quanto pare il suo accendino era scarico. In quel modo voleva attirare l'attenzione degli altri fumatori presenti, che avrebbero offerto il loro accendino come gesto di solidarietà.

Come aveva previsto, Madlyn ne tirò fuori uno e glielo offrì mentre Grim si spingeva indietro i capelli e si avvicinava con la sigaretta. Dopo quel piccolo favore, e aver apprezzato il suo trucchetto con il fumo, Madlyn tornò ad appoggiarsi al muro bianco, fingendo che lui non ci fosse e fumando la sua sigaretta. Come molti adolescenti, il suo umore sembrava cambiare continuamente, alternando distacco e desiderio di essere notata; ora che aveva stabilito un contatto, si ritirò nella sicurezza del suo angolo, strizzando gli occhi grandi, più per mostrare un cipiglio guardingo che per proteggerli dalla mite luce del sole.

Se lei si aspettava che a quel punto fosse lui ad avvicinarsi, ne sarebbe rimasta delusa, visto che anche lui mostrava disinteresse. Aveva la sensazione che entrambi volessero qualcosa dall'altro. Indipendentemente dal fatto che Madlyn sapesse o meno che Atwood era morto, l'uomo le aveva fornito qualcosa di cui lei aveva bisogno: forse soldi, o una distrazione, o un modo per ribellarsi, a seconda se si fosse offerta lei di fare qualcosa per lui o se ne fosse stata convinta. La presenza di Thane nella casa sembrava indicare la seconda possibilità, anche se non escludeva che fosse presente solo per organizzare il loro primo incontro, per lasciare poi che le cose facessero il loro corso.

Ad ogni modo, era probabile che lei fosse già alla ricerca di un sostituto, motivo per cui Grim decise di farsi notare, ma non troppo: non voleva essere troppo esplicito, voleva che fosse lei ad avvicinarsi a lui piuttosto che spaventarla con le sue avances. Sospettava che Thane l'avesse avvertita su di lui e decise che stravolgere le sue aspettative avrebbe solleticato la sua curiosità. E la curiosità, nel suo caso, aveva la meglio su qualsiasi avvertimento.

Tuttavia, non era semplice rimanere lì fermo in attesa senza prendere il cellulare, cosa che lo avrebbe fatto sembrare occupato e quindi inavvicinabile. Era già a metà sigaretta quando Madlyn si mise a controllare il cellulare. Eppure, con la coda dell'occhio, notò che il piumino nero che indossava le era scivolato dalla spalla destra, cosa che non poteva essere successa casualmente, visto il modello. E poi, mentre abbassava il telefono, continuava a guardare di lato, alzando la mano con la sigaretta all'altezza della spalla scoperta con aria indifferente. La giacca oversize aveva quasi inghiottito la sua piccola corporatura, e forse era proprio quello l'obiettivo: sottolineare le gambe lunghe e magre.

Grim si rifiutò di abboccare e, quando fu sul punto di buttare via il mozzicone, Madlyn gli chiese ironica: "Allora che ne pensi della nostra piccola città?"

Il tono implicava che non le piaceva particolarmente e lo invitava ad essere d'accordo.

Lui la guardò con un sopracciglio alzato, come se non si aspettasse che lei rivolgesse la parola.

"Oh, non è così male", mormorò. "Ha un che di grezzo."

"Già... ruggine e muffa non mancano di certo", sbuffò prendendo un'altra boccata.

"Fa parte del suo fascino..." disse, girandosi a guardare Main Street.

"Cos'ha di affascinante?"

"Ci sono persone simpatiche e gentili, per esempio."

"Intendi i bifolchi locali", ribatté Madlyn.

Grim le sorrise. "Sembra che tu sia pronta a far le valigie e partire."

"E lasciarmi alle spalle tutto questo splendore?" rise aspramente. "Lavorare come una schiava, servire i tavoli in questo postaccio. Ma perlomeno mi guadagno da vivere. Mia mamma mi ripeteva sempre che, se avessi abbandonato gli studi, non sarei mai riuscita a far niente in vita mia. Come se non fossi grande abbastanza per prendermi cura di me stessa."

"Quanti anni hai?"

Fece un sorrisino condiscendente, come se stesse per rispondere a una domanda stupida. "Ne ho abbastanza", rispose, lanciandogli uno sguardo, forse alla ricerca del vero motivo di quella domanda. "Comunque, cosa me ne faccio di starmene seduta per otto ore al giorno? È quello che mi dice Babbo."

"Babbo?"

"Intendo dire Thane. Dice che il sistema è impostato in modo da farci diventare stupidi, che rimanere seduti ci fa diventare stupidi... ci fa andare il cervello in pappa e così ci possono programmare come vogliono. Dice che l'unico modo per sconfiggere il sistema è staccarsi dalla società e vivere la vita come vuoi. Sprechi gli anni migliori imparando una serie di nozioni che non userai mai. Ma se protesti, ti bocciano o ti mandano dal consulente, dicono che hai un disturbo comportamentale. È così che ti trasformano in uno zombie pronto a lavorare. Hanno trasformato i nostri genitori, e guarda come sono adesso! E infatti li hanno classificati in colletti bianchi e blu, non è un caso! È la verità, e te ne renderesti conto anche tu se ti fermassi un attimo a pensare."

"Verità con la V maiuscola?" chiese Grim. "O la verità che ti fa comodo?"

Madlyn alzò gli occhi al cielo. "Sì, è quello che mi chiede anche mia mamma..." disse, forse insinuando che Grim fosse come lei. Ma poco dopo si illuminò in viso e continuò: "Babbo... cioè Thane... Thane dice che ho del potenziale. Per questo mi ha scelto."

"Potenziale per cosa?"

"Stiamo ancora cercando di capirlo, ma sente che ho dell'energia grezza che stavo sprecando!"

Grim si astenne dal commentare. La conversazione si stava

avvicinando a un argomento di suo interesse, ossia gli ultimi giorni di Atwood e il ruolo di Madlyn nel loro accordo. Di sicuro Thane le aveva detto di tenere la bocca chiusa e, per paura di far trapelare le sue intenzioni, Grim finse di perdere interesse.

Prese l'ultima boccata, schiacciò la sigaretta finita e ne prese un'altra, girandosi verso Madlyn per l'accenderla. Lo aiutò di nuovo, stavolta usando la punta fumante della propria sigaretta.

"Hai dei begli occhi", disse lei con leggerezza.

"Beh... grazie", disse colto un po' alla sprovvista dal commento. "Anche tu hai dei begli occhi."

Lei gli sorrise, rimanendogli vicino. "Comunque, di cosa ti occupi?"

"Oh, sono un semplice corriere..." rispose, fingendo di essere stanco mentre giocherellava con il pacchetto di sigarette.

Madlyn annuì, distogliendo lo sguardo come se stesse contemplando qualcosa di profondo. "Tipo un fattorino?"

Lui fece spallucce. "Qualcosa del genere. Ma diciamo che sono più specializzato."

"Ah..." disse lei, perdendo interesse.

"Hai presente che ci sono alcune cose che le società di trasporti si rifiutano di toccare o consegnare? Ecco, le consegno io."

La risposta era volutamente vaga, così che lei potesse completarla con i dettagli.

Le tornò il sorriso e non riuscì a trattenere un'espressione di stupore. "Tipo cosa? Roba illegale?"

Lui fece una smorfia per minimizzare la gravità dell'argomento. "Dipende."

"Come dipende?" disse lei. "Stiamo parlando di droga? Armi? Cosa?"

“Oh, non vere e proprie armi, ma pezzi di armi... e non proprio narcotici, diciamo... ingredienti?” Fece una pausa ad effetto. “Sono sicuro che hai visto cos’abbiamo consegnato a Radney.”

Scosse la testa, accigliandosi. “N... no?”

Lui annuì con fare misterioso, soffiando via il fumo.

“Quindi sei bravo a contrabbandare roba?” gli chiese quando fu chiaro che non avrebbe detto altro a riguardo.

“Non sono un corriere della droga, ma me la cavo abbastanza bene”, disse, incapace di trattenere un sorriso sicuro di sé, convinto di aver fatto colpo su di lei. Anche lei era convinta di aver fatto colpo su di lui, e quello che disse in seguito ne fu una conferma.

“Che ne dici di parlarmi un po’ del tuo lavoro, mentre ci beviamo qualcosa insieme?”

Lui rise. “Pensavo che qui non bevesse nessuno.”

“Chi te l’ha detto?”

“Nessuno. Ma non ho visto né bar né negozi di liquori nei dintorni. Li fornisce Thane? O Radney aveva una distilleria in garage?”

Madlyn alzò gli occhi. “Alcol gratis alla spina... Non sarebbe uno spasso? No, lo prendiamo da Howard.”

“Ero nel negozio fino a poco fa”, disse Grim, indicando la vetrina con un cenno del capo. “Non ho trovato niente di più forte di una bevanda energetica.”

“Questo perché Jerris e i suoi amici erano soliti rubare bottiglie di birra ogni volta che ci entravano. Quindi ora Howard tiene tutto nel seminterrato. L’unico modo per raggiungerlo è attraverso una botola dietro il bancone.”

“Sembra piuttosto complicato, andare su e giù solo per prendere una birretta fresca.”

"Già! Ma ha deciso di fare così adesso... E poi non sono nemmeno fresche, le birre. Tempo fa Radney ne comprava a casse, ma erano sempre calde come piscio. Con tutto lo spazio che ha, Howard potrebbe mettere un frigo in quel seminterrato... o anche dieci."

Ancora una volta il discorso si era spostato su un argomento che interessava a Grim, che era pronto a investigare sugli ultimi giorni di Atwood. Ma l'ultima frase attirò la sua curiosità.

"Tutto lo spazio che ha... dove?" chiese.

"Nel magazzino del seminterrato. È lì che tiene la maggior parte delle cose che non sono sugli scaffali."

Grim guardò il piccolo edificio. Il nome del negozio, «Fornitissimo Emporio», sembrava assumere un altro senso in quel momento.

"Quanto grande è?"

Lei scrollò le spalle. "Non saprei... Grande quanto un magazzino nel seminterrato?"

A Grim venne in mente qualcosa, che assorbì la sua attenzione a tal punto che continuò a fissare la ragazza imbambolato finché lei non gli schioccò le dita davanti il viso. Sbatté le palpebre e fissò con sguardo assente la mano sollevata, o meglio sulle dita sottili che spuntavano dalla manica a sbuffo.

"Radney ha un seminterrato in casa sua?" chiese, ancora ipnotizzato dalla manica imbottita e dalla sua somiglianza con un verme gonfio che stava divorandole il braccio.

"Eh?" chiese, confusa dall'improvviso cambio di argomento. "E come faccio a saperlo io?"

Grim spense la sigaretta e, mentre tornava verso la Locanda del Tè, la sentì gridare: "Ehi! E la birra che mi avevi promesso?"

Fece le scale due gradini alla volta, facendo irruzione nell'appartamento dalla porta della cucina solo per prendere le chiavi del furgone dal bancone.

"Sono io", gridò. "Torno da Atwood, forse ho trovato qualcosa. Rimani vicino al telefono."

Sbatté la porta dietro di sé, pensando che se Ben fosse stato ancora a letto, il rumore l'avrebbe di sicuro svegliato. Sotto il suo modo di fare sbrigativo c'era un misto di vergogna e senso di colpa che trovò più semplice nascondere che ammettere.

*Un seminterrato*, continuò a pensare come una preghiera mentre con il furgone sfrecciava sulla strada affiancata da alberi. Ad un certo punto si rese conto che stava rovistando distrattamente nelle tasche in cerca di qualcosa, poi notò la sigaretta penzolare tra le labbra e capì che stava cercando un accendino. Afferrò la sigaretta spenta e la gettò fuori dal finestrino, insieme al resto del pacchetto.

La casa si trovava ancora nello stesso stato pietoso in cui l'avevano lasciata, per cui gli ci volle più tempo per controllare tutti i pavimenti in cerca di una botola di accesso. Ispezionò due volte il soggiorno, l'entrata e l'armadio senza successo. La cucina con il pavimento piastrellato sembrava il posto meno probabile dove trovare qualcosa; poi notò una dispensa con pavimento in assi di legno relativamente nuove, coperte da un grande tappeto intrecciato. Spostò il tappeto ed ecco che sul pavimento apparve un manico rotondo, circondato da una sagoma rettangolare appena visibile.

La botola si aprì su una serie di gradini in cemento che scendevano in un seminterrato buio. Prima di scendere, Grim si fermò per chiamare Ben e aggiornarlo. Ma il telefono continuava a squillare a vuoto, mentre Grim esortava a denti stretti il giovane collega a rispondere.

# CAPITOLO 14

Il telefono vibrò nella tasca di Ben.

Accostò con la bicicletta sul ciglio della strada, frenando con le scarpe contro la terra e l'asfalto. Si era alzata una leggera brezza, che gli rinfrescò la pelle sudata mentre prendeva il telefono per vedere chi lo stava chiamando.

Mezz'ora prima aveva deciso di prendere in mano la situazione personalmente, e sapeva bene dove doveva andare. L'unico problema era arrivarci senza che il suo superiore lo sapesse. Grim stava ancora chiacchierando con Madlyn, ma sarebbe potuto rientrare da un momento all'altro o sentire il rumore del furgone dall'altra parte della strada. Poi il giovane si ricordò della bicicletta che aveva intravisto mentre stavano riponendo gli scatoloni nel capannone dietro la Locanda del Tè. La bicicletta era stata abbandonata, coperta di ruggine e nascosta in un angolo polveroso da così tanto tempo che Ben temeva che potesse essere inutilizzabile o necessitare manutenzione. Ma una volta controllate catena e ruote, scoprì che dopotutto era in buone condizioni e che poteva utilizzarla per allontanarsi senza essere notato.

Fino a quel momento.

Sarebbe stata questione di tempo prima che Grim si rendesse conto che non era né in bagno né a letto, nonostante avesse sistemato cuscini sotto le coperte per prolungarne l'illusione. Ma sarebbe stato comunque meglio che ricevere una chiamata dal proprio superiore con l'obiettivo di controllare come stavano andando le cose. Una chiamata come quella sarebbe stata difficile da gestire, e rispondere sarebbe stato un errore.

Ben si tolse la giacca, il cui colletto gli pizzicava la pelle della nuca facendola sudare, infilò il telefono che stava ancora vibrando nella tasca e la avvolse intorno al manubrio. La brezza si era fermata, ma presto una corrente d'aria fresca gli gonfiò la maglietta mentre con la bicicletta sfrecciava lungo la strada.

Cinque minuti dopo, si fermò a pochi metri dal cancello di ferro, davanti al quale due uomini facevano da guardia.

Quando gli chiesero il motivo della visita, Ben rispose: "Sono qui perché voglio far parte della comune."

Le guardie si scambiarono sguardi divertiti, poi gli dissero di smammare.

"Sentite, potete perquisirmi", disse Ben, alzando le braccia. "Non ho niente con me. Per favore, lasciatemi entrare."

"Vattene!" gridò uno dei due con un movimento del braccio. "Alfa non sta cercando nuove reclute in questo momento."

"Dov'è Thane? Lasciatemi parlare con lui", li pregò il giovane. Fece l'errore di avvicinarsi e in tutta risposta ottenne due armi puntate su di lui.

"Fai qualche passo indietro, ragazzino, se non vuoi ritrovarti le viscere su quell'albero", disse una guardia con occhi feroci.

Ben obbedì e si allontanò senza aprir bocca, chiedendosi se avrebbe dovuto presentarsi con una specie di offerta come quella che avevano portato al mattino. Gli venne poi in mente che avrebbe potuto provare a dare loro i soldi che aveva con sé;

dubitava che i princìpi di Thane fossero così radicati nel suo gregge al punto tale da rifiutare una mazzetta. Ma se n'era andato così di fretta dall'appartamento prima del ritorno di Grim che, controllando le tasche, Ben si rese conto di aver dimenticato il portafogli. Scoraggiato, prese la bicicletta e seguì il sentiero che curvava attorno a un gruppo di alberi finché non scomparve tra di essi. Si allontanò dal percorso e, calpestando l'erba alta intorno al muro alto due metri e mezzo che circondava la proprietà, camminò seguendolo, cercando una via d'ingresso: poteva essere una parte di muro crollato o magari un grande albero con lunghi rami robusti che si allungavano sopra le punte di ferro battuto. Da qui gli venne l'idea di appoggiare la bicicletta al muro e di usarla come gradino per arrampicarvisi.

Riuscì a raggiungere e afferrare un'asta appuntita in ciascuna mano, piantò quindi i piedi contro il muro e lentamente si arrampicò. Provò a tirarsi su con la forza delle braccia ma, bloccato in una posizione sgraziata, i piedi scivolarono facendogli perdere la presa. Gli ci vollero alcuni tentativi prima che i muscoli si abituassero allo sforzo, dopotutto era da tempo che non si allenava. Lanciò una gamba oltre il muro, facendo attenzione ad evitare le punte, agganciò un piede a un'asta e riuscì a tirarsi su. Si fermò per riprendere fiato e, con una risatina di trionfo, si sistemò per evitare di venire impalato, poi si lanciò dall'altra parte, cadendo sulla terra sorprendentemente dura. Ce l'aveva fatta, alla fine. Per paura di venire scoperto, tenne la testa bassa e si mise a correre nell'erba alta.

Si nascose in un fitto frutteto non molto curato e, aspettandosi di trovare bambini in giro, Ben si frugò nelle tasche dei pantaloni alla ricerca di caramelle alla menta che Olivia gli aveva lasciato insieme al pranzo, sperando di poterle barattare per il loro silenzio. Ma per il momento non aveva ancora incontrato anima viva né sentito alcun rumore; rispetto alla zona abitata che avevano visitato al mattino, quel boschetto ombroso sembrava deserto, e tra gli alberi non si vedevano che i raggi di sole che, come lunghe dita, scendevano dai rami.

Ben iniziò a sospettare di essere finito in una proprietà adiacente, ma poco dopo raggiunse una radura che si affacciava sul lago: ne seguì il litorale con lo sguardo finché non vide l'incombente edificio dell'hotel e si mise in cammino verso di esso.

I prati circostanti sembravano altrettanto vuoti, fatta eccezione per un maiale sdraiato che dormiva vicino a un tavolo capovolto e un paio di galline spennacchiate che chioccíavano agitate mentre saltavano giù dal fianco grasso del suino per razzolare e beccare la terra bruna.

Ma più si avvicinava all'edificio, più sentiva la melodia di una canzone che proveniva da dietro le grandi doppie porte. Una volta spalancate, vide uomini e donne che affollavano l'ingresso: alcuni stavano in piedi o erano appoggiati alle pareti, tenendo in braccio neonati; altri erano seduti sul pavimento con bambini in grembo mentre continuavano a cantare.

Per paura che le due guardie potessero passare di lì, Ben si infilò tra la folla ed entrò nell'edificio. Nessuno sembrò badare a lui mentre li superava, né gli lasciarono spazio. L'aria era ferma, pregna dell'odore del lavoro e della vita, e aleggiava un fumo agre, reso visibile dalla luce solare che filtrava dalle finestre come nastri trasparenti sulle teste allegre. Ben superò un uomo seduto, che urlò un pezzo di canzone prendendo a pugni l'aria e quasi colpendolo inavvertitamente, mancandolo per un pelo. Alla fine, raggiunse l'atrio dall'alto soffitto e solo in quel momento riuscì a rilassare il pugno che aveva tenuto vicino al viso fino a quel momento.

Si aspettava di trovare Thane sul trono, ma al suo posto c'era una donna dai capelli bianchi che dirigeva la folla in quel canto vivace. Poco dopo si mise a battere le mani per mettere a tacere la gente. Il silenzio invase lentamente la stanza e Thane uscì da un'ala laterale dell'edificio, ricoperta di rampicanti.

Non si sedette, ma rimase in piedi a guardare i volti davanti a lui in semicerchio. Il peso del suo sguardo era amplificato dall'immobilità che ispirava: anche i bambini e i neonati rimanevano in silenzio assoluto per quei pochi secondi che sembravano diventare minuti interi. Ben era distante dalla prima fila, eppure, anche se in piedi e lontano dai raggi del sole, non poté fare a meno di chiedersi se gli occhi di falco di Thane lo avrebbero notato tra la folla. Ma l'uomo continuò a scrutare la gente senza battere ciglio. E dopo aver stabilito la sua presenza in quel modo, l'espressione severa in volto si addolcì mostrando affetto e tenerezza.

"Gente del mio cuore!" gridò. "La mia famiglia! Il vostro dolce canto mi ha saziato! Queste non sono le voci di chi soffre la fame o di chi è senza energia. Queste voci forti e portentose scuotono le volte nei cieli. Lasciate che ci sentano, perché siamo nati per uno scopo più grande! Non piangeremo, non imploreremo, non lasceremo che ci mettano collari per ricevere piccole ricompense. Abbiamo trasceso queste orribili necessità. Esultate della libertà che abbiamo barattato per quella triste vita. Ma non dimentichiamo da dove veniamo, non diamo per scontato i nostri privilegi, ricordiamoci da dove siamo partiti. Ripensiamo a quei giorni oscuri in cui misuravamo il nostro valore secondo falsi modelli. Guardate me! Sono qui davanti a voi come esempio." Si sbottonò la camicia e disse: "Ecco le stigmate di quella vita."

La camicia cadde a terra e lui rimase in piedi con le braccia toniche tese in avanti, i palmi delle mani rivolti verso l'alto a mostrare le cicatrici irregolari, in varie sfumature di bianco e rosa acceso: gli riempivano le braccia e si estendevano sul petto e sull'addome deformati. Teneva la testa leggermente china ma con gli occhi fissi che guardavano in avanti, quasi a sfidare il proprio pubblico.

"Come voi, anch'io sono stato cresciuto nel capitalismo, nell'adorare certi idoli, falsi e creati dall'uomo. Ne ero così succube da aver venduto il mio corpo come fosse una tela: uno dopo l'altro, me li sono fatti tatuare sulla pelle. Questi simboli mi legarono velocemente agli ideali degli altri. Ma non più! Ho aperto gli occhi alla verità. E una volta che li ho visti per quello che sono, sono diventati così spregevoli che ho preso un rasoio e ho iniziato a rimuoverli dalla mia vecchia pelle." Si interruppe, lasciando il tempo a quell'immagine di rimanere impressa. "Le cicatrici che vedete non sono altro che ricordi di catene, esistevano una volta ma ora non ci sono più."

Abbassò le braccia e continuò a camminare avanti e indietro sul palco senza preoccuparsi di rimettere la camicia. "Un parassita, che si presenta nella sua vera forma ed esprime le proprie intenzioni, è un nemico noto. Più insidiose sono le istituzioni che vengono da voi fingendo di preoccuparsi della vostra salute o della vostra educazione. Il piccolo Bobbie, eccolo qui..." indicò una persona indistinguibile tra la folla, "era solo un numero nel loro sistema. Un bambino che faceva fatica ad esprimersi, a comunicare con i propri genitori. Portarono Bobbie dai cosiddetti esperti, alla disperata ricerca di farlo parlare. E cos'hanno fatto questi esperti? Due o tre medici diversi gli somministrarono lo stesso farmaco, che peggiorò la situazione. Diventò scontroso con tutti. I cosiddetti psicologi si fecero pagare a peso d'oro senza trovare una soluzione. Non solo non parlava, ma era sconvolto e infelice. Lo conoscete tutti... guardate come sta adesso! Forza, caro mio, vieni qui."

Un bambino di circa sette anni si alzò in piedi, spronato dai genitori, e si diresse verso il palco, guidato dalle mani degli altri membri che lo incoraggiavano. Quando raggiunse Thane, l'uomo strinse le spalle del bambino con solennità e lo girò verso il pubblico.

"Guardatelo adesso", disse Thane, accarezzandogli i capelli castani con orgoglio paterno e tenerezza, cosa che Ben trovò quasi commovente. "Questo dolce bambino... un figlio per tutti noi... calmo, concentrato e soprattutto felice della sua vita. Dimmi, Bobbie... dillo a tutti... ti manca la tua vecchia casa? Eh? Ci vuoi tornare?"

Bobbie scosse la testa energicamente in risposta a entrambe le domande.

"E se qualcuno ti promettesse regali per tornare con loro?"

Bobbie scosse di nuovo la testa.

"E se qualcuno ti dicesse che puoi iniziare una nuova vita, in un posto nuovo?"

Bobbie guardò il pubblico prima di sussurrare qualcosa a occhi bassi.

"A voce alta, figliolo, così tutti possono sentirti."

"Rimango qui", ripeté meccanicamente il bambino.

"Più forte, Bobbie! Lascia che ti sentano ben..." e prima che Thane potesse finire la frase, Bobbie ripeté la risposta con voce squillante. Thane gettò indietro la testa con una fragorosa risata mentre la folla esplodeva con uguale gioia. Il bambino, un po' sopraffatto dagli applausi e dall'attenzione, abbassò la testa con un sorriso timido.

Il sermone terminò con quella bella immagine, e poco dopo Ben si diresse verso il palco, camminando in direzione opposta alla folla che si disperdeva. L'atmosfera era così allegra e conviviale, che nessuno lo spintonò, anzi lo lasciarono passare senza impedimenti. Ma improvvisamente sentì delle mani ruvide afferrargli le spalle e vide che una delle guardie lo aveva raggiunto e stava per buttarlo fuori. Opponendo resistenza, il giovane barcollò in avanti, dicendo che desiderava solamente parlare un attimo con Thane.

Le sue chiassose proteste raggiunsero le orecchie dell'uomo in questione, che in quel momento stava chiacchierando con alcuni membri della comune, e che alzò prontamente lo sguardo per vedere cosa stesse succedendo. Senza interrompere la conversazione, Thane sollevò una mano e fece cenno alla guardia di portargli il giovane.

"Non essere scontroso con gli estranei, perché potrebbero essere angeli in incognito", pontificò mentre la guardia gli si avvicinava; a Ben disse semplicemente: "Perché sei qui, ragazzo?"

"Voglio entrare a far parte della comune."

Alcune persone intorno a Thane trovarono la richiesta particolarmente divertente e si misero a ridere scambiandosi delle occhiate d'intesa, mentre Thane rimase impassibile.

"Dov'è il tuo amico?" chiese.

"Sono scappato, signore. Non sa che sono... qui", disse Ben, esitando verso la fine percependo alcune reazioni intorno a lui.

"Non usiamo titoli tra di noi, non serve che mi chiami signore", lo informò Thane senza ulteriori spiegazioni, lasciando che Ben deducesse che la parola era stata bandita per il suo legame con la vecchia vita, o forse perché Thane preferiva altri nomi.

"Sì, certo..." disse Ben, fermandosi prima di dire la parola proibita.

Thane gli sorrise. "E cosa ti ha spinto a volerti unire a noi?"

"Sono stato ispirato... dal sermone che ho sentito stamattina... e da quello di poco fa. Mi ha aperto gli occhi su quello che mi hai detto ieri... quando ci siamo incontrati dal signor Atwood..."

"Sicuro che non sia stato il colpo all'occhio?"

"Oh..." Ben sorrise imbarazzato, fermandosi prima di andare a toccarsi l'occhio nero. "Forse è stato anche quello", ammise. "Sai, nessuno mi ha mai insegnato le cose importanti della vita. Per il mio vecchio c'è solo lavoro, lavoro, lavoro..."

"Quell'uomo è tuo padre?" chiese Thane.

"No. Beh, è uno zio... più o meno. Sono stato adottato, quindi non è veramente mio zio... è una specie di tutore legale, o meglio lo era, visto che ora sono adulto e posso decidere per me."

Più faceva fatica a spiegarsi, più il sorriso di Thane sembrava allargarsi, nonostante il tono severo della sua voce quando parlò.

"Questo non è un posto di villeggiatura, ragazzo. È vero che non rendiamo conto a nessuno, ma ci diamo comunque da fare."

"Ma è al servizio di qualcosa di superiore e nobile", si affrettò a specificare Ben. "E voglio farne parte. Voglio sentire di essermi guadagnato un posto qui."

Thane fece una risatina, poi si voltò e iniziò a camminare con passo lento e pacifico, come un uomo che passeggia in un giardino botanico, forse invitando Ben a seguirlo.

E infatti Ben lo seguì, quasi sul punto di chiedergli se potesse rimanere, ma una voce interiore gli consigliò di non parlare senza essere interpellato. La loro passeggiata li condusse attraverso le alte porte finestre e poi all'aperto, in un giardino incolto. Di tanto in tanto Thane si fermava, dando le spalle a Ben, sembrando sul punto di dire qualcosa prima di procedere senza aprir bocca. Era scalzo e, sebbene non fosse un uomo particolarmente alto o robusto, le dita dei piedi si infilavano come vermi nella terra fertile, come se cercasse di piantare le radici in quel punto.

"Siamo in tanti", disse alla fine, con le mani intrecciate dietro la schiena, rivolta verso Ben. "Con tante bocche da sfamare. Come pensi di contribuire?"

"Sono disposto a fare tutto il necessario", affermò Ben.

Thane spostò lo sguardo su un boschetto di alberi spogli. "Sai lavorare il legno? Sai cacciare, pescare o cercare cibo?"

"Posso imparare", dichiarò il giovane, sperando che il suo entusiasmo compensasse la sua inadeguatezza.

Thane lo ascoltò in silenzio. Trovando la propria risposta ridicola, Ben stava per dire di più quando l'altro uomo parlò.

"Non accogliamo a braccia aperte chiunque si presenti. Dobbiamo essere sicuri che possa resistere a una vita lunga, che non sia un parassita che cerca di campare sulle spalle degli altri."

Quelle parole non lo rassicurarono, anzi Ben le considerò un avvertimento su ciò che sarebbe sicuramente successo. Era resistito a malapena mezza giornata di campeggio fuori dalla casa di Atwood, e ora doveva accettare di passare giorni senza pasti regolari e adeguata igiene, per non parlare del lavoro pesante e ingrato...

No, non poteva permettersi di soffermarsi su questo: sapeva che se l'avesse fatto, si sarebbe tirato indietro. E poi quello era il vecchio, inutile Ben... un agente insignificante che doveva solo accompagnare, osservare, riferire. Il nuovo Ben era irrevocabilmente legato a questa missione a causa del suo stesso errore. E sapeva che avrebbe trovato un modo: era riuscito ad entrare, per cui sarebbe riuscito anche a trovare il baule e uscire da lì. Forse un paio di giorni gli sarebbero pure bastati. E poi chissà l'espressione sul volto di Grim quando lui, Ben, sarebbe tornato, affamato e sporco di terra, ma raggiante perché aveva trovato e recuperato in qualche modo il famoso baule scomparso...

"Farò ciò che sarà necessario, ad ogni costo", disse Ben. "Sono stanco di non ottenere nulla nella vita. Una possibilità di mettermi alla prova è tutto quello che chiedo."

Queste parole sembrarono soddisfare Thane, che si girò infine verso di lui. Condusse Ben verso l'edificio e chiamò qualcuno affinché portasse loro qualcosa da bere.

"Un brindisi per il nuovo arrivato", annunciò, e nel giro di pochi minuti fu portato loro un vassoio con due bicchierini contenenti un liquido opaco color terra.

"Ad ogni costo", disse Thane, alzando un bicchierino per brindare.

"Ad ogni costo", disse Ben, alzando l'altro e buttando giù lo strano contenuto in un sorso.

Il liquido schiumoso puzzava come l'interno di un pozzo; vide che aveva una consistenza densa, ma non si aspettava che fosse quasi carnoso. Se ne accorse quando, deglutendo, sentì qualcosa di viscido scivolargli in gola. Emise un gridolino soffocato e involontario, proveniente più dal naso che dalla bocca; ma per timore che una qualsiasi espressione di disgusto potesse pregiudicare le sue possibilità, Ben chiuse gli occhi e svuotò il bicchierino.

In quel momento gli tornò in mente il famoso modo di dire «Alla salute!» e trovò che fosse ironicamente adatto alla situazione, sebbene non ideale, visto che si sentiva gli occhi pesanti e appannati, il fiato corto e un dolore allo stomaco. Ma tutti i dubbi e i ripensamenti svanirono in un istante: gli occhi di Ben rotearono all'indietro e svenne.

# CAPITOLO 15

Appena rinvenuto, la prima cosa che Ben sentì fu qualcosa di ruvido premuto contro la tempia e la guancia. Giaceva su un fianco, con la testa così pesante da sforzare collo e spalla. Si aspettava di sentirsi frastornato non appena si fosse messo a sedere, ma non fu per questo che rimase disteso a terra.

Cercando di alzarsi, Ben scoprì che le mani gli erano state legate dietro la schiena, e anche i piedi gli erano stati bloccati. Poco dopo capì pure che era bendato, cosa che non notò immediatamente a causa di un persistente intorpidimento che lo rese insensibile alla fascia posta sugli occhi.

Fece un respiro profondo e tremolante per cercare di calmarsi. In fin dei conti era il nuovo arrivato e la situazione gli ricordava il classico nonnismo di cui era stato vittima durante il suo addestramento. Questo spiegava come mai il colloquio con Thane non fosse stato così rigoroso come si aspettava. Le azioni sono più importanti delle parole, e non c'era modo migliore per testare il suo coraggio se non sottoponendolo a una prova.

Gonfiò le guance con un altro respiro profondo, che rilasciò lentamente. Se quello era davvero un test, non poteva permettersi di fallire. Doveva esserlo, non aveva dubbi: nonostante la riluttanza iniziale, Thane era sembrato contento di accogliere un nuovo membro, forse addirittura lusingato. Perché avrebbe dovuto sospettare qualcosa? Mentre faceva questi ragionamenti, Ben faticava a respirare. Forse stava sudando, o forse la stanza era diventata troppo calda e umida; la benda si era inzuppata e gli pesava sugli occhi e la camicia bagnata si era appiccicata alla schiena. Cominciò a muoversi a disagio, cercando di scollarsi il tessuto di dosso, ma si fermò non appena udì qualcosa.

Il rumore era stato causato o dal suo dimenarsi o da un'altra presenza nella stanza. Ben alzò la testa per ascoltare e, non captando nulla, si mise ad annusare l'aria umida, che trasportava odori dolci e sudici, come il profumo del fieno o della paglia mescolato a quello della spazzatura. Il silenzio iniziò presto a farlo innervosire, per cui ricominciò a controllare il respiro per calmarsi, dicendo a sé stesso che, a parte essere legato e bendato, non si trovava in pericolo. Continuò a ripeterselo mentre rilasciava lentamente un lungo respiro, per poi inspirare di nuovo. Ma si fermò all'improvviso quando sentì qualcuno parlare sopra di lui.

"Oh, fiorellino... dolce fiorellino candido", disse una voce roca. "Cosa dobbiamo fare con te?"

Quelle parole gelarono il sangue a Ben, che trattenne il respiro tra labbra socchiuse. Abbandonò l'idea che fosse una prova o un rito di iniziazione, indeciso se lasciarsi prendere dal panico e cercare di liberarsi o rimanere immobile per paura che, se si fosse dimenato, l'uomo si sarebbe scagliato su di lui.

Temendo di essere toccato, cosa che sembrava spaventarlo sempre di più man mano che non succedeva, Ben rimase fermo, paralizzato dalla paura e ascoltando i movimenti dell'uomo. Di sicuro ad un certo punto si sarebbe mosso, avrebbe spostato o strisciato i piedi, o fatto qualcos'altro oltre a rimanere curvo su di lui come un avvoltoio. Ma secondi trascorsero senza rumori o suoni, senza nemmeno una strana risata ad alleviare quel silenzio meschino. Incapace di sopportarlo ancora, Ben iniziò a dimenarsi, cercando di mettersi a sedere, quando una mano si posò sulla sua testa.

"Oh, è un tipetto nervoso", commentò la voce roca con una leggera sfumatura di ironia; una mano lisciava i capelli di Ben all'indietro con lunghe e delicate carezze. "Fai il bravo. Rimani calmo e tranquillo, presto sarà tutto finito."

Ben non riuscì a rispondere. Ogni pensiero sembrava disintegrarsi in polvere finissima prima di essere pronunciato, soprattutto quando una mano callosa gli strinse il mento per sollevarlo, come se la persona a cui apparteneva volesse guardarlo per bene in viso.

Il giovane strinse i denti per evitare che gli tremassero le labbra, sforzandosi di deglutire qualcosa che sentì scendergli in gola. Fece quanto gli fu ordinato, ma non riuscì comunque a stabilire se quel tipo viscido facesse parte dell'iniziazione, né in cosa consistesse quel rito. Durante i giorni di addestramento i ragazzi più grandi furono crudeli con lui, tra scherzi e punizioni, ma le regole dell'organizzazione impedirono loro di oltrepassare certi limiti. Regole che ovviamente non vigevano nella comune.

Sul punto di gridare, Ben strinse ostinatamente le labbra, soffocando tutti i rumori involontari che tuttavia sfogava attraverso il naso con respiri rapidi. Sentì il bordo sottile di un coltello o un machete lungo il lato del collo, con l'impugnatura a sfiorargli la clavicola.

"Prova a fare rumore", lo avvertì la voce, "e ti sventro come un pesce... poi ti faccio ingoiare le tue stesse viscere."

La lama affilata gli sfiorò la gola, poi si perse in una sensazione di gelo quando una calma quasi mortale invase Ben. Come un albero ben radicato a terra davanti a una valanga, qualsiasi cosa gli fosse successa, anche la più terribile, non avrebbe potuto evitarla in alcun modo. L'unica cosa che poteva fare, l'ultima illusione di controllo che aveva, era rimanere fermo e lasciare che qualsiasi orrore dovesse subire facesse il proprio corso. All'improvviso il suo corpo gli sembrò una cosa separata da lui, come se ne fosse stato espulso. Non provava alcun conforto o sollievo nel ragionare sulla situazione. Estraniarsi in quel modo gli sarebbe servito a sopravvivere, a preservare una parte di sé contro il peggio che doveva ancora avvenire, o proteggersi il più possibile da ciò che avrebbe potuto disintegrarlo in un colpo imminente, in modo che in seguito potesse tentare di ricucirsi alla meglio.

Perciò rimase in uno stato catatonico, vagamente consapevole dell'uomo inquietante che non poteva vedere, ma che sentiva che stava facendo qualcosa alle corde che gli legavano le caviglie. A malapena si rese conto che qualcuno lo stava sollevando e trasportando fuori; solo dopo essere stato sdraiato su un letto di doghe in legno, la sua mente si scongelò e iniziò a percepire uno strano canto che lo circondava.

Al suo termine, Thane parlò con un tono di voce acceso e scoppiettante.

"Noi, pochi prescelti, abbiamo ripudiato il mondo esterno: un mondo malato, avido e violento. Abbiamo ripudiato la società e costruito il nostro nido qui, su queste rovine, per vivere la nostra vita in pace. Ma invece di rispettare il nostro volere, invece di lasciarci in pace, il mondo esterno è venuto a cercarci: infatuato dell'idea di possedere ogni anima vivente, stende il proprio braccio in ogni angolo e in ogni fessura, come un serpente ingordo. E cosa fa uno sciame di api quando un braccio osa disturbare l'alveare? Reagisce. Davanti a voi c'è una spia di quel nemico, un dito di quello stesso braccio che ha rovesciato il vaso e inquinato le nostre acque. Come mai? Perché vogliono avvelenarci, vogliono debellarci! Pensano che non siamo così intelligenti da capire il loro piano. Credono che torneremo di corsa, implorandoli di curare i nostri disturbi. Ma sapete cosa vi dico? È arrivato il momento di ripagarli con la stessa moneta. Dico che dobbiamo fare un esempio di questa spia e di altri come lui!"

Ancora in catalessi, Ben capì cosa sarebbe successo a momenti. Era la solita storia di sempre: qualcuno era arrabbiato e lui era stato scelto come sacrificio per sfogare la loro ira. Da quello che aveva appreso, si riferivano al lago inquinato, e il fatto che lui non ne fosse in alcun modo responsabile contava ben poco, visto che corrispondeva alla lora idea di impiegato: un'effigie diventata capro espiatorio su cui sfogare rabbia ed esasperazione. Nessuno pensava che fosse una cosa assurda, e, se lo pensavano, Thane faceva in modo di dissipare i loro dubbi con vigore e slogan accattivanti. Non sarebbe cambiato nulla per loro il giorno successivo, se non la breve soddisfazione di aver reagito e offeso i loro nemici, in qualche modo.

Pur avendo capito tutto questo, nello stesso modo strano e onnisciente in cui si comprendono tutti gli eventi di un sogno, come ad esempio sapere cosa c'è oltre una porta chiusa senza averla mai aperta, Ben non riuscì ad uscire dal suo stato di trance. La sensazione di una lama che gli scivolava sulla gola sembrò averlo separato completamente dalla realtà. Il suo corpo sussultò quando il letto fatto di doghe venne sollevato e trasportato in avanti; un odore di muffa precedette il debole tonfo di uomini che, a due a due, entrarono nell'acqua ed appoggiarono il letto sulla superficie bagnata. Ben capì in quel momento che veniva usato come una sorta di zattera. Acqua fredda passò attraverso le doghe, bagnandogli un fianco: fu allora che si svegliò dall'ipnosi.

In preda al panico, Ben iniziò a contorcersi freneticamente e a tirare calci con i piedi legati. Doveva essersi dato la spinta contro qualcosa, perché la zattera iniziò a muoversi. Le mani che lo trattenevano caddero all'indietro con forti schizzi, quasi capovolgendo la zattera, ma poco dopo si stabilizzò e continuò ad andare alla deriva.

Chiunque gli avesse legato i piedi non aveva fatto un buon lavoro, a meno che il tipo viscido di prima non avesse cercato di sciogliergli le corde per altri motivi. Ad ogni modo, Ben sentì le corde allentarsi abbastanza da separare un po' le caviglie e, dopo una serie di strattoni e torsioni e raschiando il tacco della scarpa per togliersela, riuscì a liberare una gamba. Aveva ancora le mani legate dietro la schiena e, proprio mentre cercava di capire come liberarle, sentì la zattera sussultare di nuovo e altri schizzi d'acqua, prima che mani bagnate lo sfiorassero per afferrarlo. Si ritrasse, ma sembravano venire da tutte le direzioni, così come le loro grida di rabbia. L'acqua fredda inondò le assi di legno ancora una volta, ricordandogli che avrebbe potuto facilmente affondare.

Improvvisamente una mano, che gli aveva afferrato l'orlo dei pantaloni, sembrò sussultare e cadere all'indietro, come se il proprietario fosse scivolato o inciampato e fosse sprofondato in acqua. Poi un altro paio di mani si ritirò allo stesso modo, seguito da un guaito sorpreso e dallo schizzare dell'acqua.

La situazione si calmò e quando Ben alzò la testa, riuscì solo a sentire il dolce suono delle onde che lambivano la zattera di legno. Persino la folla che si era riunita sulla riva sembrava silenziosa. In quella misteriosa quiete, e nel suo stato temporaneo di non vedente, tutto ciò che poteva percepire era il fetore dell'acqua sporca.

Qualcosa colpì la zattera dal basso, facendola volare in aria insieme al suo passeggero. Nel brevissimo istante in cui Ben si trovò sospeso nel nulla, prima che la gravità facesse il suo dovere, ci fu un momento in cui si chiese se sarebbe atterrato sull'acqua o sulla sabbia e, nel primo caso, se sarebbe riuscito a raggiungere la riva con le mani ancora legate. Ma presto giunse la risposta: sbatté la testa sulla superficie dell'acqua, e il resto del suo corpo la seguì sprofondando.

I piccoli calci, che diede mentre si trovava ancora sbalzato in aria, divennero furiosi. Si dimenò e si contorse, cercando disperatamente di orientarsi. Non essendo troppo distante dalla riva, il suo corpo raggiunse presto il fondale del lago; piantò i piedi nel terreno solido e si spinse verso l'alto, lasciandosi alle spalle una scia di minuscole bollicine finché non spuntò in superficie a bocca aperta, ansimando.

Ben tossì e sputò quel disgustoso liquido dal sapore metallico, stringendo i denti contro le increspature dell'acqua e allungando il collo per tenere bocca e naso fuori. La benda, ora appiccicata agli occhi, sembrava soffocarlo ulteriormente, ma non poté fare altro che cercare di contenere il panico mentre si sforzava di rimanere a galla. Nuotare in una determinata direzione era irrilevante in quel momento, fintanto che le gambe continuavano a muoversi e gli impedivano di affogare.

Ma all'improvviso qualcosa gli si arrotolò intorno a una caviglia, stringendola e trascinandolo sott'acqua. La poca aria preziosa che aveva duramente conquistato gli fuoriuscì dai polmoni in un istante; gridò senza far rumore, creando una scia schiumosa. Un altro tentacolo gli passò sopra la spalla e gli si avvolse intorno al collo, trascinandolo indietro. Poi una sostanza più densa dell'acqua lo circondò, come una pianta carnivora che scatta ad acchiappare la preda, che si dimena ancora. Immobilizzato completamente, Ben sentì un ago conficcarglisi nel fianco e, pochi secondi dopo, si paralizzò.

# CAPITOLO 16

Ben si sentiva intrappolato. Non fisicamente: la sua coscienza, o forse la sua anima, o una qualche parte intangibile sembravano incastrati al centro del suo corpo sotto un peso così irremovibile da togliergli in respiro.

Sentì poi una pressione esterna, ed ebbe la sensazione di venire schiacciato verso il basso, o meglio compresso ripetutamente, a un ritmo rapido e costante, finché tutto d'un tratto un rigetto impetuoso alleviò il peso che sentiva nel petto, facendoglielo espandere tra colpi di tosse strazianti.

Venne girato su un lato e le mani liberate. Con un dolore ancora vivo in petto, sentì che qualcos'altro di spiacevole stava succedendo: lo stavano trasportando mentre si trovava sdraiato su qualcosa di duro, una superficie ricoperta di lastre in rilievo che gli si conficcavano nei fianchi. Emise un gemito sofferente, intravide di sfuggita il terreno irregolare, si lamentò per la posizione dolorosa, era quasi certo che sarebbe scivolato e caduto a terra; chiunque lo stesse spostando non stava prestando attenzione ai suoi gemiti involontari disperati e gli spasmi di tosse.

Nonostante il malessere fosse reale, non riusciva ancora a capacitarsi della situazione in cui si trovava. Tempo dopo, quando aprì gli occhi, vide su di sé il soffitto illuminato del loro appartamento e intorno al suo corpo una morbida coperta in pile. La lavasciuga in cucina stava vibrando leggermente e un aroma persistente di caffè donava un senso di calma al luminoso ambiente domestico. Tutto ciò non combaciava con gli eventi precedenti, tant'è che Ben pensò che lo straziante incidente non fosse altro che un incubo indotto dalla febbre.

Ma non appena deglutì, un dolore pungente lo fece sussultare. La mano, che sollevò per massaggiarsi la gola, puzzava di ruggine; anche l'altra era ricoperta da uno strato secco di sporcizia.

Ben girò la testa al rumore della porta del bagno che si apriva e vide Grim uscirne, con i capelli bagnati e un asciugamano intorno alla vita. Questo si fermò, sorpreso di trovare il suo assistente già sveglio.

Se c'era un accenno di sollievo nei suoi occhi, Ben non riuscì a vederlo; la sua attenzione fu catturata dai grandi lividi che ricoprivano le braccia e il busto di Grim. Gli ricordarono le cicatrici che Thane aveva mostrato durante il suo sermone, ma quelle erano vecchie e guarite, mentre quelle di Grim erano fresche e quasi geometriche, come se delle lastre gli fossero state premute contro la pelle.

Il volto di Grim si rabbuiò e l'espressione di sorpresa si trasformò in dura indifferenza mentre si dirigeva verso la cucina senza dire una parola.

Nel frattempo, Ben aveva abbassato lo sguardo, cercando una giustificazione per le sue azioni; ma Grim rimase per molto tempo in cucina, dove l'asciugatrice smise di girare con un clic, e il giovane trovò poco utile cercare di spiegare le proprie motivazioni a quel punto. Le sue azioni sconsiderate sarebbero state scusate solo se ne avesse ottenuto qualcosa.

Quando Grim riapparve, era vestito con la solita maglietta e i pantaloncini neri, i capelli scuri lisciati all'indietro con le punte ancora bagnate.

"Come ti senti?" chiese, trascinando una sedia vicino alla brandina di Ben.

Il tono neutro della voce sorprese il giovane, che alzò la testa dalla sua posa in penitenza.

"Credo... di stare bene, signore", balbettò incerto mentre l'altro lo fissava.

"Senti qualcosa di strano?" gli chiese Grim. "Tipo senti dei ronzii o hai delle allucinazioni? Fantasmi? Nausea, capogiri... vertigini?"

"Mi gira un po' la testa."

"Mi raccomando, dimmi se inizi a sentire qualcosa di strano, va bene?"

"Sissignore."

"Bene. Ti va di spiegarmi come cavolo sei finito a fare la parte della vergine sacrificale per il re dei ratti e la sua felice comune?" domandò Grim, passando da uno stato di preoccupazione a fredda amarezza.

"Beh a dir la verità io non sono..." Ben fu sul punto di correggere il superiore su un dettaglio, ma un'occhiata lo avvertì di non provare a fare battute intelligenti. Si schiarì la voce e ricominciò. "Non penso volesse fare un sacrificio, signore. Vuole che ce ne andiamo, tutti e due."

Grim distolse lo sguardo con un sorriso caustico, incrociando le braccia mentre si appoggiava allo schienale della sedia. Aveva l'aspetto pulito di una persona appena uscita dalla doccia ma, come le mani Ben, c'era qualcosa di grigio nella sua carnagione che rendeva i suoi occhi particolarmente lucidi e i denti brillanti per contrasto. "Quindi sei andato a verificare se avesse ancora il desiderio di farci fuori."

Ben riuscì a guardarlo negli occhi, ma presto tornò a fissarsi i pugni chiusi. "Mi ha ingannato, signore."

"Ingannato come? Ti ha convinto a far la fine di un agnello al macello?"

"No, lui..." Ben si fermò per ricominciare da capo. "Gli ho detto che volevo unirmi alla comune. L'ho fatto per poter recuperare il baule. Sembrava stesse andando tutto bene, finché... beh, finché non è più stato così."

"Capisco", disse seccamente Grim, incrociando le braccia.

La mancanza di empatia irritò il giovane. "Perché è arrabbiato con me?" chiese in uno scoppio di rabbia. "Stavo cercando di correggere un errore. Non sono andato là per infastidire Thane e la sua comune. Le assicuro che è l'esatto contrario! Sono loro quelli che sembrano divertirsi nel fare... qualsiasi cosa stessero cercando di farmi!"

Per un momento Grim non disse nulla, lasciando Ben a crogiolarsi nell'autocommiserazione. Poi si sporse in avanti e diede un colpetto alla tempia sinistra di Ben.

"Non me ne frega niente delle tue buone intenzioni", disse Grim con rabbia nascosta. "Non è un buon motivo per andare là impreparato. La situazione sarebbe potuta peggiorare drasticamente, passando dalla merda profonda a una tomba. Avrebbe potuto farti torturare o uccidere... non che tu abbia bisogno che sia io a dirtelo", concluse, tirando su con il naso.

Ben nascose la sua espressione ferita, facendo finta di massaggiarsi la tempia sinistra. Non sapeva cosa dire, se si aspettava che fosse d'accordo o che si scusasse... non che fosse certo di poter rispondere senza che gli tremasse la voce. Un piccolo cenno del capo e un «sissignore» furono ciò che gli venne più facile, anche se in qualche modo aveva capito che quella risposta mite non era ciò che il suo superiore si aspettava. Anzi non sembrava interessato ad alcuna risposta: si accasciò sulla sedia e rimase pensieroso in silenzio.

"Come ha fatto a trovarmi, signore?" chiese il giovane esitante quando il silenzio divenne insopportabile.

"Ho rintracciato il tuo telefono."

Alla menzione del telefono, Ben fece un gesto convulso, palpeggiandosi il petto nudo alla ricerca di un taschino.

"Calmati, l'ho messo là", disse il superiore, alzandosi per prendere il cellulare dal cassetto della scrivania. Da lì, lo sollevò affinché il giovane potesse vederlo e, con grande sollievo di quest'ultimo, lo schermo era nero ma per il resto sembrava intatto. Oltre a perdere il telefono, Ben temeva che Grim potesse trovare o leggere messaggi riguardanti la sua missione segreta; sotto sotto sperò che fosse rotto, se non altro per sollevarlo da quella responsabilità, visto che era in ritardo con il suo compito secondario.

Grim ripose il telefono nel cassetto e lo chiuse.

"Non chiameremo il quartier generale, quindi te lo puoi scordare", borbottò mentre tornava al suo posto accanto alla brandina, zoppicando leggermente. "Lo terrò io per il momento, per essere sicuro che non scapperai di nuovo. Ti concerei per le feste, se ne avessi le forze. Ma sono abbastanza sicuro che ad un certo punto anche tu abbia pensato: «Oh, se solo avessi ascoltato Grim e fossi rimasto nell'appartamento come mi era stato detto!» Ma no... no, tu dovevi fare le cose a modo tuo perché, a tuo dire, «non avremmo ottenuto nulla facendo le cose a modo suo, signore!» ma vedi... questo è il problema, pivello, perché io stavo ottenendo qualcosa", disse facendo una smorfia mentre si sedeva.

"Harper le ha fornito delle informazioni, signore?" chiese Ben, lanciando un'occhiata timida verso Grim e notando che i lividi che aveva sulle gambe assomigliavano ai suoi.

"Se ha chiamato, non c'era nessuno qui a rispondere", fece notare Grim, grattandosi distrattamente un'abrasione sul braccio. "No, sono tornato alla casa di Atwood. Ho trovato una botola in cucina, che porta a una specie di laboratorio sotterraneo: c'era dell'attrezzatura, acquari, una sorta di cella con pareti trasparenti di policarbonato... Penso tu abbia capito cosa voglia dire."

Ben non aveva capito, ma azzardò una risposta. "Ha trovato il contenuto del baule?"

Grim sollevò un angolo della bocca in un mezzo sorriso, non tanto derisorio quanto sorpreso dalla mancanza di deduzione del giovane collega. "Hai presente quella cosa che ti ha afferrato nel lago? Quella è il contenuto del baule."

Ben lo fissò perplesso, la sua espressione passò da lenta comprensione a incredulità. Nel tentativo di dare una spiegazione agli avvenimenti, aveva immaginato che la gamba gli si fosse impigliata in una corda vagante o, più probabilmente, un membro della comune doveva averlo afferrato per la caviglia e trascinato sott'acqua per annegarlo, per giunta pugnalandolo al fianco. Ma queste deduzioni erano ipotesi temporanee, fatte a colmare lacune dove mancava chiarezza; ma nessuna deduzione spiegava come mai il secondo arto che gli si chiuse intorno al collo fosse sottile come una pianta arrampicante, o cosa fosse quella massa che lo avvolse tutto, come una mano che si chiude intorno a una falena.

"Ma il baule non poteva essere più largo di un metro, e quella cosa era..." Ben si fermò, cercando di stimare la grandezza della creatura.

"Dev'essere stata una ninfa, quando l'abbiamo portata qui", disse Grim, come se questo chiarisse la situazione

"Che cos'è, signore?"

"Un kraken."

"L'aveva già detto."

"Lo so, pivello."

"No, voglio dire... dopo aveva detto che erano tutte cazzate, signore. Ma aveva ragione."

Il superiore distolse lo sguardo con fredda diffidenza. "Sì, beh... c'è una bella differenza tra aver ragione ed aspettarmi il peggio. Forse, in un qualche modo stupido, speravo di potermi sbagliare, se l'avessi detto a voce alta. Non che la mia fosse un'ipotesi azzardata, considerato dove siamo... la segretezza, «l'esperto» ... Diciamo che questo è uno dei progetti di punta dell'organizzazione degli ultimi anni."

"Un progetto su cosa, signore?"

"Oh, su tutto, immagino."

"Beh, ma... di che tipo di creatura si tratta?"

Grim sedeva curvo, con i gomiti appoggiati sulle cosce e le mani intrecciate tra le ginocchia. Mentre parlava, si mise a dondolare lentamente senza rendersene conto.

"Ne so tanto quanto qualsiasi guardia assunta a sorvegliare la struttura che la ospita..." disse con disinvoltura. "So che è un essere vivente... e che è senziente: mangia, pensa, si riproduce..."

L'ultimo verbo fu un'aggiunta personale, dopo il quale si fermò e fissò in lontananza per un momento.

"Quindi cosa facciamo adesso, signore?"

Le parole raggiunsero Grim e il suo sguardo perso. "Non lo so. Non voglio nemmeno pensare a come cavolo potremmo fare per prenderla."

"Ha detto che faceva la guardia a quelle cose..."

"Ho detto che sorvegliavo la struttura che le ospitava", lo corresse Grim, innervosito.

"Allora... qual è la procedura standard per acciuffare un kraken in fuga?"

"Trovarlo e costringerlo con la forza a rientrare nella sua gabbia", gli rispose Grim, enfatizzando ogni passaggio con un gesto ironico, come a semplificare l'intero processo. "Ma per far ciò abbiamo bisogno di una squadra, dotata di armi, equipaggiamento..."

"Signore, lei ha un fucile."

Grim sogghignò. "Contro un kraken? Ma figurati... Non ci basterà, giovanotto." Il sorriso gli scomparve dal viso non appena ebbe finito di parlare e abbassò gli occhi fissandosi il ginocchio sinistro. "Sai, ero andato a cercarlo. Avevo trovato delle tracce, le ho seguite in un bosco. C'ero vicino, ne sono sicuro. Ma in quel momento mi sono reso conto che non sapevo come proseguire. O forse lo sapevo, ma io..."

Forse era stato un piede irrequieto a far vibrare il ginocchio di Grim, o forse qualcos'altro: era difficile da capire. Quando Ben lo notò, Grim smise di parlare, si chinò in avanti e premette la fronte contro le mani giunte.

"Ha controllato il laboratorio sotterraneo, signore?" intervenne il giovane, incoraggiato dalla nuova idea. "Forse c'è qualcosa che potremmo usare. Dopotutto se occuparsi del kraken era il compito di Atwood, sono certo che l'organizzazione doveva avergli fornito strumenti e attrezzature adeguati in caso di emergenze come questa."

Passò un lungo minuto senza risposte, e proprio quando Ben stava per perdere tutte le speranze, deducendo che l'altro avesse già controllato il laboratorio da cima a fondo senza trovare nulla di utile, Grim alzò la testa.

# CAPITOLO 17

"Per quanto tempo ho dormito?" chiese Ben mentre passava davanti alla finestra e vedeva il mondo immerso in una luce ambrata.

"Circa diciotto ore", rispose Grim, che si era infilato i jeans e scrollava le spalle nella stessa camicia a quadri che aveva indossato quando erano arrivati in quel posto.

Allo stesso modo, anche Ben aveva recuperato il suo abbigliamento iniziale, con camicia bianca e pantaloni color cachi, tutti spiegazzati dall'asciugatrice. Ma quando andò a mettersi le scarpe, scoprì che solo una delle due era sopravvissuta all'incidente, e l'altra probabilmente era andata persa mentre scalciava per liberare le caviglie della corda. Guardò con tristezza la scarpa solitaria e poi la gettò da parte, si tolse i calzini e se li infilò nelle tasche dei pantaloni, sperando che il guardaroba di Atwood potesse fornirgli qualcosa della sua taglia.

Mentre tornavano verso la casa, Ben continuava a grattarsi un punto sul fianco sinistro sollevando un angolo della camicia per controllare il livido gonfio.

"Lascialo stare. Stai solo peggiorando le cose", lo avvertì Grim, pescando qualcosa dal taschino della camicia. "Ti conviene iniziare a prendere queste, visto che sappiamo con cosa abbiamo a che fare."

"A cosa servono?" chiese Ben, guardando il flacone marrone semiopaco che Grim aveva estratto.

"Considerale un ulteriore strato protettivo contro..." l'uomo agitò il flacone pensieroso, cercando le parole adatte. "Beh, diciamo che ti rendono una preda meno desiderabile... Non chiedermi altro."

Sentendo la parola «preda» e afferrando il volante del furgone, che Grim aveva momentaneamente lasciato per far uscire una capsula dal flacone, Ben chiese nervosamente: "Sta dicendo che mangia gli esseri umani?"

"Diciamo che si nutre principalmente di carcasse", rispose Grim, mandando giù una capsula a secco prima di passare il flacone al collega.

"Quindi non è mortale", dedusse Ben, riflettendo su come sono andate le cose: il kraken l'aveva catturato, pensando che fosse morto, ma l'aveva lasciato andare quando ha scoperto che non lo era.

"Ho detto che si nutre di carcasse, non ho detto che non è capace di produrne", lo corresse bruscamente Grim. "Saresti un cadavere bello gonfio adesso, se non ti avessi trovato per tempo."

"Grazie, signore", mormorò il giovane, irritato dalla risposta. "So bene di essere più un impiccio che una risorsa", aggiunse, con aria da martire.

Grim lo guardò sogghignando. "Lascia i tuoi problemi fuori da questa storia. So che dico un sacco di cazzate, ma quando dico che ci copriremo le spalle a vicenda, dico sul serio. E smettila di giocherellare con quel flacone e prendi una capsula.

Ti serverà a rimanere concentrato. Soprattutto quando siamo vicini al kraken. Ricorda: la strategia migliore è mantenere le distanze e non lasciarti coinvolgere."

Sembrò sul punto di spiegarsi meglio, ma chiuse la bocca con una smorfia, grattandosi la nuca agitato. "Non che abbiamo scelta... è impossibile non lasciarsi coinvolgere. Quindi cerchiamo di mantenere le distanze e rimanere protetti."

"Prendendo queste?" Ben chiese, alzando una capsula rossa contro il sole per esaminarla.

Grim scosse la testa, consapevole che il suo piano fosse pieno di difetti. "Beh, forse *tu* devi mantenere le distanze."

"E lei, signore?"

"Sono attrezzato."

"Con cosa?"

"Con dell'abbigliamento protettivo. Lo chiamiamo «tegmen»."

"Tipo le tute anticontaminazione?"

"Non proprio..." rispose Grim senza elaborare ulteriormente.


Nel laboratorio sotterraneo, Grim accese i neon fluorescenti appesi al soffitto a vista; uno dopo l'altro sfarfallarono, come gli occhi delle sentinelle dopo un sonno narcotizzato. A differenza dell'ambiente accogliente della casa soprastante, il laboratorio dalle pareti bianche era pulito e intonso e, agli occhi abbagliati di Ben, ogni superficie sembrava brillare come se fosse dietro un vetro scheggiato. Le vasche piene d'acqua gorgogliante, la console di comando, gli strumenti luccicanti tutti in fila, vassoi e piatti in vetro — una volta pronti all'uso e in quel momento privi di scopo — rivelavano una certa preoccupazione, come quella di un genitore in dolce attesa che prepara la stanza per il proprio bambino.

Dentro di sé, Ben considerò la possibilità che Atwood si fosse suicidato, tagliandosi la gola. Non ne fece parola con Grim perché non c'erano prove a supportare la sua teoria: nessun coltello, nessuno strumento affilato fu trovato vicino al corpo. O forse c'era, ma andò perso nel disordine quando Grim mise sottosopra la casa. Ma soprattutto Ben desiderava che le cose fossero andate così perché l'avrebbero scagionato completamente da ogni responsabilità, visto che sarebbe successo indipendentemente dal fatto che fosse rimasto di guardia o meno. Invece lo stato immacolato del laboratorio segreto era testimonianza della dedizione e devozione di Atwood per il suo lavoro. Anzi l'uomo sembrava ansioso di iniziare, e in effetti lavorò fino a tardi quella fatidica notte.

Per questi motivi, Ben tenne per sé i propri pensieri mentre si dirigeva, al fianco di Grim, verso il centro del laboratorio.

"Ecco..." disse Grim, indicando una parete di policarbonato che divideva una spaziosa cella dal resto del laboratorio. "Ho già visto una sistemazione come questa. Quel condotto però..." si sporse da un lato per vedere meglio un tubo a bocca larga che si estendeva da una delle pareti della cella. "È molto strano. L'idea di rinchiudere il kraken qui dentro non dovrebbe prevedere buchi attraverso i quali potrebbe sfuggire." Osservò l'interno della cella, il cui pavimento sembrava abbassato di qualche metro, come se ci fosse una piscina interrata. "Quegli scarichi sono coperti da grate protettive. I kraken spesso le toglievano per dare un'occhiata agli scarichi, quasi infilandocisi."

"E sono capaci di farlo?" chiese Ben, guardando con la coda dell'occhio il superiore che si rosicchiava il pollice.

"Mai sentito parlare di quel polpo di duecentosettanta chili che si è schiacciato in un passaggio dal diametro di tre centimetri?" disse Grim. "Io non l'ho mai visto, ma immagino che sia una cosa del genere. Forse non ha le stesse misure del polpo, ma è abbastanza grande da farti dormire con un occhio aperto. Abbiamo avuto qualche caso in cui dei kraken hanno sfondato grate come quelle, non per scappare ma per afferrare alcuni addetti alla manutenzione. Oh, quelle creature si divertono un sacco a prenderci in giro! Ogni tanto trascinavano qualcuno dentro un condotto, ma si comportavano bene mentre i tecnici tiravano a sorte a chi doveva andare ad aggiustare la grata o qualsiasi cosa si fosse rotta. Ero di turno quando ne mandarono uno. Gli scienziati lo rassicurarono che quell'esemplare era docile e che altri tecnici erano andati sul posto prima di lui e ne erano usciti illesi. Dovresti sentire il loro tono compiaciuto mentre lo dicevano, come se avessero capito la personalità o il comportamento della creatura. Nemmeno dieci secondi dopo l'entrata del tecnico, sentimmo le sue urla mentre veniva squarciato dal kraken."

Ben fissò Grim, che a sua volta fissava la cella vuota con lo stesso sguardo lontano che aveva la prima volta che aveva descritto il kraken.

"E che fine ha fatto il tecnico?" chiese Ben.

"Sai, la cosa peggiore era che non era nemmeno necessario", continuò Grim, che sembrò non aver sentito la domanda. "Le grate non sono importanti. Anche se fossero state tolte del tutto, il kraken non avrebbe avuto la possibilità di andare da nessuna parte. E invece no, dovevano proprio mandare qualcuno..."

Si interruppe e Ben, invece di ripetere la domanda, chiese come avessero fatto gli addetti alla manutenzione a entrare e uscire dalla cella senza che il kraken scappasse.

Ancora una volta Grim sembrò non aver sentito la domanda. Ma un secondo dopo disse: "Vedi quel corridoio?" Indicò verso una direzione, poi accompagnò Ben in un corridoio adiacente alla cella del kraken a forma di L. Alle estremità del corridoio, si trovavano due porte, ciascuna con il proprio tastierino.

"Devi inserire un codice sicurezza per farle aprire", proseguì Grim. "Con quello, puoi attivare il pavimento elettrificato del corridoio. Il voltaggio è abbastanza alto da fermare il kraken senza ucciderlo. Accende anche tutte le luci sul soffitto." Indicò i faretti incassati che in quel momento stavano illuminando di bianco la cella. "Ai kraken piace il buio, e di solito le luci rimangono spente a meno che qualcuno non debba entrare. I faretti hanno lo stesso effetto di una granata accecante: li stordisce per dieci o quindici secondi. Non è molto tempo... ma ovviamente sarebbe meglio non entrarci proprio."

"E se lo attirassimo qui..." disse Ben, "lo mettessimo nella cella e poi attivassimo il pavimento?"

Grim scosse la testa. "Ogni cella ha un proprio codice di sicurezza, e noi non lo conosciamo. Inoltre le porte sono aperte adesso, il che significa che il sistema non è stato impostato. Le luci sono accese, ma non il pavimento elettrificato. Forse non funziona più. O forse avevano intenzione di mandare degli altri, dopo di noi, ad occuparsi di questo."

"Forse il signor Atwood doveva attivarlo", suggerì Ben, nervoso all'idea che altri membri dell'organizzazione, sebbene addetti alla manutenzione, potessero fare irruzione in quel momento. "Altrimenti non sarebbe stato in grado di gestire una creatura di quelle dimensioni."

"Non necessariamente", disse Grim. "Sono certo che il baule contenesse anche abbastanza liquido per tenerlo in vita per giorni senza farlo crescere troppo."

Rimasero entrambi in silenzio per un po', poi Grim si diresse verso la console di comando installata tra le pareti della cella e le piccole cisterne di acqua. La console si presentava come un pannello di controllo con indicatori, quadranti e interruttori, che fino a quel momento non fecero altro che accendere e spegnere le luci e i filtri dell'acquario. Gli occhi di Ben scorrevano sulle etichette con codici, numeri e altri messaggi meno enigmatici come «riempire», «pompare» e «svuotare». Nessuno però sembrava essere collegato al pavimento elettrificato, che certamente Grim stava cercando di attivare, viste le occhiate di traverso che lanciava in quella direzione ogni volta che toccava un interruttore.

Non avendo scoperto nulla di nuovo, abbandonò la console, riportando l'attenzione al tubo che aveva suscitato la sua curiosità prima. Entrò nella cella per guardarlo da vicino accompagnato dal rimbombo dei suoi passi.

Una serie di gradini grezzi li condusse verso un fondale in cemento in pendenza e verso l'imboccatura del tubo, sporgendo lateralmente a circa un metro da terra. Grim si chinò per guardare dentro e, grazie alla torcia del cellulare, vide una scia sottile e bagnata che luccicava nella parte bassa del condotto. La toccò con le dita, le annusò e fece una smorfia.

"Acqua del lago", mormorò, asciugandosi le dita mentre scrutava il soffitto, valutando la loro posizione.

Seguendo il suo sguardo, Ben notò alcune lettere bianche e poco visibili che dicevano «livello del lago», indicando una riga sottile che correva lungo le pareti della cella; a quanto pare, quella riga era il limite che l'acqua avrebbe potuto raggiungere senza allagare il resto del laboratorio.

"Pensa che il kraken sia uscito da qui?" chiese Ben, tornando vicino al tubo.

"Se così fosse, staremmo nuotando qui, invece di stare in piedi", rispose Grim, infilando la testa tra le fauci del tubo. "Probabilmente ci sono delle valvole che controllano il flusso d'acqua", disse con un leggero eco. Si ritirò dal condotto, lasciando scorrere distrattamente le mani lungo il bordo, come se fosse ancora perplesso sul suo scopo.

"Forse vogliono vedere come se la cava il kraken in acque contaminate", suggerì Ben. "Cioè... vengono allevati in ambienti controllati, forse vogliono capire come gestiscono l'esposizione a tossine e ad agenti patogeni presenti nell'acqua."

Il superiore lo guardò come se non gli fosse venuta in mente quella possibilità, poi tornò a fissare il tubo. "Beh, se le cose stanno così, ora hanno una risposta."

"Perché? Che altro uso potrebbe avere questo tubo?" chiese Ben, alquanto irritato dalla mancanza di convinzione dell'altro.

"Oh... pensavo che potesse essere una specie di tubo di alimentazione, visto che ci può stare una persona intera", rispose Grim. "Ci getti dentro un cadavere e..." disse, dimostrando l'azione con un gesto della mano.

"Intende dire una carcassa d'animale", lo corresse Ben.

"Un cadavere", insistette Grim.

Il giovane deglutì qualcosa, cercando di riacquistare la capacità di parlare senza vomitare, sebbene avesse lo stomaco vuoto. All'improvviso gli venne un capogiro, causato certamente dalla sua debolezza fisica e non dalla piega morbosa che aveva preso la conversazione.

"Non che li abbia mai visti depositare corpi nella cella... imbratterebbero le pareti" continuò Grim, rispondendo a domande che Ben non aveva il fegato di porre. "Immagino che li trasformino in una poltiglia..."

"Stiamo parlando di persone!" Ben intervenne quasi urlando.

Grim fece spallucce. "Scientificamente che differenza c'è tra un cadavere umano o animale?"

"Quindi è così che la pensa, signore?"

"È così che la pensano loro", fu la sua risposta evasiva.

# CAPITOLO 18

Il sole era già tramontato dietro gli alberi quando uscirono dal seminterrato, emergendo nel salotto tinto di luce color sangue.

Ben fu felice di respirare aria fresca e pulita; si sentiva già più leggero, e di conseguenza anche la nausea sembrò alleviarsi. Forse fu la debolezza generale a provocarla, o forse l'inizio di una qualche malattia trasmessa dall'acqua, contratta quand'era caduto nel lago. Ad ogni modo non era di certo causata dall'analisi raccapricciante di Grim, che Ben considerava poco più di una storiella inventata dalle guardie per far passare il tempo, aggiungendo ogni volta nuovi dettagli macabri. Sebbene Grim fosse abbastanza scaltro da riconoscere un aneddoto esagerato, Ben pensò che fosse comunque il tipo d'uomo che si divertiva nel raccontarlo e vederne gli effetti sugli altri. Era vero che alcune pratiche dell'organizzazione non erano moralmente corrette, ma esistono limiti che nessuno oserebbe superare. Grim stesso aveva affermato di non aver mai visto nessuno depositare un cadavere nella cella di kraken: la poltiglia con cui li nutrivano avrebbe potuto essere facilmente di origine animale o creata appositamente in laboratorio. Il giovane avrebbe voluto condividere le proprie riflessioni, ma non desiderava soffermarsi sull'argomento, specialmente dopo essere passato davanti al punto dove trovarono il cadavere di Atwood. Pallido in viso, Ben corse al piano di sopra per raggiungere il bagno.

Pochi minuti dopo uscì dalla casa, con una brutta cera ma rinvigorito da una lieve euforia, circondato dalla cacofonia crepuscolare di grilli che si richiamavano l'un l'altro. Trovò Grim ai piedi dell'altopiano, che puntava la torcia del cellulare su qualcosa di tondo simile a un tombino, coperto da erba alta e incolta.

"Scommetto che questa è l'altra estremità del grosso tubo che abbiamo visto prima", disse Grim, e aggiunse qualcos'altro che il giovane non capì, tutto preso a scrutare i boschi circostanti.

"Cosa?" chiese Grim.

"L'ha sentito anche lei?" chiese Ben, riferendosi a un grido in lontananza.

Prima che l'altro potesse rispondere, il suono si ripeté: un grido lungo, aspro e rauco, che attraversò il cielo scarlatto e squarciò il cantare dei grilli. Anche Grim doveva averlo sentito, a giudicare dal suo sguardo scosso e dalla postura rigida, come se avesse ricevuto una secchiata d'acqua ghiacciata; anche i grilli tacquero quando sentirono quel grido, accompagnato dal gemito cupo del vento.

C'era qualcosa nella sua natura non identificabile che Ben ricollegò ai vividi resoconti delle battaglie del diciannovesimo secolo, nello specifico quando la cavalleria si scontrava con i cannoni e i cavalli feriti cadevano accanto o sopra soldati mutilati, e i loro nitriti acuti si mescolavano ai lamenti angosciati di uomini morenti. E sebbene non riuscisse a capirne l'origine — umana o animale che fosse — ciò che lo confondeva era l'effetto che aveva su di lui: a volte se ne sentiva attratto, a volte ne era terrorizzato, come onde che trascinano via con sé tutto ciò che trovano.

Senza preavviso, Grim afferrò Ben per un braccio e lo spinse verso il furgone. La reazione violenta fu strana, dal momento che Ben l'avrebbe seguito senza fare domande; eppure, si ritrovò quasi a resistergli, non del tutto pronto a spostarsi da dove si trovava.

Una volta seduti nel furgone, Grim si assicurò che entrambe le portiere fossero ben chiuse, si appoggiò allo schienale e sembrò quasi incerto sul da farsi; nei suoi occhi c'era una punta di terrore che sembrava avergli tolto il fiato, mentre continuava a guardarsi intorno.

Nel frattempo, Ben sbirciò fuori dal suo finestrino, attraverso il quale si sentiva ancora lo strano grido. Poco dopo si interruppe, lasciandogli una dolorosa tristezza addosso che quasi lo spinse ad aprire la portiera e uscire. Non riusciva a spiegarsi perché quel suono lo facesse sentire così, sapeva solo che aveva quell'effetto.

Grim decise infine di andare a cercarne la fonte, mormorando nervosamente tra sé e sé: "E va bene... d'accordo... devo andare là fuori...". Il giovane non poté fare altro che annuire in silenzio. Era ancora abbastanza lucido da rendersi conto che il suo entusiasmo era preoccupante, e che quell'improvvisa infatuazione per quel grido era a dir poco angosciante. Ma l'impulso proveniva da una parte di sé, in profondità, che voleva ignorare tutte le sue preoccupazioni, come quando si è afflitti da un prurito esasperante in una situazione formale e non si riesce a pensare ad altro che darsi una grattatina furtiva.

"Rimani qui", ordinò Grim mentre scendeva.

Ben saltò giù dal lato del passeggero.

"Vengo anch'io, signore", affermò quando Grim lo guardò con sorpresa e irritazione.

"Ho detto che devi rimanere qui", gli rispose con fermezza, dirigendosi verso il retro del furgone.

"Perché?"

"Vado a prenderlo."

"Che cosa?"

"Il kraken."

"Il kraken??" fece eco Ben; vedendolo esitare, Grim gli ordinò nuovamente di rimanere nel furgone. Ma appena si mosse, il giovane lo seguì.

"Pivello..." lo avvertì Grim.

"Voglio essere d'aiuto."

"Direi che hai già fatto abbastanza", rispose l'altro con tono secco mentre recuperava qualcosa dal pianale del furgone.

Ben non rispose subito, incuriosito dal fagotto nero che Grim aveva estratto da uno scompartimento nascosto. Qualsiasi cosa fosse, aveva lo stesso odore metallico del lago, emanando di tanto in tanto ondate di fetore marino.

"Rimarrai qui, come eravamo d'accordo", ribadì Grim.

"Ma ho preso la pillola, signore. Lei stesso ha detto che è come uno strato protettivo. So di non essere un agente brillante, ma posso essere un paio di occhi o di orecchie in più, posso coprirle le spalle. Sono pur sempre il responsabile di questo pasticcio, signore. A un metro e mezzo di distanza o quindici metri, ho comunque intenzione di seguirla."

Grim lo fissò intensamente per fargli cambiare idea. Quando fu chiaro che Ben non avrebbe desistito, Grim annuì riluttante dando il proprio consenso.

"Non ho tempo per discutere", disse, avvicinandosi al lato del furgone per avere un po' di privacy mentre si spogliava. "Rimani dietro di me. E se dovesse succedere qualcosa, scappa e non voltarti indietro."

Il fagotto nero, ora srotolato e posato sul pianale del furgone, si rivelò essere un indumento che assomigliava a una muta imbottita. Aveva una cerniera diagonale che andava da una spalla all'anca opposta e un'imbottitura che ricordava i muscoli del torso; tuttavia, quando esposto alla luce, il suo tessuto nero luccicava come pelle ricoperta di sudore, mostrando nella parte inferiore una trama simile a quella di un insetto o un crostaceo. Nonostante tutto, il materiale opaco sembrava abbastanza elastico, allungandosi ed espandendosi mentre Grim entrava nella tuta e spingeva le braccia nelle maniche strette.

Più notevole fu il graduale cambiamento che avvenne in Grim, dalle sopracciglia aggrottate agli occhi infossati e concentrati, dalla testa alta al portamento sicuro di sé: il mascalzone sempre stravaccato non c'era più, sostituito in quel momento da un agente con la schiena ben dritta.

Il giovane notò tutti questi dettagli nei pochi istanti che Grim impiegò per raccogliere i capelli lunghi e legarli con un elastico dietro la testa, con la destrezza di chi non ha alcuna difficoltà ad operare indossando i guanti. Ben iniziò a chiedersi se non fosse quello, il vero Grim: l'uomo che aveva presumibilmente sfidato le acque inquinate e infestate dai kraken per salvarlo da annegamento certo. O forse quello era solo una delle sue tante personalità, tanto diverse quanto i suoi molteplici soprannomi. Grim, Cavallo Pallido, Sciacallo, Ottavo — e ovviamente Farfallone — non erano nomi veri, indipendentemente da cosa dicesse il loro proprietario. Se Ben potesse ottenere una copia del certificato di nascita del suo superiore, quale nome ci troverebbe? Non che avesse modo di procurarselo... In fin dei conti quel documento non era così importante, concluse Ben con un sorriso pensieroso. Per lui Grim era semplicemente Grim, proprio come lui era «pivello» per l'altro.

"Giusto per essere chiari..." disse Grim mentre appallottolava i vecchi vestiti, gettandoli sul suo sedile, "non andartene finché non abbiamo una vaga idea di dove si trovi. Gli alberi distorcono i rumori, per cui non possiamo fare affidamento sull'udito. Il tegmen sarà il nostro campanello d'allarme."

“In che modo, signore?”

“Reagisce alla presenza dei kraken”, rispose Grim, allacciandosi un casco nero lucido con visiera opaca che gli copriva interamente il viso e gli ovattava la voce.

“Ma come fa a capire che ce n'è uno nelle vicinanze?”

Il superiore emise un sospiro stanco. “Non lo so, pivello... Sente i feromoni o qualcosa del genere.”

“Porta il fucile con sé, signore?” chiese Ben quando Grim raccolse l'arma; e sebbene non potesse vedere il viso dell'altro, nascosto dietro la visiera, Ben aveva l'impressione che il superiore lo avesse fissato per un momento, invece di rispondergli. Senza parlare, Grim accese poi la piccola torcia montata sulle canne del fucile.

Si avviarono lungo la riva del lago, calpestando il terreno sabbioso in silenzio. Un cielo crepuscolare tinse di viola la zona, e gli alberi con le loro ombre scure avevano divorato avidamente la poca luce rimasta. Di tanto in tanto, Grim si girava per studiare gli spazi tra i tronchi, spingendo il giovane a fare lo stesso. Ben, immaginando il kraken come una specie di cefalopode, si chiese nervosamente quanto veloce o lontano potesse spostarsi quella creatura sulla terraferma. E proprio mentre stava per mettere in dubbio la sua decisione di seguire Grim, l'uomo si fermò davanti un solco poco profondo che tagliava la riva, come se una barca a remi fosse stata trascinata fuori dall'acqua. Il solco proseguiva verso il bosco, tracciando un sentiero bagnato tra gli alberi e lasciando una scia di erba schiacciata e arbusti spezzati.

I loro passi si fecero più leggeri mentre camminavano sulle tracce del kraken, inoltrandosi nel bosco, dove la visibilità si riduceva: più di una volta Ben sussultò al tocco di un ramo basso che gli sfiorava la testa o la spalla e, senza alcuna conversazione a distrarlo, con la mente libera rievocò lo strano grido della creatura più e più volte, quasi aspettandosi di sentirlo a momenti, finché anche il ricordo non iniziò a dissolversi. E poi lo sentì: un lamento straziante che, come acqua ghiacciata, gli inondò il cuore e lo fece indietreggiare, coprendosi le orecchie.

"Cerca i suoi figli!" esclamò Ben a Grim, che gli stava davanti e che in quel momento puntò il fucile verso la boscaglia davanti a lui. Non era chiaro se il superiore avesse sentito o meno le sue parole, persino Ben non aveva sentito la propria voce. Il grido acuto risuonò chiaramente nonostante si stesse proteggendo le orecchie con le mani, fremendo in ogni suo nervo fino a quando anche la punta delle dita sembrò tremare.

Per fortuna poco dopo si spense e, durante la breve pausa, Grim si girò e alzò una mano, facendo gesto a Ben di non fare rumore.

"Ha parlato, signore..." sussurrò quest'ultimo. "L'ha sentito? Stava dicendo qualcosa", ribadì, anche se il superiore teneva l'arma puntata davanti a sé senza dare alcun segno di averlo sentito. In effetti, oltre al grido stridente, c'era anche un vocio continuo nel quale Ben colse frammenti di parole. Ma dimenticò momentaneamente questa sua scoperta, quando nella penombra vide Grim bloccarsi e barcollare in avanti, come se fosse stato colpito alle spalle. Durò solo un momento, e subito dopo riprese il controllo del fucile.

"È vicina!" sibilò Grim, tenendo il fucile puntato in avanti mentre indietreggiava, obbligando anche Ben a ritirarsi.

"Signore?"

"Shh! La stiamo attirando..."

Continuò a indietreggiare, quasi calpestando i piedi di Ben, che durante il breve urto notò che la trama del tegmen era cambiata, e che istintivamente posò una mano sulla parte posteriore della spalla di Grim. Invece di pelle imbottita, trovò scaglie rialzate di un materiale più robusto, simile alle piastre delle armature. Doveva essere così: nervoso com'era, Grim avrebbe reagito anche al minimo tocco di Ben, ma avvolto in quel guscio protettivo, sembrava non essersi accorto di nulla. Così il giovane decise di lasciare la mano appoggiata, per capire meglio gli spostamenti di Grim e seguirne le mosse.

Nel frattempo, il kraken non si faceva notare: non si vedeva un filo d'erba secca muoversi, né si sentivano ramoscelli spezzarsi. Ben non riusciva né a sentirlo né a vederlo chiaramente, sebbene sbirciasse da sopra la spalla di Grim. Ma d'altronde non riusciva nemmeno a sentire i passi del collega mentre continuava lentamente a indietreggiare, esitando di tanto in tanto, come se anche lui fosse incerto se la creatura si stesse muovendo con loro.

Le grida del kraken si alzarono di nuovo, ma questa volta sembravano più vicine, rimbombando nel cranio di Ben e producendogli scariche elettriche sotto la pelle. Seppur sussultando, il giovane resistette e continuò a muoversi in sincronia con l'uomo davanti a lui. Poco dopo, involontariamente, iniziò a distinguere qualcosa tra il rumore.

"Non possiamo dominarlo..." mormorò Ben, ripetendo frammenti di frasi che aveva colto, come per estrapolarli e salvarli dalla confusione. "L'odore della morte lo sovrasta..."

"Silenzio!" sussurrò Grim.

"No, signore, ascolti..." disse Ben e si fermò di nuovo, cercando di distinguere le parole dal rumore. "Non è adatto. Sangue acido, carne in putrefazione. Familiare o meno, condivide lo stesso sangue, come in passato..."

Grim stava per ripetergli di tacere quando si sentì un forte crepitio. Spostò la torcia di lato, appena in tempo per illuminare un albero scosso da qualcosa. Poi, dall'oscurità impenetrabile, qualcosa sfrecciò verso di loro. Grim mantenne la presa sul fucile, in modo da intercettarla.

La torcia, puntata verso l'alto, illuminava in parte anche un lungo braccio scuro, avvolto attorno al fucile. Più che un braccio, si trattava di una mano: enorme, nera e luccicante, con tante dita scheletriche e incrostate di fango, che si chiudevano intorno alle canne del fucile come un grande ragno, coprendone quasi l'intera lunghezza e sembrando forti abbastanza da spezzare l'arma in due.

Ben cadde all'indietro, coprendosi la bocca con le mani mentre urlava terrorizzato.

Due dita ossute della grande mano nera si stesero lentamente e si chiusero di nuovo intorno al fucile: forse il kraken stava analizzando ciò che aveva afferrato e si era reso conto che non era ciò che voleva. Se avesse steso di nuovo le dita, sarebbe riuscito a sfiorare la visiera di Grim. Forse l'aveva già fatto.

Grim inspirò tremando e disse a voce bassa: "Vai." Poi subito dopo: "Corri!". Lasciò andare il fucile, si girò per fuggire e diede una bella spinta a Ben per farlo partire, quasi facendolo cadere.

Gli alberi, alti e robusti, impedivano loro di fuggire rapidamente. E dopo essersi fatti strada tra essi, saltandone i tronchi ondulati ed evitandone le radici, i due uomini si lasciarono alle spalle il bosco e si diressero, sbandando, verso l'ampia strada sterrata, dove poterono rallentare e controllare se la creatura li stesse seguendo.

Secondo Grim erano arrivati in quel punto allo stesso momento, ma Ben sapeva di essere rimasto indietro per un po', a causa di rami caduti o radici che quasi lo fecero inciampare. Il dolore al fianco lo costrinse a rallentare, ansimando e zoppicando, fino a raggiungere Grim, che si stava slacciando il casco con difficoltà. Lo tolse, facendolo cadere a terra, e con una mano guantata Grim si appoggiò a un albero per riprendersi.

Espirò, emettendo una nuvola di vapore bianco, ma il suo viso era pallido e privo di ogni segno di fatica o calore; aveva lo sguardo vitreo e, quando la mano gli scivolò lungo la corteccia ruvida, quasi cadde a terra se la spalla non l'avesse sorretto, appoggiandosi al tronco.

Ma proprio quando Ben fu sul punto di esprimere la propria preoccupazione, il momento passò: era sparito in un istante, come se tutto ciò di cui l'uomo aveva bisogno era una boccata d'aria per riprendere colorito e ridare un po' di luce e risolutezza ai suoi occhi. Lo sguardo vitreo non c'era più, ma Ben continuò a fissare il collega, che ora sembrava semplicemente provato dalla corsa e non più... cosa? Impaurito? La paura era di certo presente, ma c'era dell'altro. Non era nemmeno vigliaccheria, altrimenti avrebbe provato un gran sollievo e la necessità di scaricare la tensione attraverso una risata, visto che il pericolo sembrava passato.

Ben sapeva che era passato, lo dedusse dai lamenti lontani, pieni di dolore e sconforto, come se il kraken si fosse stancato o scoraggiato e avesse deciso di rinunciare alle proprie prese.

"Non ci seguirà", affermò il giovane con abbastanza convinzione da incuriosire l'altro uomo, che si voltò per guardarlo. "Sembra stanco", spiegò, chiedendosi come mai Grim non fosse arrivato alla stessa conclusione.

"Stanco..." ripeté Grim, incerto su cosa volesse dire ma senza metterlo in dubbio.

"Malato", stava per aggiungere Ben, ma si fermò perché il termine gli sembrava impreciso. Ma i lamenti collerici che sentiva ormai distanti gli sembravano effettivamente provenire da una creatura che non stava bene, sofferente. "Lo sente anche lei, vero?" chiese invece, fissando Grim, che stava ancora scrutando l'oscurità tra gli alberi come se vi cercasse la massa nera del kraken.

"Ci dev'essere un modo migliore..." disse Grim, rinunciando a rispondere alla domanda precedente, più con pragmatismo che apprensione. "Torniamo da Atwood. Voglio dare un'altra occhiata a quel seminterrato."

Rimase in silenzio per un po' mentre percorrevano la strada sterrata, tanto che Ben temeva che il collega se la fosse presa con lui per non aver fatto silenzio o per una qualche altra infrazione simile, che poteva aver compromesso la loro missione.

"Non mi aveva detto che il kraken potesse parlare", disse Ben con un tono di voce stranamente allegro, mentre voleva sembrare disinvolto e leggero.

"Non parlano, infatti..." rispose Grim, brevemente. "Ripetono e basta. Lo fanno per attirare vittime ignare."

"Se intende le grida, signore, allora sono d'accordo: sembravano umane e inquietanti. Ma intendevo altro, le cose che ha detto... l'ha definita «familiare». E ha detto qualcosa sul condividere lo stesso sangue."

Immediatamente Grim si fermò, dando le spalle a Ben.

"Condividere lo stesso sangue?"

"Sissignore."

La luce della luna sfiorò il profilo di Grim mentre girava la testa. "In che senso familiare?"

Per un momento confuso, Ben si chiese se la domanda fosse genuina o una provocazione. Propense per la prima opzione e cercò di ripetere ciò che ricordava, ma si rese conto di non sapere cosa dire: ogni ricordo era evaporato come acqua.

"Non lo so..." fu tutto ciò che riuscì a balbettare.

"Come, non lo sai?" chiese Grim, voltandosi per affrontarlo; quando Ben fece spallucce in risposta, lo esortò: "Ma se hai appena detto che gli sono familiare... Come fai a saperlo? Che altro ha detto?"

"Signore, ma lei ha detto che non sanno parlare..."

"Dimmi cos'ha detto, voglio saperlo", intervenne Grim, stringendo le spalle di Ben come se temesse una fuga del giovane, portandosi via con sé informazioni segrete. "E va bene, senti... Forse mi sbaglio, forse può comunicare in un qualche modo che noi non comprendiamo e io ho solo ripetuto un sacco di stronzate senza senso che ho sentito in giro. Non è importante, in questo momento. Voglio solo sapere cos'hai sentito." Disse tutto questo con un tono gentile, ma con un certo fervore di fondo, come se si stesse sforzando a mantenere la calma, temendo di perdere informazioni vitali se avesse forzato la mano.

Ben ne fu confuso e, allo stesso tempo, provò compassione per il superiore: cosa spingeva Grim a interessarsi improvvisamente a ciò che la creatura aveva da dire?

"M... mi dispiace, signore. Le giuro, non ho sentito molto. Solo poche parole che sono riuscito a distinguere qua e là... come quando ci sono interferenze alla radio."

Grim lo trattenne ancora un momento, scrutandolo in faccia come se non fosse del tutto convinto.

# CAPITOLO 19

Non avendo più nulla da dire a riguardo, l'argomento venne messo da parte e un silenzio pesante scese su di loro mentre tornavano al furgone.

Una volta raggiunto, proprio mentre stavano per aprire ciascuno la propria portiera, una banda di cinque o sei uomini si materializzò nell'oscurità e attaccò i due, inchiodandoli a terra e legando loro mani e piedi. Furono veloci a sistemare Ben e, dopo averlo lasciato immobilizzato a terra vicino alle ruote anteriori del furgone, si precipitarono ad aiutare i loro soci, che stavano facendo fatica a sottomettere Grim.

Ben non riusciva a vedere molto, ma sentì un corpo sbattere sul cofano del mezzo, seguito da un'imprecazione e un tonfo in acqua. Poco dopo la colluttazione piena di grida terminò e qualcuno lo afferrò, tirò su di peso e lo gettò nel retro del furgone. Batté la testa di lato sul duro pianale e gli fece un male tremendo, tanto che sussultò e per alcuni secondi rimase con gli occhi chiusi, senza accorgersi che Grim era di fianco a lui. Subito dopo gli uomini senza volto si accalcarono nel retro del furgone, mentre questo veniva messo in moto e fatto sgommare nel sentiero sterrato.

Gli uomini seduti dietro festeggiavano con applausi e Ben, che cercava di capire se Grim fosse vivo e cosciente, sentì di fianco a sé che il collega cercava di alzarsi, ma uno degli uomini si chinò su di lui, mettendogli un ginocchio sul petto e minacciandolo di fargli saltare il cervello se avesse provato a fare qualcosa.

Dopo un tempo infinito, il furgone si fermò di colpo e Ben venne trascinato per i piedi fuori dal mezzo e fu costretto a inginocchiarsi a terra. Erano nel recinto della comune, lo poteva intuire dalla folla che li circondava: uomini e donne, giovani, vecchi e bambini. Il rumore del motore gli rimbombava ancora nelle orecchie, coprendo il baccano fatto di scherno, smorfie, grida e fischi, che venivano da persone con volti distorti e mani tese a graffiare l'aria con lunghi artigli, trattenute come da una linea invisibile, a formare un cerchio intorno ai due uomini a terra.

Ben riusciva a malapena a distogliere lo sguardo dalla folla infuriata, ma alla fine si voltò verso Grim, in ginocchio accanto a lui con un'espressione impassibile, nonostante lo squarcio sul sopracciglio sinistro che sanguinava profusamente sul viso. Come un cane che si lecca i baffi, Grim assaggiò il proprio sangue e sembrò trovarlo dolce: ritrasse la lingua e, con occhi spalancati, fece un ghigno sottile e storto mostrando i denti.

Non c'era nulla di rassicurante in quell'espressione, che Ben prese per insolenza inopportuna, soprattutto il quel momento in cui un oceano di mani e braccia tese era pronto a rompere la barriera invisibile e ingoiarli.

Al giovane si voltò lo stomaco, ma vomitare non l'aiutò a schiarirsi la mente o la vista.

Poi un silenzio graduale scese sulla folla, le mani si abbassarono e dozzine di teste si voltarono controvoglia verso una voce lontana che iniziò un sermone. Era ovvio a chi appartenesse. E mentre Thane parlava alla sua gente, due uomini armati si avvicinarono e tagliarono le corde che legavano i piedi di Grim e Ben, prima di farli alzare e camminare in avanti. Uno dei due energumeni doveva aver aperto la strada per separare la folla distratta. Ben vide solamente Grim che arrancava davanti a sé, affiancato dalle guardie che ogni tanto gli davano uno spintone non necessario. Anche Ben ricevette un paio di spinte, ma probabilmente a causa del fetore che emanava non venne toccato spesso. Qualcuno dalla folla sputò sul corteo, colpendo per sbaglio una delle guardie invece dei bersagli, e questo scoraggiò ulteriori simili tentativi.

A differenza dei raduni precedenti, questo ebbe luogo all'aperto, in un angolo della proprietà che Ben non aveva ancora visitato. Casse di tamburi, utilizzati come bracieri, erano sparse ovunque nel campo. L'aria era intrisa di un pungente odore di animali, soprattutto quando superarono un alto recinto, tra le cui assi si potevano vedere panciuti maiali che dormivano appoggiati alla staccionata, curvandola.

"Immagini di una terra desolata disturbano le mie visioni. Siamo sicuramente prossimi a una rivelazione!" urlò Thane, a una manciata di metri di distanza.

Uno strano effetto della luce trasformò la sua ombra in un essere con sei braccia, invece di due. Per quanto provasse a sbattere le palpebre o mettere a fuoco la scena, Ben era incapace di far sparire le braccia in più. Eppure, era davvero un gioco di luci e ombre, se ogni arto si muoveva in modo indipendente? Una mano con il dito puntato, una sollevata in supplica, una aperta, una con il palmo verso il basso, una stretta a pugno e una rilassata alla fine di un braccio sollevato.

Ai piedi di Thane c'erano tre corpi, o meglio i corpi di tre uomini, e davanti a essi Ben e il collega furono costretti a inginocchiarsi, dando la possibilità al giovane di mettere a fuoco i loro volti: avevano gli occhi chiusi e labbra leggermente aperte, i cui angoli erano rivolti verso l'alto in un misto di gioia e timore reverenziale. Due uomini sembravano avere la stessa età, mentre il terzo era chiaramente più giovane; uno sguardo di quieta estasi si irradiava sui loro visi riposanti, proprio come il sonno sembra donare giovinezza temporanea a chi dorme.

Grim guardò i tre uomini e, con un sopracciglio alzato, disse: "A quanto pare qualcuno ha fatto serata."

Thane ignorò il commento temerario e semplicemente disse: "Non riusciamo a svegliarli."

"Caspiterina", mormorò seccamente Grim. "Chi l'avrebbe mai detto che entrare in contatto con acqua inquinata potesse far male?"

"Viviamo vicino a questo lago da due stagioni. Non è mai successo prima d'ora", fu la risposta misurata di Thane. Parlò con la stessa pazienza di un detective che lascia un sospettato libero di dire le proprie spacconate mentre lo studiava, preparandosi per smantellare con calma la sua versione dei fatti.

"E quindi?" Grim fece spallucce. "La tubercolosi ci mette dalle due alle dodici settimane a..."

"Il tuo ragazzo è caduto nel lago come loro", fece notare Thane. "Rispetto a loro, sembra in buona salute."

Grim si mise a ridere. "Non conosco i tuoi standard, ma dubito che vomitare a getto voglia dire che è in buona salute. È stato male tutto il giorno. Anzi, se fossi in te, non mi ci avvicinerei troppo."

Niente di tutto ciò sembrò aver raggiunto le orecchie di Thane. "Voglio che tu mi dica che cosa c'è che non va in loro, perché stanno così e come posso curarli."

"Non puoi curarli senza un intervento medico. Ma visto che non ti piacciono né i medici né gli ospedali, farai prima a ucciderli e bruciarne i cadaveri."

"Non mi servono dottori quando ho te qui. Hai medicato il ragazzo, ora mi aiuterai a far star bene i miei uomini."

"L'ho raggiunto appena in tempo", affermò Grim con rabbia, fissandosi sugli occhi scuri di Thane che in quel momento era a un passo da lui. "È troppo tardi per questi uomini." Incapacitato di girarsi verso la folla, Grim si contorse e alzò la voce affinché tutti i presenti sentissero il resto della sua risposta: "È troppo tardi per questi uomini. Non scherzavo quando dicevo di bruciarne i cadaveri... Presto saranno contagiosi. Farete la loro stessa fine, a meno che non prendiate le vostre cose e ve ne andiate da qui. È troppo tardi per loro, ma voi potete salvarvi. Questa non è una terra promessa. Questo postaccio, questo pezzo di Geenna, non è un paradiso perduto. Il lago è contaminato, non potete berne l'acqua, né usarla per irrigare i campi... Non cresce nulla in questa terra. Ve la cavate a malapena, e principalmente grazie alle donazioni. Ma anche quelle finiranno, e se non sarà la fame a uccidervi, saranno queste acque infestate..."

Un forte calcio al petto interruppe i presagi di Grim, che si piegò in avanti e iniziò a tossire.

"Ecco che i nemici si rivelano per quello che sono..." disse Thane, allontanandosi da lui e rivolgendosi al suo popolo con le braccia alzate, come a voler radunare la gente. "Hanno sparso i semi della discordia. Vogliono che ce ne andiamo, che togliamo le radici. C'è del valore in questa terra, in questo angolo di mondo che ci è tanto caro. Siamo venuti qui per evitare la società. Siamo venuti qui per vivere secondo le nostre regole e le nostre condizioni. Siamo venuti qui per affermarci come sovrani di noi stessi. Io vi ho dimostrato che non dovete mendicare per il cibo. E voi avete dimostrato di essere forti, sani e generosi! Nessuno qui è come gli edonisti, deboli e grassi, o come gli epicurei, attaccati al cibo. Chi di voi pensava che tutto questo sarebbe stato possibile, prima di venire qui? E ora anche gli estranei l'hanno visto: non siamo grandiosi? Non siamo capaci di prosperare e moltiplicarci? Lo temono... temono la nuova generazione che li farà cadere. Perché altrimenti dovrebbero avvelenarci? Vedono il nostro potenziale e ne hanno paura. Voi che ne dite?"

La folla agitata gridò, le singole risposte si persero nel clamore dell'indignazione. Alcuni iniziarono a chiedere di uccidere gli estranei, facendo partire un coro che ripeteva lo stesso ritornello. Le guardie, travolte dal furore generale, puntarono le armi sulle teste dei prigionieri. Thane apprezzò quella dimostrazione di rabbia in suo supporto, sebbene non avesse autorizzato alcuna uccisione, e intervenne abbassando le canne dei fucili con una mano.

"La vostra ira è giustificata," disse rivolgendosi ancora una volta alla gente, "perché è frutto della vostra preoccupazione per questi uomini". Indicò i tre distesi a terra. "Per alcuni sono fratelli, o mariti, o figli. Ma sono importanti per tutti noi. Tutti noi abbiamo a cuore la loro salute. Gli estranei diranno cosa sanno. E se non lo faranno, potrete farne ciò che volete."

Detto questo, Thane fece il giro intorno ai due uomini inginocchiati, concedendo loro qualche momento per capire la gravità della situazione in cui si trovavano. Poi si avvicinò alle loro spalle, quasi insinuandosi tra i due mentre si accovacciava appoggiando una mano sulla spalla di ognuno.

"Hanno meno pazienza di me", disse. "Quindi lo chiederò di nuovo: cosa c'è che non va in quegli uomini e come possiamo aiutarli?"

"Ti conviene pregare il tuo santo protettore", borbottò Grim, evitando lo sguardo di Thane.

Quest'ultimo afferrò una manciata di capelli di Grim e gli tirò indietro la testa. "Questo non è qualcosa che si può curare con un farmaco da banco."

"Chiedi ad Atwood, allora..." suggerì Grim, sussultando leggermente ma senza lasciar trapelare le sue emozioni. "Sono certo che può essere di grande aiuto."

Thane capì subito il tranello, sorrise e gentilmente lo lasciò andare prima di alzarsi in piedi. "Spera che troviamo qualcosa di utile nel vostro veicolo. Dubito che vogliate essere fatti a pezzi dalla folla inferocita."

Anche Grim si alzò in piedi, ma fu dissuaso dai fucili delle guardie dal fare un passo in qualsiasi direzione. Non aveva intenzione di andare da nessuna parte, voleva solo farsi ben sentire dalla gente.

"Il vostro capo ha appena condannato a morte certa tutte le persone qui presenti! Non sapete con chi avete a che fare. Se pensate che nessuno verrà a cercarci, vi sbagliate di grosso. Sanno dove siamo e verranno a prenderci. Non esiteranno a radere al suolo questa terra, portarvi via i bambini e raccogliere i cadaveri ancora caldi per i loro scopi. A quel punto la vostra migliore via d'uscita sarà una pallottola in testa. La soluzione che vi ho proposto è l'unica che vi salverebbe la vita. La ripeto: uccidete quei tre uomini. Bruciate i loro corpi e andatevene da qui."

Scese un silenzio assoluto, durante il quale i membri della comune si scambiarono sguardi esitanti, cercando reazioni di scetticismo e preoccupazione. Anche Thane fece una lunga pausa per riflettere e aspettare che la confusione generale si calmasse, prima di affrontarla.

"Sappiamo tutti come rispondergli, non è vero?" rassicurò la gente con una risatina complice. "Meglio ancora, facciamoglielo vedere. Sai cosa mangiano gli onnivori, ragazzo?" disse, mettendosi davanti a Ben e costringendolo a rispondere.

"Mangiano alimenti di origine sia vegetale sia animale", disse Ben dopo un'occhiata incerta al superiore.

La risposta venne ignorata da Thane, che preferì una versione più articolata. "Cacciatori, predatori... sono assetati di sangue. Non uccidono per pietà, è solo più economico: non sprecano energia per tenere ferma la loro preda, mentre si nutrono di essa. E gli onnivori invece? A loro non importa. Si nutrono a ogni opportunità. Sono contenti di mangiare qualsiasi cosa trovino per strada e non sono schizzinosi. Il cibo è cibo e la carne..." batté le mani come per concludere rapidamente l'argomento. "Ma perché parlarne, quando possiamo averne una dimostrazione?"

Mentre diceva questo, due guardie sollevarono Ben come se fosse stato un tappeto arrotolato e lo portarono al recinto dei maiali, posandolo sulla staccionata.

"Quello che non mangiano, verrà bruciato", spiegò Thane con un ringhio roco. "E ciò che non bruciamo, verrà mangiato da loro. Il vostro mezzo finirà in qualche fosso, a qualche kilometro da qui. I vostri cosiddetti amici possono provare pure a cercarvi. Tra due o forse tre giorni non ci sarà più alcuna traccia di nessuno di voi due. Se siete fortunati, non vivrete abbastanza a lungo da vedere quanto lentamente si svolgerà il tutto."

Ben gridò quando uno degli uomini che lo tenevano finse di lasciarlo cadere nel recinto, irritando ulteriormente i maiali, alcuni dei quali appoggiarono gli zoccoli anteriori contro la staccionata, dimenando il muso verso l'altro e grugnendo in attesa.

"Ultima possibilità di parlare", annunciò Thane rivolgendosi a Grim. "C'è qualcosa che vuoi dirmi, prima che il tuo amico faccia un bel salto?"

Il viso sollevato di Ben sembrò supplicare Grim di dire qualcosa: "Per l'amor del cielo! Inventati una delle tue frottole per farlo contento!"

Invece le braccia di Grim si alzarono al cielo, improvvisamente libere dalla corda che gli legava i polsi. Subito una delle guardie fece fuoco, facendo cadere Grim all'indietro. Fu l'ultima cosa che Ben riuscì a vedere, prima che gli uomini lo lasciassero andare, facendolo cadere dalla parte sbagliata della staccionata.

Altri maiali si avvicinarono al trotto, musi toccavano il fianco e la pancia di Ben alla ricerca di organi teneri. Lo girarono per poter scavare meglio sotto il sottile strato della sua maglietta. Poi uno dei maiali emise uno strillo acuto e balzò indietro, come se fosse stato punto da una scarica elettrica. Un altro maiale ebbe la stessa reazione; presto l'intera mandria si allontanò, lasciando Ben a scalciare preso dal panico, rannicchiato in sé stesso, insensibile al pandemonio fuori dal recinto, fatto di urla e colpi di arma da fuoco, finché qualcosa non atterrò a pochi centimetri dalla sua testa. Uno schizzo di fango finì negli occhi di Ben, impedendogli di vedere la figura che lo tirava su e lo metteva in piedi contro la recinzione. Con le mani finalmente libere, si pulì il fango dagli occhi.

"Sei al salvo, va tutto bene, va tutto bene", fu la frase ripetuta freneticamente, a cui Ben poté solo fare eco: "Sì, sto bene, sto bene". Annuì con il capo un paio di volte finché il viso accaldato non venne travolto da un'ondata di sollievo. L'orrore evitato per un soffio — vedere Grim riempito di pallottole, assistere alla sua morte e perdere ogni speranza di venire salvato prima di essere gettato in una fossa per essere mangiato vivo — e questo rese Ben ancora più felice di accettare l'abbraccio rassicurante intorno alla testa, nel quale si rifugiò in singhiozzi per un momento fugace. Anche quando Grim abbassò il braccio, Ben cercò di trattenerlo, premendo il viso contro la spalla ossuta dell'uomo, o meglio contro lo spallaccio del tegmen.

"Dobbiamo andarcene da qui, prima che ritornino", lo esortò Grim con un colpetto rassicurante.

Spinto più dall'imbarazzo che dalla rassicurazione, Ben abbassò le braccia e fece un passo indietro. Il senso di vergogna che provava passò presto in secondo piano quando, una volta scavalcata la recinzione dei maiali, vide i campi circostanti vuoti. La maggior parte della folla era fuggita, ma qualche persona era ancora visibile, nascosta dietro gli alberi.

Grim teneva il fucile all'altezza del fianco, puntandolo contro ogni possibile minaccia e muovendolo in piccoli cerchi. Qualcuno sparò contro di loro da lontano. Grim rispose facendo fuoco tre volte in rapida successione, tirando l'otturatore dopo ogni colpo senza apparente difficoltà, come una macchina affidabile che faceva saltare in aria i proiettili usati.

Fatto ciò, esortò Ben ad alzarsi in piedi, lasciandolo fuggire mentre gli copriva le spalle con il fucile puntato nella direzione dell'ultimo colpo. Quando raggiunsero finalmente il furgone, lo trovarono con le portiere spalancate, che gli uomini di Thane non si preoccuparono di chiudere; anche le chiavi del veicolo erano state semplicemente abbandonate. In meno di un minuto, il furgone sfrecciò superando le guardie, che stavano tentando di chiudere il cancello e bloccarli, solo per tuffarsi fuori dalla traiettoria del veicolo in corsa.

Dopo aver messo una certa distanza tra loro e la comune, Grim accostò sul ciglio della strada. Scese dal furgone, portando con sé il fucile e smontandolo, gettandone i pezzi nel lago. Tornato al mezzo, trovò Ben seduto sul pianale del furgone.

"E dai, Ben..." disse Grim con voce esausta.

"Voglio stare seduto qui dietro."

"Senti..." disse Grim, tirando un lungo respiro, "se hai bisogno di un momento, possiamo aspettare."

"Non ho bisogno di un momento, voglio solo stare seduto qui dietro. Non capisco quale sia il problema, non ho mica intenzione di saltare giù mentre siamo in movimento... o altre cose simili", balbettò Ben con un tono teso, dicendo di più di quanto intendesse condividere.

Grim lo fissò per un attimo, con la testa leggermente inclinata all'indietro e le sopracciglia aggrottate e incerte. Senza proferir parola, aprì la portiera dal lato del conducente e afferrò i vestiti che indossava prima.

"Tieni", disse con voce gentile, passandoli a Ben. "Vai là dietro gli alberi e mettiti questi. Puoi gettare le tue cose sporche nel lago."

Lo sguardo di Ben passò dall'uomo alla camicia e i jeans appallottolati che Grim teneva in mano, ma non si mosse per prenderli.

"Ti sei inzaccherato nel fango dei maiali", disse il superiore con un'alzata di spalle indifferente, prendendo la questione alla leggera. "E allora? Cambiati i vestiti e sarà tutto finito."

Ben aveva capito le intenzioni di Grim. Guardò di nuovo il collega e i vestiti che gli venivano offerti, rosso dalla vergogna, poi li accettò. Iniziò a dirigersi verso gli alberi, poi si girò a metà strada e disse, a testa bassa: "Non mi era mai successo prima."

Grim liquidò il tutto con un gesto sprezzante. "Succede a tutti, prima o poi. Non c'è niente di male. Ora vai a cambiarti."

# CAPITOLO 20

Erano quasi le nove quando si fermarono nel retro della Locanda del Tè. Ben, sprovvisto di orologio, non immaginava che fosse così presto, anzi pensava che fosse quasi mezzanotte. Il retro del locale non aveva finestre, per cui non c'era modo di dedurre se fosse ancora aperto.

Ben avrebbe voluto vedere cosa stava facendo Olivia, riposare un attimo nella quiete del locale poco illuminato, nel silenzio interrotto solo da pavimenti che venivano spazzati, tavoli puliti e sedie sistemate: un mondo completamente diverso dalle grida e dalla confusione delle ultime quarantotto ore. Sarebbe rimasto a fissare il muro, rincuorato dal bagliore temperato delle luci sopra i fornelli della cucina, che gli avrebbe ricordato che quello era un luogo tranquillo. Rimase assorto in quella fantasticheria, salendo distrattamente i gradini che portavano al loro alloggio, mentre con occhi persi immaginava ancora di essere nella Locanda del Tè, tra le pareti color sabbia e gli angoli un po' oscurati, senza nessuno intorno tranne che la presenza aggraziata di Olivia, che gestiva la propria attività. Per questo si sorprese quando, un minuto dopo essere entrato nel loro alloggio, sentì bussare alla porta collegata alla Locanda del Tè.

"Ci mancava solo lei..." borbottò Grim, prendendo uno strofinaccio dalla piccola cucina e premendolo sulla fronte ferita e sanguinante. Chiuse gli occhi e si sedette, come sopraffatto da un capogiro, facendo cenno al collega di aprire la porta.

"Ciao Ben", disse Olivia. "Tuo zio è qui?"

Ben aprì e chiuse la bocca un paio di volte, facendo fatica a rispondere alla domanda inaspettata. Aveva dedotto che Olivia fosse venuta a chiedere se volevano qualcosa da mangiare, prima di chiudere il locale. "In questo momento è un po' indisposto", le rispose infine, tenendo la porta socchiusa per nascondere il resto della stanza. "C'è qualcosa che vuoi che gli riferisca, per conto tuo?"

"Beh... si tratta di Radney", disse a voce alta, come se sapesse che Grim era da qualche parte dietro la porta e volesse farsi sentire. "Sono un po' preoccupata per lui."

"Perché dovresti essere preoccupata per lui?" rispose Grim, prima che Ben avesse la possibilità di dire qualcosa.

"È da un po' che non lo sento", continuò Olivia. "Di solito telefona almeno una o due volte al giorno per ordinare qualcosa da mangiare."

"Quell'uomo è tutto preso dal suo lavoro", rispose Grim dal suo angolo, dopo aver spostato la sedia a lato della scrivania per non essere visto.

"È proprio questo il problema: ha la tendenza a farsi assorbire da... qualsiasi cosa faccia, al punto da dimenticarsi di mangiare."

"Vuoi entrare?" chiese Ben, stanco di stare in piedi in mezzo a un dialogo quasi urlato.

"Sono passata da casa sua oggi", disse, superando Ben. "Ho visto il vostro furgone parcheggiato, ma nessuno ha risposto alla porta."

Grim lanciò un'occhiataccia a Ben per aver fatto entrare Olivia prima che avesse avuto la possibilità di togliersi il tegmen. "Eravamo in giro..." rispose, sprofondando un po' sulla sedia come se cercasse di nascondere la muta nera. "Abbiamo portato il signor Atwood a fare una passeggiata nel bosco."

"E vi siete imbattuti in qualche guaio, a quanto pare." Olivia annuì incrociando le braccia.

"Intendi questo?" Grim sorrise, indicando il canovaccio inzuppato. "Ho dovuto scacciare un tasso poco amichevole."

"Non sapevo che ci fossero tassi in questa zona."

"Forse era un piccolo orso, allora. So solo che era piccolo e peloso, ci ha teso un'imboscata e siamo corsi ai ripari. Forse pensava che volessimo attaccarlo oppure occupare il suo territorio."

Olivia ci pensò su. "Eri armato?"

"Armato?"

"L'altro giorno Curtis mi ha detto che hai comprato un'arma da Universo Sport. Ho pensato che forse eri andato a caccia. In passato molti animali si sono ribellati contro i cacciatori in questa zona."

"Come ho detto..." disse Grim dopo averla osservata per un momento, "eravamo a fare una semplice passeggiata. Abbiamo portato Atwood con noi per assicurarci che facesse un po' di esercizio fisico e prendesse aria fresca prima di ammazzarsi di lavoro. Tutto qua."

"Beh, allora... molto gentile da parte vostra", commentò Olivia, abbassando le braccia. "Mi fa piacere che qualcuno si prenda cura di lui."

"Figurati... Io ed Atwood siamo amici da tanto tempo", rispose Grim stringendosi nelle spalle.

"Davvero?"

"Certo. Io conosco tutti i suoi vizietti e lui sa dove seppellisco i cadaveri."

"A tal proposito..." disse Olivia, facendo fermare il cuore di Ben per un attimo, "so che avrei dovuto dirlo prima, ma non si può fumare né qui né nella Locanda del Tè."

Grim annuì con un singolo cenno del capo, e forse non era capace di farne altri. "Sì, signora", disse con voce debole.

"E forse ti converrebbe farti controllare quella ferita", disse avvicinandosi a Grim, che premette il canovaccio come a nascondere il sangue.

"Lo farò domattina..." disse guardandola, prima di voltarsi.

"Oppure posso darci un'occhiata io. Ho un kit di sutura, non ci vorrà molto."

Grim ridacchiò. "Hai per caso un losco secondo lavoro nel tempo libero?"

"Da dove pensi che venga lo spezzatino che servo il lunedì?" ribatté sorridendo. Scrollando le spalle, aggiunse: "È solo un kit di primo soccorso. Mio padre era un chirurgo militare, mi ha insegnato un paio di cose..."

Mentre parlava, si arrotolò una manica per mostrare una lunga cicatrice chiara della lunghezza del suo avambraccio. "L'ho ricucita io quando avevo nove anni. Lui faceva da supervisore, ovviamente... Mi ha anche mostrato come drenare la ferita. Ma il lavoro manuale è tutto mio", disse con comprensibile orgoglio.

Ben si avvicinò per dare un'occhiata da vicino prima di proferire alcune parole di sincera ammirazione, in parte anche per compensare la reticenza del collega; e quando Grim non disse nulla, Ben aggiunse: "Da quando mi hai aiutato, il mio occhio sta molto meglio!"

Visto che non riusciva a convincerlo, Olivia offrì un'alternativa. "C'è una piccola clinica, a circa venti minuti da qui. Sarà chiusa adesso, ma conosco il dottore. Posso provare a chiamarlo..."

"Non è necessario..." borbottò Grim. La mano che teneva il canovaccio si trovava sul tavolo e lui ci appoggiò la fronte chiudendo gli occhi, come se dicendo quella frase avesse esaurito tutte le energie.

"Più quella ferita rimane aperta, maggiore è il rischio di infezione", disse Olivia.

L'avvertimento non ebbe alcun effetto su Grim; era pure difficile capire se l'avesse sentito o meno, visto che teneva gli occhi chiusi. Ma quando Olivia fu sul punto di andarsene, Grim abbassò il canovaccio.

"Non sembra troppo grave, no?" chiese. "Forse bastano un paio di cerotti a farfalla?"

Lei si avvicinò per guardare meglio. "Hai paura degli aghi?"

Lui fece una smorfia imbarazzata. "Posso sopportarli, non mi devono necessariamente piacere..." disse, esitando un momento prima di aggiungere: "Ma giusto perché tu lo sappia... può essere che ad un certo punto io ti afferri la mano per fermarti. Mica per la paura, eh... avrò solo bisogno di fare una pausa."

"Certo, come no", rispose Olivia con gentilezza.

Quando era andata a prendere la borsa del pronto soccorso, aveva portato con sé anche un vassoio di panini andati invenduti.

"Ma non vi aspettate la cena gratis ogni sera", gli rispose. "Ho messo quei panini da parte per la gente della comune. Di solito passano di qua a quest'ora, ma stasera non si sono presentati... nemmeno ieri sera, ora che ci penso", rifletté a voce alta mentre si sedeva di fianco a Grim e iniziava a pulirgli la fronte, rimuovendo uno strato marrone di sangue secco e terra.

Grim lanciò furtivamente un'occhiata preventiva a Ben per evitare che questo iniziasse a scherzare sull'argomento, preso dal nervosismo. Ma il giovane era intento a scartare un panino dal vassoio: era freddo ma delizioso. E mentre mangiava, Ben osservava le abili dita di Olivia maneggiare il filo e un ago ricurvo.

Grim rimase immobile. Teneva gli occhi chiusi o abbassati, nascosti sotto folte ciglia nere. Avrebbe potuto sembrare in meditazione, se non fosse stato per una profonda ruga che appariva tra le sopracciglia ogni volta che l'ago bucava nella pelle o il filo veniva tirato.

*Che scena pittoresca*, pensò Ben con l'apprezzamento impersonale di chi ammira un dipinto: i lineamenti definiti e scuri di Grim erano in netto contrasto con il profilo classico di Olivia e le sue mani delicate, che sembravano essere state create con un materiale sottile come un raggio di sole. I suoi difetti, resi evidenti dall'ora tarda e dalla luce imperfetta, non erano altro che un leggero gonfiore sotto gli occhi e una piccola increspatura della pelle dalla narice all'angolo esterno della bocca, rivelando quale guancia fosse solita premere sul cuscino di notte: anche questi difetti contribuivano al gioco di luci e ombre, come se fosse una statua di marmo.

Un'osservazione simile lo avrebbe solitamente imbarazzato al punto da fargli distogliere lo sguardo per timore di venire sorpreso a fissare. Ma con sua sorpresa, Ben si rese conto di essere più attratto dal cibo e dalla brandina; in quel momento sentiva che la vita non avrebbe potuto offrirgli niente di meglio di un vortice di sapori e consistenze: da una parte, bocconi dolci, salati, aspri e croccanti, e dall'altra la prospettiva di potersi rannicchiare a letto sotto le coperte, sazio e pronto per dormire. Tuttavia un misto di sonnolenza e semplice invidia lo spinse a desiderare di essere al posto di Grim; con occhi socchiusi, si immaginava di ricevere le attenzioni e le tenere cure di Olivia mentre gli ricuciva la guancia ferita. Le forbici sarebbero convenientemente sparite, in modo che, per tagliare il filo di troppo, Olivia avrebbe dovuto avvicinarsi per spezzarlo con i denti.

Ma non c'era passione nella sua fantasticheria, né vulnerabilità o alcuna traccia di piacere. Il suo solito fervore — frutto della giovinezza e della solitudine — sembrava averlo abbandonato una volta per tutte. L'attrazione fisica gli avrebbe dato fastidio, o addirittura annebbiato tutte le altre facoltà.

Era stanco morto. Tutto qui.


Non molto tempo dopo che Olivia ebbe finito e se ne fosse andata, il telefono iniziò a squillare. Ben si trovava in bagno, pronto per farsi una doccia.

Grim, seduto alla scrivania, stava togliendo fette di pomodoro e altre verdure dal suo panino e rispose al telefono dopo il primo squillo.

"Sì?" disse, incastrando il ricevitore tra la spalla destra e l'orecchio.

Il primo istinto di Ben fu di lasciar scorrere d'acqua della doccia mentre origliava la conversazione, ma dovette rinunciarvi ben presto quando si rese conto di non riuscire a sentire nulla. E poi, cosa avrebbe potuto nascondergli Grim a quel punto?

Afferrò un asciugamano e uscì dal bagno in tempo per sentire Grim che diceva: "Sì, questo lo sappiamo anche noi *adesso*... No, non è che non apprezzo il tuo aiuto, è che..."

L'uomo allontanò il telefono dall'orecchio mentre una voce si lamentava rumorosamente dall'altra parte; colse l'occasione per riporre il ricevitore e passare al vivavoce.

"... ho chiamato e chiamato, ma non c'era nessuno a rispondere!" La voce di Harper rimbombava negli altoparlanti. "Ho dovuto pure prendere una stanza in un motel solo per poter usare il telefono senza dovermi guardare le spalle!"

"Non succederà più. Dacci il numero di telefono del motel e..."

"Non succederà più perché ho chiuso con voi due!"

"Ascoltami un attimo", implorò Grim. "Ho una richiesta che è più vicina al tuo dipartimento."

"Senti, mi piacerebbe aiutarvi, ma non posso. Non posso continuare a sgattaiolare in giro solo per fare delle telefonate..."

"Nemmeno per tuo figlio?"

Ben fissò Grim, poi di nuovo il telefono, come se potesse vedere l'espressione di Harper. Per la prima volta sembrava essere senza parole. E sebbene la rivelazione non fosse particolarmente sconvolgente, perlomeno spiegava una cosa che Ben aveva notato da quando aveva iniziato a frequentare Harper, creandogli dispiacere: perché alcune sere sembrava distratta, o perché i loro appuntamenti, sebbene con conversazioni intime, erano casti in ogni altro aspetto. Anche quando i suoi occhi marroni brillavano nei suoi, sembrava volerlo tenere a debita distanza, senza mai invitarlo a casa sua. Forse non voleva che lui sapesse che aveva un figlio, che era probabilmente troppo piccolo per partecipare al programma che l'organizzazione aveva creato per i figli dello staff. Non che Ben le avesse fatto delle grandi avances, almeno non quando era sobrio. E poi c'era il suo modo di fare un po' da pessimista, che sperava potesse spingerla a ricambiare i suoi sentimenti. Ben trasalì per l'imbarazzo, sebbene con grande ritardo, quando si chiese se il regalo di compleanno fosse il modo in cui Harper voleva scusarsi per averlo illuso.

Dopo una pausa di silenzio assordante, disse: "Questa chiamata non è mai avvenuta."

"Ha bisogno di aiuto, vero?" Grim intervenne prima che riattaccasse. "So che tuo figlio ha bisogno di cure speciali. Conosco qualcuno che può aiutarlo. Ti manderò i suoi dettagli tramite Ben. Mettiti in contatto con loro. Dì che sono stato io a mandarti."

Ben rimase colpito dalle parole «cure speciali», anche se non riusciva ad immaginare cosa volessero dire. Per quanto ne sapeva, nessuno dei suoi coetanei aveva mai avuto bisogno di cure particolari, anche se forse non erano rimasti a lungo nel programma. Ripensandoci si ricordò di una ragazza e due ragazzi che si erano comportati male, rimasero indietro e scomparvero un mese dopo l'inizio dell'anno accademico. La loro presenza fu così breve da essere presto dimenticata, e si chiese cosa fosse successo loro, se fossero stati trasferiti altrove o semplicemente abbandonati a sé stessi.

Emerse dai propri pensieri in un silenzio pesante, al punto tale da presumere che Harper avesse riattaccato.

Invece con un certo autocontrollo chiese a Grim cosa volesse.

"Duncastor", disse. "Abbiamo arrestato un uomo là, un certo dottor Bernard Carver. È passato un po' di tempo, quindi ci dovrebbe essere un fascicolo su di lui. Voglio quel fascicolo, e qualsiasi altra informazione su quell'incidente. Questo è tutto, non voglio nient'altro."

# CAPITOLO 21

"Signore?"

L'alloggio era buio. Ciascuno giaceva nella propria brandina: Ben supino, con le mani appoggiate sulla pancia, e Grim su un fianco rivolto verso il muro. Erano entrambi immobili, in attesa che il sonno li prendesse e portasse via con sé.

"Signore?" Ben ripeté a voce bassa. Sentiva solo un debole respiro regolare provenire da Grim. Con riluttanza tornò a contemplare il soffitto, rincorrendo i propri pensieri che sembravano girare in tondo.

Il suo cellulare, che si trovava sulla scrivania, gli ricordò dei propri doveri rimasti incompiuti. In un'altra realtà, in circostanze diverse, sarebbe sgattaiolato fuori con il telefono per registrare un altro messaggio; ma rimase disteso, temendo di ricevere un promemoria del suo incarico secondario o una richiesta di spiegazioni riguardo alla mancanza di un nuovo messaggio la sera precedente. Si chiese se si fossero accorti del ritardo, se si aspettassero di avere sue notizie quella sera, o se non gliene importasse nulla. Pensò ai tre uomini distesi a terra, sorridenti nel sonno; pensò poi al suo di sonno, che rifiutava di arrivare nonostante fosse fermo a letto.

Si sforzò di non muoversi, nonostante sentisse il corpo febbricitante e allo stesso tempo freddo; continuava a coprirsi con la coperta, per poi calciarla via un minuto dopo.

Tra una sensazione e l'altra, rivedeva le scene in cui i maiali lo circondavano, e poi si allontanavano all'improvviso come punti da qualcosa. I palmi delle mani gli si ricoprirono di sudore, eppure non riusciva a non rivisitare quei ricordi, come se qualcosa lo spingesse a toccare una superficie bollente ma togliendo la mano poco prima di bruciarsi.

Il sonno continuava a non arrivare. Era irrequieto per via della febbre... e del suo stomaco. Non avrebbe dovuto mangiare tutti quei panini, ma solo del pane tostato e del tè caldo, sebbene non l'avrebbero saziato, visto che era rimasto a digiuno per più di un giorno. Anche il quel momento, digrignando i denti e contorcendosi in un'agonia incessante, gli venne l'acquolina in bocca al solo pensiero del cibo.

Stringersi la pancia non gli portò alcun beneficio. La pelle dell'addome sembrava tesa come quella di un tamburo, e non solo perché aveva mangiato troppo. Sotto le mani nodose, sentiva le viscere gonfiarsi, stendersi e sul punto di esplodere. Si alzò dal letto e si diresse verso il bagno barcollando, reggendosi la pancia come per impedire che una parte di lui si staccasse dal corpo per il peso.

Vi rimase a lungo ma senza alcun risultato, eppure in qualche modo si era convinto di provare un po' di sollievo; forse la luce confortante e le piastrelle tiepide del pavimento dovevano averlo fatto rilassare e alleviato i crampi.

Cosa fosse cambiato non gli importava molto: chiuse la porta del bagno illuminato e tornò furtivamente alla sua brandina, pensando che sarebbe riuscito ad addormentarsi a breve.

Ma un minuto dopo spalancò di nuovo gli occhi.

Qualcosa si era mosso nel suo stomaco.

Sopra di esso teneva le mani intrecciate, e nonostante la coperta sentì chiaramente una breve contrazione. La sensazione era così nuova, così diversa da un comune brontolio di digestione, che un'ondata di sudore freddo lo travolse: insicuro sul da farsi, premette e punzecchiò con un dito la protuberanza che si trovava sul suo addome altrimenti piatto, sentendo uno spasmo sottostante.

Sentì solo un piccolo dolore. Poi successe di nuovo: una pulsazione, fatta di due o tre battiti.

Sussultò e si mise a sedere, toccandosi di nuovo lo stomaco per convincersi che era successo veramente e, allo stesso tempo, sperando disperatamente di essersi sbagliato. Rimase seduto nell'oscurità, aspettando che quello strano fenomeno si ripetesse una terza volta. Il tempo passò senza che nulla accadesse, e sul punto di archiviare il tutto come semplici contrazioni muscolari, un forte tonfo interruppe il suo autoesame.

"Tutto bene?" disse Ben al buio, intuendo dalla direzione del rumore che Grim aveva rovesciato la brandina o era caduto da essa. Un gemito di risposta confermò la sua supposizione, quindi si alzò e si inginocchiò accanto al suo superiore, assicurandosi che non si fosse fatto male.

"Sì, sto bene..." rispose l'altro.

"Problemi a dormire, signore?"

"No, solo sogni problematici..." disse Grim sospirando. "Questo è uno ricorrente: sono intrappolato sul sedile posteriore di un'auto. È parcheggiata davanti a casa nostra. La mia famiglia è là dentro, come pure una banda di delinquenti, in attesa. Non vedo niente ma... so che sono morti. Poi l'auto inizia a muoversi, con me ancora dentro. Allora inizio a battere contro la portiera, cercando di aprirla.”

“Ed è in quel momento che è caduto dal letto?”

“Almeno stavolta sono riuscito a scappare.” L’uomo sorrise con un’espressione stanca ma soddisfatta.

“Vecchi ricordi, signore?”

Grim rimase in silenzio per un momento, come se non fosse sicuro a cosa si riferisse Ben.

“No, no...” rispose, scuotendo la testa. “È per via di queste pillole, si infilano tra i pensieri... creano sogni strani e vividi.”

“Perché le abbiamo prese, signore?”

“Ti ho già detto il motivo...”

“Sono una specie di protezione, questo lo so. Proprio per questo non capisco perché prima è scappato.”

L’osservazione fu accolta con silenzio.

“Aveva anche il tegmen addosso. Non era sufficiente?”

Grim finse di non sentire. “Torna a dormire”, brontolò alzandosi e girandosi per sistemare la brandina capovolta.

Senza dover vedere la faccia di Grim, Ben sapeva di aver colpito un nervo scoperto. Evidentemente lo stesso uomo, che aveva gestito una folla inferocita mostrando i canini, non gradiva che qualcuno gli ricordasse della sua ritirata. Non gli sembrava un codardo, ma l’amarezza con cui gli aveva risposto rifletteva un disprezzo verso sé stesso che diceva il contrario.

“Signore, non voglio sembrare impertinente. Vorrei solo capire...”

“Era troppo vicino”, lo interruppe Grim. “Volevo attirarlo verso la casa, ma era troppo vicino a me. Cosa ti aspettavi che facessi? Che rimanessi sul posto a farci a botte? Mi avrebbe fatto fuori. Anche con il tegmen... Indossare un casco non ti rende immortale.”

"Capisco... Ma giusto per capire meglio, cosa sarebbe successo se non avessi preso quelle pillole?"

Ben si aspettava una risposta secca nella migliore delle ipotesi, o che gli venisse detto di tacere e tornare a dormire. Per cui fu sorpreso quando Grim si prese del tempo per ragionare sulla domanda; e sebbene Ben non riuscisse a vederlo chiaramente in viso, a giudicare dal modo in cui muoveva la testa, capì che si stava guardando intorno in cerca di una risposta.

"Mettiamola così..." disse infine. "Il kraken cercherà di attirarti verso di esso..."

"Ripetendo gesti e parole", aggiunse Ben.

"No, non solo. Prendendo la pillola, senti solo il lamento di una banshee. Ma senza pillola, è come essere circondato da sirene. Questo è il primo punto, il secondo..." esitò. "Forse l'ho già detto: la pillola ti rende indesiderabile. Puzzi come carne putrida, o qualcos'altro che il kraken trova ripugnante."

"Già, mi aveva detto una cosa del genere."

Grim si sporse in avanti con interesse. "Che altro hai sentito?"

"Signore, le assicuro..." rispose Ben, facendo un profondo respiro. "Le giuro che non ho sentito molto. Se mi ricordassi qualcosa, glielo direi."

"Che ore sono?" chiese Grim, imperterrito. "Dobbiamo tornare indietro."

"Proprio adesso?" protestò Ben, chiedendosi se il superiore stesse cercando di provare qualcosa, volendo uscire subito.

"Non abbiamo tempo da perdere. Prendi del caffè, se ne hai bisogno."

"Non ho quasi chiuso occhio, signore..."

"Bene", rispose Grim infilandosi il tegmen.

"Aspetti un attimo, voglio vedere una cosa."

Grim, vestito fino alla vita, si fermò mentre Ben toccava con esitazione una manica vuota e una parte del tegmen corrispondente alla schiena.

"Cosa cerchi?" chiese l'uomo, impaziente.

"Come ha fatto, signore? Ho visto che le hanno sparato. Ma non vedo fori. Ed è così sottile e flessibile..."

"Lo è anche una cotta di maglia", aggiunse Grim, tirando la manica per infilarvi il braccio.

"No, era di un tessuto diverso quando le sono finito addosso prima, signore... Quando il kraken era vicino, non era così."

"Come ti ho detto, reagisce alla sua presenza. Si irrigidisce. Lo ha fatto anche quando mi hanno sparato, anche se meno."

"Di cosa è fatta questa muta?"

"Beh, ecco..." disse Grim, forse sorridendo. "Questa è un'informazione a cui non ho accesso. Insomma, sono certo che ci sia molto lavoro dietro la creazione di una di queste: ingegneria all'avanguardia e stronzate del genere. Ma se vuoi sapere la mia teoria, credo che sia fatta dello stesso tessuto del kraken. Non penso che l'abbiano preso da un kraken morto... a quel punto non è più utilizzabile. Un mio informatore pensa che sia stato creato in laboratorio... come la pelle per i trapianti, hai presente? Ma per quello che so, potrebbero avere una sorta di macchinario infernale che immobilizza i kraken e ne stacca la pelle. Non penso mi piaccia come approccio... considerato che è una creatura viva, con una mente propria. Immagina di indossare la pelle viva di un essere ancora vivente..."

"Signore?" disse Ben, in parte per interrompere lo sproloquio del superiore, che iniziava ad avere sempre meno senso man mano che parlava.

"Dimmi."

Ben fu quasi sul punto di cambiare idea e non dire nulla, ma infine chiese: "Che cos'è successo a quegli uomini, signore? Thane ha detto che sono caduti nel lago come me. E poi lei ha detto di avermi raggiunto appena in tempo. Che mi dice di loro?"

"Ogni tentativo di salvarli sarebbe inutile, a questo punto", fu la risposta concisa.

"Allora cosa succederebbe se non li bruciassero?" chiese Ben, immaginando l'intera comune intrappolata in un sonno senza risveglio.

"In quel caso ne pagherebbero le conseguenze. Ora muoviti. Abbiamo cose più urgenti di cui occuparci."

Chiusero a chiave la porta della cucina e scesero le scale esterne. Grim si fermò sul pianerottolo quando si accorse che Ben era rimasto qualche passo indietro.

"Stai bene, pivello?" chiese.

Il giovane vacillò, sul punto di indicare la sottile coda scura che si muoveva dietro le ginocchia di Grim, ma prima che potesse aprir bocca, questa si avvolse intorno alla gamba vestita di nero del suo superiore, mimetizzandosi. Quando Ben alzò lo sguardo, vide che l'altro era ancora in attesa di una risposta, con la fronte corrugata per ribadire la domanda.

"Signore, io..." balbettò il giovane senza sapere se fosse il caso di parlarne: nonostante avesse protestato per l'uscita a un'ora così tarda, una parte di lui desiderava inspiegabilmente inseguire il kraken, ma l'ultima cosa che voleva era ricevere uno sguardo preoccupato e l'ordine di rimanere nel furgone. Decise quindi di non dire nulla, e nella fretta di trovare un nuovo argomento, la sua mente si soffermò su uno dei suoi tanti pensieri.

"Stavo pensando..." disse, "se fosse giusto coinvolgere Harper in questa missione."

Grim sembrò scettico. "Harper?" chiese mentre si dirigeva verso il furgone.

"Sono solo... sono solo preoccupato che finisca nei guai per colpa nostra. Cioè, la prima volta era necessario. Ma ora non so bene perché abbiamo ancora bisogno di lei. In più ha un figlio."

"Può rifiutare di aiutarci, se vuole. Inoltre, il fascicolo che le ho chiesto dovrebbe essere disponibile nel suo dipartimento. Sono abbastanza sicuro che una parte di quel caso sia chiusa."

"Di che cosa si tratta?" chiese Ben, salendo dal lato del passeggero.

"Bernard Carver. Un vero e proprio ciarlatano, quel tipo", rispose Grim, il rumore del motore in avviamento stranamente sincrono con un lampo nei suoi occhi. "L'abbiamo catturato fuori da un edificio nascosto a Duncastor. Stava allevando kraken e cercava di venderli... interi, o parti di essi. Cercò di scappare quando si accorse che qualcuno lo stava inseguendo, cercò anche di coprire le proprie tracce: tutte le larve che aveva nel suo laboratorio erano morte. Tutte, tranne una, ovviamente. L'hanno scoperto durante l'interrogatorio. Una delle guardie mi ha detto che il dottore non si sentiva bene, anche se all'inizio tutti pensavano che stesse facendo finta, anche quando cadde a terra con le convulsioni. A quanto pare cercava di tenerne in vita una, portandola dentro di sé."

Il superiore riprese il discorso dopo un'occhiata veloce a Ben, il cui viso era contratto di disgusto.

"Pazzesco, vero? Dio solo sa come sperava di tirarla fuori. Però ti posso dire questo... quel bastardo ha avuto ciò che si meritava."

"Perché?"

"Il buon dottore diceva sempre: «Non far loro del male». E infatti direttamente non faceva del male a nessuno, ma nemmeno interveniva quando vedeva che ne veniva fatto, del male."

“Non credo di capire, signore.”

“Forse è meglio così”, fu la risposta criptica di Grim. “Voglio la trascrizione di quell’interrogatorio. Tutti i dettagli. Magari anche la lista delle vittime... o dei sopravvissuti. Inoltre, ho il sospetto che la larva trasportata da Carver sia la stessa che noi abbiamo portato qui.”

“Come mai lo pensa?” disse Ben, prima di trovare la risposta da solo. “Perché dice di riconoscerla?”

Grim, consapevole dell’illogicità della situazione, sembrò riluttante a rispondere. “Beh, sei stato tu a dire che mi ha riconosciuto.”

“Sì, ma... come fa a riconoscerla, se era nello stomaco di Carver durante l’arresto?”

“È proprio quello che vorrei sapere anch’io, pivello.”

Ben si sistemò sul sedile, strofinandosi la fronte nel tentativo di calmare i pensieri vorticosi.

“Ma è tutto così...” disse con un sorriso pieno di dolore che si trasformò in una risatina. “Più so, e meno capisco cosa cavolo sta succedendo. Noi... l’organizzazione sa con cos’ha a che fare?”

“Non te lo direbbero mai chiaramente”, disse Grim, sbuffando sarcasticamente.

“Ma devono pur saper qualcosa! Com’è possibile il contrario, quando hanno un dipartimento intero proprio per questo?”

Grim fece una risatina stanca: “Un dipartimento spezzettato, vorrai dire. Per quanto ne so, nemmeno le origini del kraken sono chiare: forse proviene dal mare profondo, o dallo spazio, o da un regno animale a noi sconosciuto.”

“Immagino che non sia così importante, allora”, concluse Ben, rendendosi conto che ragionare sul tema gli stava facendo venire mal di testa.

Tenendo gli occhi chiusi, sentì il superiore dire: "Sicuro che non lo sia, pivello? Potrebbe rispondere al quesito se ci sia qualcos'altro nell'universo, oltre a noi, non trovi?"

Ben nascose un sorriso. "Crede ci siano altre forme di vita intelligenti là fuori, signore?"

"Forse mi piace l'idea che non siamo soli. Anche altri la pensano allo stesso modo, ma non vogliono ammetterlo."

"E quindi lei pensa che questo... il kraken, intendo... ne sia una conferma?"

*Beh, è di sicuro qualcosa,* voleva rispondere Grim. *O forse mi sbaglio.* Le due risposte contrastanti lo ammutolirono, mentre pensava a un modo conciso per unirle.

# CAPITOLO 22



Aveva le mani pulite, ma vedendole contratte sulla superficie bianca del tavolo gli venne il dubbio che non fosse così. Forse era la forte luce sopra di lui a farle sembrare rugose e macchiate, quasi coperte di fuliggine.

Grim sfregò il pollice sinistro contro il profilo della mano destra: un'alternativa al tamburellare con le dita, abitudine che Winston avrebbe interpretato come segno di nervosismo. Non che non fosse nervoso, solo moriva dalla noia. E dalla voglia di fumare una sigaretta.

Winston camminava dietro di lui, rileggendo i passaggi della procedura. Ecco come facevano cedere le persone. Nervosismo e impazienza erano due preziosi strumenti, in una lunga serie di metodi, per convincere qualcuno a parlare.

Robert Winston, chiamato anche Wendigo Winston da alcuni. Due cose spiccavano sul suo viso: gli occhi e gli zigomi. Aveva un modo particolare di inclinare la testa, abbassandola a mostrare il cranio e alzando gli occhi per guardare in avanti, come se stesse sbirciando sopra occhiali che non indossava. L'effetto ottenuto era un'espressione cupa, una strana combinazione di intimidazione e rimpianto come sembrava dire: "Sarebbe proprio un peccato se mi spingessi a fare qualsiasi cosa io stia per farti."

All'inizio della sua carriera, lo stesso Grim fece da guardia a Winston e lo osservò far parlare un uomo dopo l'altro. Le prime sessioni gli causarono incubi per una settimana; sebbene non ne ricordasse i dettagli, avevano lasciato il segno. Winston lo sapeva bene e, temporeggiando, teneva Grim sul filo del rasoio.

La presenza delle guardie nella stanza serviva a garantire la sicurezza, rafforzare o talvolta mettere alla prova il loro coraggio, e anche da ammonimento. Un angolo della bocca di Grim s'increspò quando vide una guardia un po' spaesata.

Winston smise di orbitare intorno al tavolo e piantò le nocche ossute sulla superficie bianca.

"Sai, più ci penso e meno senso ha", disse. "Ci sarebbero voluti meno di cinque secondi. Non avevi alcun motivo di ritirarti senza completare la missione."

Grim riportò lo sguardo sulle sue mani giunte prima di rispondere.

"Mi hanno fatto segno di tornare", fu tutto ciò che disse, ripetendo la stessa risposta che aveva dato in precedenza. Sapeva che era inutile, ma non aveva nient'altro da dire.

"Perché l'hai lasciato andare?" chiese Winston, fissando Grim come se cercasse di rimpicciolirlo con lo sguardo.

Grim pensò di ripetere la sua risposta ma si trattenne, sapendo che avrebbe potuto far innervosire l'interrogatore. Non che temesse l'inevitabile, ma perché andarci incontro? Il suo periodo a Duncastor lo aveva reso insensibile a qualsiasi cosa Winston potesse infliggergli. Conosceva bene il dolore fisico, ma il suo corpo non lo sentiva più. Laddove una volta era più sensibile, ora c'era una barriera invisibile che gli impediva di raggiungere quella profondità. O forse la sua anima era rimasta collegata al suo corpo ma senza abitarlo, come un sogno che sembra più tangibile della realtà. Era difficile da descrivere, e ancora più difficile era conviverci, perdendo il dolore e con esso la gioia.

In momenti come quello, era quasi contento di non provare nulla, se non la paura di crollare. Ma quel lavoro era la passione di Winston e per questo i suoi metodi erano estremamente efficaci; non avrebbe sprecato tempo o mezzi se non avesse creduto di ottenere risultati, ma non si sarebbe rifiutato di riparare un osso rotto, per poi spezzarlo di nuovo.

"Eri abbastanza in forma per la missione", disse Winston.

Grim non ricordava nemmeno come avesse fatto a lasciare Duncastor, e in seguito gli fu detto che era riuscito a contattare il quartier generale chiedendo di farsi prelevare. Sapeva solo questo. La squadra che lo andò a prenderlo confermò che si trovava in uno stato pietoso. Non ricordava nulla, tranne i giorni successivi: l'interrogatorio, un periodo di riposo tormentato, la guarigione e il successivo ricollocamento.

Fu sottoposto a un programma di guarigione rapida che stavano testando, ottenendo risultati incredibili sebbene a un costo ancora sconosciuto. Gli dissero che sarebbe stato più a suo agio da sdraiato, ma insistette per rimanere seduto mentre riceveva la sua dose. Una volta Grim chiese all'infermiera, che stava controllando i suoi dati, quali fossero gli effetti collaterali che stavano cercando: disse qualcosa su una crescita innaturale degli organi o la loro fusione. Si alzò sudato e tremante dopo ogni seduta, convinto che il suo cuore si sarebbe fermato, ma sempre più insensibile al dolore acuto e lancinante che gli aveva tormentato il fianco fino a quel momento.

Nessuno gli aveva detto che sarebbe tornato al lavoro: aveva terminato semplicemente il ciclo di cure e stava abbastanza bene per ritornare alla normalità.

"Eri abbastanza in forma per la missione, dico bene?" insistette Winston.

"Sissignore."

"E allora perché non hai svolto il tuo dovere?"

Lo schermo alla sinistra di Grim si illuminò mentre Winston iniziò a riprodurre alcuni filmati, registrati dalla telecamera presente sul casco di Grim. Con la coda dell'occhio poteva vedere luci tremolanti e movimenti a scatti, ma tenne lo sguardo fisso sulle mani sudate, evitando di guardare lo schermo il più a lungo possibile.

Winston lo sapeva. Per questo era magistrale nel suo lavoro: per la sua capacità di leggere le persone, e quasi di prevederne le mosse. Avevano tutti gli stessi punti deboli, le stesse stranezze, per quanto pensassero di essere unici ed originali. E infatti Grim non poté più ignorare l'immagine ferma sullo schermo che lo fissava.

C'era qualcosa di orribile in quell'uomo. Quelle strisce nere... Grim pensava di riconoscerle, ma non riusciva a metterle a fuoco. Quell'immagine rappresentava qualcosa di reale, che era successa a quell'uomo... e con cui aveva convissuto. E allora perché si era mossa qualcosa in lui, come se anche lui avesse vissuto la stessa esperienza?

Cercò una spiegazione dentro di sé. Apparve in un lampo, una vita racchiusa in pochi effimeri attimi. Vide il bianco latteo dei propri occhi e lo sguardo di quel viso sporco di nero, che aveva riconosciuto la morte e la stava aspettando. Come avrebbe potuto non riconoscersi in quell'uomo, identico a lui?

Goccioline di sudore pizzicarono la nuca di Grim. Voleva smettere di guardare e allo stesso tempo non riusciva a distogliere lo sguardo.

Ci riuscì quando un pacchetto di sigarette fu gettato sul tavolo, e Grim dovette aprire le mani tremanti per afferrarlo.

Winston appoggiò due dita sul pacchetto e lo allontanò da Grim.

"Perché non gli hai sparato?" voleva sapere.

Grim lo guardò torvo, con una mano ancora tesa sul tavolo e un'espressione piena di rabbia.

"Non ti sei fatto problemi a sparare a civili disarmati", continuò, "pazienti, infermiere..."

"Il personale era complice di Carver. Non erano innocenti."

"Ti erano stati dati ordini chiari: mettere al sicuro l'obiettivo, e non lasciar superstiti. Eri riuscito a seguire gli ordini fino a quel momento. Cos'è successo? Come mai ti sei fermato con lui?"

Grim non riuscì a guardare nuovamente lo schermo. Non ne aveva bisogno. Aveva l'immagine di quell'uomo ormai impressa per sempre nella mente. Guardarla sarebbe servito solo ad accedere a una parte di lui sepolta così in profondità da andare oltre la soglia della ragione.

Una sola frase gli passò per la mente: "Se alzi una mano per uccidermi, io non alzerò la mia per uccidere te."

Dove l'avesse sentita o letta, non avrebbe saputo dirlo. Non che fosse importante, visto che era ancora ben distante dalla presunta confessione che Winston cercava di strappargli, e oltretutto in quel contesto sarebbe stata considerata insubordinazione.

"Ero appena uscito da quel posto", disse infine Grim. "Vederlo... è stato come tornare dentro. Mi sono bloccato." Fece spallucce. "Forse era troppo presto... forse non ero abbastanza in forma per la missione, dopotutto."

Quell'affermazione era la cosa più vicina alla verità che era riuscito a dire senza intricarsi in balbettii incoerenti. La stessa affermazione fu ripetuta anche durante un interrogatorio successivo. Qualcosa in essa indicava un disturbo psicologico, e fu così che i giudici classificarono l'intero incidente, considerando le circostanze precedenti l'assegnazione della missione.

E sebbene Winston non ci avesse creduto per un attimo, tutti i suoi tentativi più o meno fisici di estorcergli informazioni non ottennero un risultato diverso.

"Ha colpito il tipo con il fucile. Si vede chiaramente nel filmato. Ci racconta un sacco di stronzate, ecco cosa", avrebbe poi detto Winston a un collaboratore, aggiungendo che avrebbe preferito continuare l'interrogatorio, non perché sperava in una confessione, ma perché c'era un solo modo per affrontare i traditori che l'avevano fatta franca. Non disse altro a riguardo per paura di incriminazioni, ma la matita che teneva in mano si spezzò in due sotto la pressione del suo pollice.

# CAPITOLO 23

La luna era tramontata o si era nascosta dietro gli alberi, lasciando che l'oscurità s'impossessasse di tutto tranne ciò che veniva illuminato dai fanali del furgone. La casa di Atwood appariva imponente e minacciosa, con le sue finestre scure sembrava sempre più un viso senza occhi man mano che si avvicinavano.

Quando il rombo del motore si spense, Ben si rese conto che non aveva la minima idea delle intenzioni di Grim.

"Qualcosa di diverso..." disse Grim, rifiutandosi di aggiungere altro fino a quando non fossero entrati in casa, avessero salito le scale e si fossero arrampicati fuori dalla finestra della camera da letto per raggiungere un'area piatta del tetto. Grim arrivò per primo, poi si girò per tendere la mano a Ben e aiutarlo.

"Voglio vedere se riusciamo ad attirarlo fino a qui", disse Grim, camminando vicino al bordo. "Questo posto è abbastanza sicuro e saremo in grado di vederlo arrivare da distante."

"E poi apriamo il condotto che c'è al piano di sotto? Per farlo andare nel seminterrato?"

"Ah, vedi? È per questo che mi piaci. Sei attento..." disse Grim con voce accesa.

"Ma signore... non dovremmo controllare se il condotto si apre, come prima cosa? E se non dovesse funzionare?"

"Ci penseremo quando sarà il momento. Per ora dobbiamo vedere se riusciamo ad attirarlo, e a farlo arrivare qui... poi ci preoccuperemo di come farlo entrare."

Ben non era convinto di quel piano, ma gli mancavano le forze per discutere: inoltre era evidente che Grim fosse particolarmente concentrato sulla missione, abbastanza da trascinarlo fuori dal letto, e il suo modo di fare allegro era o un effetto della stanchezza o la concentrazione di chi è sulle tracce del proprio obiettivo.

"Hai i sassi, pivello?"

"Come?"

"Sassi, pietre. Cose che puoi lanciare e che fanno rumore."

Ben si guardò intorno per un momento confuso. "Non mi ha detto di portare sassi, signore!"

Fu il turno di Grim di guardarsi intorno, perplesso.

"Si sente bene, signore?"

"Certo che sto bene. Sì. Perché me lo chiedi?"

"Mi sembra solo un po' strano."

"E va bene, va bene, faremo a meno delle pietre. Vediamo cosa riesco a trovare."

Tornò dieci minuti dopo e porse a Ben un cestino di metallo pieno di oggetti vari, da tazze a saponette.

"Pronto?" chiese Grim, mentre lui e Ben afferravano rispettivamente una sveglia e un fermacarte e si preparavano a lanciarli. Al suo segnale li scagliarono nel lago, ascoltando lo *splash* soddisfacente che facevano. Continuarono con altri oggetti a intervalli regolari, contando fino a dieci prima di lanciarne altri. Presto il cestino fu vuoto e Grim dovette scendere di nuovo al piano di sotto per riempirlo di cose e ripetere il procedimento.

"Cosa facciamo, se non funziona?" chiese Ben durante una breve pausa.

"È un lago enorme, pivello. Sii paziente. Ci sentirà prima o poi."

A metà del terzo cestino di oggetti, Ben iniziò a sentirsi stanco e chiese a Grim di fermarsi, quest'ultimo acconsentì. Si sistemarono sul bordo del tetto guardando il lago in attesa di scorgere un movimento.

Per un po' rimasero seduti in silenzio, Grim faceva oscillare distrattamente le gambe oltre il bordo mentre Ben si rannicchiò con le braccia incrociate sulle ginocchia piegate: entrambi erano in allerta.

"Okay, ti ho mentito", disse Grim.

"Come dice?"

"Ho detto che ti ho mentito. Non è vero che non ricordo nulla, è che quello che ricordo non è chiaro... è come una foto sbiadita. Non riesco a ricordare i dettagli importanti, come i nomi dei miei genitori, la via in cui abitavamo, il quartiere, né quanti anni avevo al tempo degli avvenimenti. Insomma, dovrebbero essere cose semplici da ricordare, ma ho proprio un vuoto."

Ben aveva varie domande, le più immediate sulla punta della lingua. Avrebbe potuto porne un paio, però nessuna sarebbe stata utile a chiarire l'argomento. Ma più ascoltava l'altro, più riusciva a collegare punti che sembravano non correlati in precedenza; con immaginazione o forse per empatia, iniziò a capire l'ossessione di Grim per le frasi frammentarie del kraken, in cui leggeva più significato di quanto fosse necessario.

"Pensa che il kraken abbia qualcosa da dirle", osò dire Ben senza guardarlo.

Grim fece una risatina. "Anche questa lattina di mais potrebbe iniziare a parlarmi e fintanto che dice qualcosa di rilevante..." si fermò, guardando la lattina che teneva in mano prima di lanciarla.

Ben non aprì bocca, e spinto dal silenzio Grim continuò: "Non ti sto chiedendo di credermi sulla parola. Tu hai il tuo certificato di nascita. E io? Non so cosa sia successo alla mia famiglia. So solo che mi ha sconvolto parecchio. Ecco la mia teoria: i ricordi sono nascosti da qualche parte, nella mia testa. Ma non riesco ad accedervi. Quindi faccio quello che posso. Se riuscissi a trovare qualcosa, un indizio da seguire..." si interruppe, frustrato dall'inadeguatezza delle sue parole, e forse anche un po' imbarazzato dalla reticenza del collega.

In verità Ben non sapeva che dire, poteva solo guardare Grim con ammirazione, pensando che fosse incredibile come il suo superiore fosse in grado di parlare, quando la sua mascella era divisa in mandibole come una formica... no, come un coleottero tipo il cervo volante, con pelle liscia fusa a una corazza nera, ricurva verso l'alto come zanne, poi all'indietro come grandi corna.

*Oh, povero amico mio*, pensò Ben, *ti renderai mai conto di come le bugie ti feriscano?*

Grim non poteva sentito, ma si alzò in piedi, trascinando le lunghe corna: fu una visione terribile.

"Dove sei?" urlò Grim nella notte. "Perché ti sei fatto vedere? Hai rovinato tutto!"

Da qualche parte di sotto apparve una figura alta e nera; i suoi lineamenti erano nascosti, a parte le mezze lune che corrispondevano al bianco dei suoi occhi: la creatura li stava guardando. Ben non riusciva a vederla, ma sapeva che era lì.

Era grato che Grim gli avesse detto la verità, rivelandogli chi fosse veramente, e giurò che avrebbe fatto di tutto per aiutarlo.

*Oh, fanciullo, povero fanciullo, smarrito e ribelle.*

A differenza sua, Grim non aveva mai provato l'abbraccio amorevole della creatura. Brutto e sporco, lei lo avrebbe accettato, guarito, reso puro e perfetto ancora una volta.

Ben si alzò in piedi.

Non riusciva ancora a sentire nulla, ma si sforzò comunque di ascoltare il silenzio. Poi sentì una voce cantare, all'improvviso, come un lampo. Iniziò che era quasi un sussurro, poi diventò una voce dolce e chiara, che riverberava delicatamente dentro di lui, lasciando dietro di sé un senso di debolezza calda e persistente. Soffocò tutto, isolandolo come se fosse in un guscio, tanto che quando si sentì afferrato per le braccia e tirato indietro, quasi oppose resistenza facendo l'opposto.

Grim era il suo nome e lo stava chiamando... per quale motivo?

Il canto si attenuò per un momento, permettendo a Ben di tornare nel mondo reale e sentire Grim che gli diceva di camminare distante dal bordo mentre lo teneva ancora fermo.

"Sto bene", sussurrò Ben, incapace di trattenere un sorriso sciocco. "Davvero, signore, sto bene."

"Ti conviene, se non vuoi fare una brutta fine", lo avvertì l'altro. "Ora ascoltami: voglio che tu mi dica tutto quello che dice. Hai capito? Tutto quanto."

"Sissignore, lo farò", assicurò Ben, ansioso di tornare ad ascoltare il canto.

Immaginò Olivia che cantava, e pensò che avrebbe avuto la stessa voce. La sua bellezza quasi divina si adattava a quel tipo di canto. E così nella sua mente si formò un'immagine di Olivia, con gli occhi chiusi e le labbra socchiuse a creare un suono dolce e vibrato, che si scioglieva nell'aria come un profumo. L'immagine svanì, dimenticata, ma la voce rimase, scorrendo nel suo corpo e smuovendone i peli sottili. Era come un richiamo, una vocazione irresistibile a cui non poteva opporsi. Soprattutto quando la voce diventò più bassa e intima. Desiderava vederla, sarebbe stata una visione meravigliosa. Un passo in avanti? Avrebbe fatto un passo in avanti per vedere meglio, tutto qui.

Di nuovo, venne tirato indietro.

"Sto ascoltando, sto ascoltando", disse Ben, cercando di liberarsi dalla presa di Grim che faceva fatica a tenerlo fermo. "Le prometto che sto ascoltando", ribadì, avvicinandosi un po' al bordo.

"Come no", disse Grim, cercando ancora di trattenere Ben e iniziando a preoccuparsi per la strana forza che si era impossessata del giovane. "Se continui così, mi tocca metterti al tappeto."

"Un attimo! Penso che stia per dire qualcosa."

"Ti giuro che se mi racconti balle..." borbottò Grim, esitando. Poi disse: "Quindi?"

Ben rimase in ascolto, cercando di separare il canto dalle parole.

"Familiare o meno..." iniziò a dire, consapevole del suo tono piatto rispetto alla voce cadenzata. "Fa ammalare i piccoli. Ma lo conosciamo già. Lo desideriamo."

"In che senso familiare?" disse Grim nello stesso modo di chi chiede a un interprete di trasmettere una domanda.

Ben ripeté la domanda. Ricevette la risposta e la pronunciò a voce alta per accontentare la richiesta del suo superiore, disse:

"Ci ha trasportato, sostenuto, ci siamo nutriti del suo sangue. Puzza di morte, ma abbiamo bevuto da lui, poi siamo caduti in un sonno profondo."

Continuò usando parole sconnesse, che la mente di Ben raccolse senza troppo fatica e tradusse in termini coerenti. Aveva sentito «fornitore di cibo» e «falso vettore», e capì che voleva dire «surrogato».

"Abbiamo sentito la chiamata: il capostipite ha lanciato un segnale. Abbiamo calmato il surrogato, gli abbiamo chiesto di ascoltare."

"E cos'è successo a questo surrogato?" chiese Grim.

"Separazione immediata", fu la risposta. "Ne rimanemmo privi."

Ben si fermò perché la creatura si era interrotta. L'aveva sentita uscire dall'acqua e muoversi verso la riva. Raggiunse la terra, si diresse verso la casa con una dozzina di braccia protese verso l'alto, desiderose di prenderlo... no, non lui, il suo collega. Lo pregò di buttare giù il compagno, di farlo cadere per lei. Ma il legame con la creatura fu interrotto non appena il pugno di Grim si schiantò contro la mascella di Ben.

Nei secondi precedenti Grim aveva cercato inutilmente di risvegliare il giovane dalla sua fatale infatuazione, per impedirgli di spingere entrambi oltre il bordo del tetto e farli cadere; fu presto chiaro che trattenerlo non era abbastanza, tant'è che quando Grim lasciò Ben per un istante, quest'ultimo afferrò il superiore per la gola con l'intenzione di spingerlo verso il kraken, pronto sotto di loro. Compensava la poca forza che aveva con un certo entusiasmo. Fu allora che Grim lo stese.

Il mondo vorticò intorno a Ben prima che colpisse il tetto con la testa. Grim lo immobilizzò a faccia in giù, a quel punto Ben si risvegliò, agitando le braccia per graffiare e colpire qualsiasi cosa riuscisse a raggiungere.

"Mi lasci andare!" gridò con un toco acuto e agitato che usava raramente, se non mai. Presto le parole non gli bastarono più e si mise a urlare incoerentemente.

Grim colse l'occasione per prendere una pillola e metterla nella bocca aperta di Ben. Quest'ultimo aveva capito che cosa fosse, e per ripicca la sputò.

"Brutto stronzo!" esclamò il superiore, e Ben sorrise con un ghigno teso.

"Lei non vuole te! Vuole che sia io ad andare da lei!" continuò a delirare, concedendo a Grim una seconda possibilità di infilargli un'altra pastiglia in bocca. Questa volta Ben strinse i denti, senza preoccuparsi che le dita di Grim fossero intrappolate tra di essi. Il superiore non aveva lasciato trapelare il proprio dolore, e per questo Ben morse ancora più forte. Quando si rese conto che le dita erano protette dal tegmen, sentì la pillola scivolargli nella guancia e dovette lasciar andare il dito di Grim per sputarla. Prima che potesse farlo, Grim gli mise una mano sulla bocca e con l'altra gli tappò il naso.

Ben cercò di toglierselo di dosso, il che fu un errore. Nella lista delle priorità in momenti come quello, respirare avrebbe dovuto essere al primo posto. Mandò giù la pillola, muovendo la testa per deglutire, e continuò a dimenarsi.

"Se sputi anche questa, ti giuro che non ti lascerò andare finché non svieni. Ci siamo capiti?"

Ben annuì con enfasi e fu subito lasciato andare. Si girò sulla schiena, ansimando e tossendo. Detestava il suo superiore con tutto sé stesso: perché lo aveva portato lì? Cosa sperava di ottenere?

Appena la tosse si placò, vide la mano tesa per aiutarlo a rialzarsi.

"Stai bene?" Grim gli chiese dopo che il giovane si era rimesso in piedi da solo. Ben trovò la domanda sciocca, visto che si sentiva tutto tranne che bene. Ma non sapendo come rispondergli, annuì.

"La senti ancora?"

Ben scosse la testa. Mentì: certo che la sentiva ancora. Se Grim sperava che la pillola avesse inasprito le note del canto, si sbagliava di grosso. La voce della creatura era più distante, ma la sentiva ancora chiaramente. Cosa diceva il suo canto? Non era importante. La sua voce poteva trasformare testi indegni in brillanti salmodie. Come se le acque del lago fossero soporifere, il canto si assopì: e lei, soddisfatta dell'incontro, sprofondò tra onde nere.

# CAPITOLO 24

Non molto tempo dopo scesero dal tetto, rientrarono dalla finestra della camera da letto e fecero una breve pausa durante la quale Ben sparì in bagno, convinto di essere sul punto di vomitare; in verità era tentato di spingersi due dita in gola per star meglio, ma sapeva che Grim lo avrebbe sentito e costretto a prendere un'altra pillola.

Quando lasciarono la casa, era già giunta l'alba, che sembrò dare loro il buongiorno con un cielo di diverse tonalità, più chiaro rispetto a quello che avevano visto dal tetto. Sulla riva del lago c'erano le tracce lasciate dal kraken, che risalivano il pendio fino a un lato della casa, dove si vedevano ancora delle larghe strisce bagnate che luccicavano. Evidentemente la creatura si era avvicinata furtivamente alle mura, ma era difficile determinare se fosse stata in grado di arrampicarsi fino al tetto o meno.

"Se riuscissimo a farlo venire qui, potremmo attirarlo nel seminterrato", riassunse Grim con un compiaciuto cenno del capo. "Devo solo capire come aprire quel condotto."

"Non ci cascherà... non senza un'esca", disse Ben, ricevendo uno sguardo strano dal collega, che tuttavia fu d'accordo con l'idea.

"Hm... Pensi che potremmo aggiudicarci un bel cadavere fresco da queste parti?"

"Sembra attratta da lei, signore..." disse il giovane, lentamente.

Di nuovo, Grim lo guardò di traverso, ma si trattenne dal commentare.

"Andiamo a mangiare qualcosa", suggerì invece. "È stata una notte lunga. Sono sicuro che ci verrà in mente un piano a pancia piena."

Andò verso il furgone per primo, lasciandosi alle spalle Ben che fissava il lago. La sua superficie immobile mostrava un riflesso sbiadito del cielo azzurro, e sotto di esso si nascondevano acque stagnanti. Tutto gli sembrava strano, e si sentiva come se avesse colto il mondo alla sprovvista in un momento di poesia, inebriante e straripante di possibilità. C'era un clima pesante all'interno del furgone, come quando una forte luce sottolinea la profondità di angoli e increspature con ombre spigolose. Eppure, Ben vi ci sentiva leggero, la pesantezza non aveva alcun effetto su di lui, proprio come l'acqua lascia galleggiare un corpo appena sotto la sua superficie. Il rossore del cielo era nel suo sangue e si credeva fatto di polvere e aria.

Forse la sua percezione del tempo era alterata, o forse Grim aveva preso una strada diversa, ma il viaggio di ritorno richiese più tempo di quanto ricordasse. Quando parcheggiarono dietro la Locanda del Tè, dal cui camino usciva fumo chiaro, il sole brillava in cielo. Salirono le scale e Ben rimase in attesa che Grim si rimettesse dei vestiti semplici, rubati dall'armadio di Atwood, prima di aprire la porta comunicante con il locale.

Olivia l'aveva chiusa a chiave la sera precedente e, vedendo che in quel momento non lo era più, i due uomini scesero al piano di sotto, presumendo che il locale fosse aperto. Trovarono la proprietaria occupata ad apparecchiare i tavoli e si affrettò a sottolineare che la Locanda del Tè era ancora chiusa.

"Anche se non c'è una vera e propria regola contro il servire gli ospiti prima dei clienti", disse a voce alta proprio quando i due uomini stavano per voltarsi e tornare al loro alloggio.

Si sedettero al solito tavolo mentre lei portava loro del caffè. A quell'ora la luce del sole splendeva attraverso le vetrine vicine all'ingresso e sembrava riposare sul pavimento tra tavoli e sedie vuoti. Dava un effetto setoso al caffè quando veniva versato, catturava e amplificava la nuvoletta di vapore che saliva dalle tazze piene. Appena uscito dalla caffettiera e bollente, Ben ne bevve sorsi frequenti per intorpidire la gola irritata. Sapeva che prima o poi quella sensazione di sballo sarebbe passata, ma era determinato a godersi ogni momento fino ad allora.

"Che ne pensi?" disse Olivia, posando una fetta di torta verde.

Grim incrociò le braccia, piegando la testa di lato contemplando il dolce. "Dico che è ora di buttarla via."

"Guarda che è normale che sia verde", lei gli rispose.

"Perché?"

"Sto provando alcune ricette con ingredienti che posso trovare nei paraggi. Ricordi che spesso dono del cibo a fine giornata? A volte la gente della comune cerca di ripagarmi con funghi, erbe e altre cose raccolte. Preferirei che se le tenessero, ma insistono e non voglio offenderli rifiutando. Ma è più di quanto io possa usare, e sarebbe uno spreco lasciare andare a male quegli ingredienti."

"Allora prepara un'insalata, una frittata o qualcosa del genere", suggerì Grim, spingendo via il piatto.

"Beh, perché non un dolce? Che c'è che non va?" disse Olivia, riportando il piatto davanti a lui. "La torta Red Velvet contiene barbabietole. E ho sentito che c'è anche chi mette spinaci e broccoli nei loro impasti."

"Le verdure non bastano per fare una torta", disse Grim. "Ti servono anche farina, uova e zucchero."

"Hanno delle galline, e poi ho un sacco di farina e dello zucchero. Comunque, sto solo facendo delle prove, non ho intenzione di aggiungerla al menu."

"Certo che no", disse Grim. "Non è commestibile."

"E dai..." insistette, toccandogli la spalla. "Provala."

"Non sono il tuo criceto", ribatté lui, guardandola leggermente offeso.

"Intendi dire cavia?"

"No, intendo quei roditori che la gente tiene in casa... e mangiano le bucce delle carote e fogli di giornale."

"Stai dicendo che ti sto dando da mangiare della spazzatura?" chiese con leggerezza, appoggiando le mani ai fianchi.

Grim fissò la torta e tenne le braccia incrociate. "È verde e brutta."

"Mi sembrava avessi detto che fossi un amante delle torte."

"Le preferisco tradizionali e in colori normali come bianco, giallo o marrone."

"L'assaggerò io", li interruppe Ben, prendendo il piatto. "L'hai fatta tu, quindi sarà certamente ottima."

"Sei più coraggioso di lui." Olivia sorrise con soddisfazione.

"Questa è buona..." mormorò Grim a nessuno in particolare.

Quando la Locanda del Tè aprì al pubblico, entrambi avevano già finito di mangiare ed erano risaliti al piano di sopra. Grim aveva intenzione di uscire subito, ma Ben lo implorò di aspettare un attimo poiché doveva usare il bagno;

chiuse la porta velocemente e in preda ai sudori, poi le sue viscere esplosero. Come la sera precedente, non ebbe che spasmi dolorosi per atroci minuti, piegato sul gabinetto. Quando finalmente riuscì a trascinarsi fino al lavandino, si sciacquò le mani barcollando e pensò di dire al superiore di uscire senza di lui.

Ma quando aprì la porta del bagno, trovò Grim addormentato nella sua brandina, con i piedi appoggiati a terra; era evidente dalla posizione scomoda che si era seduto durante l'attesa, senza alcuna intenzione di sdraiarsi su un fianco o di far riposare gli occhi, cedendo lentamente con il passare del tempo. Il giovane non si aspettava di trovarlo in quello stato e quasi si commosse a quella vista: appariva così vulnerabile, sdraiato con gli occhi chiusi, russando con le labbra socchiuse... Sarebbe stato così semplice trovare un incavo tra le sue costole e affondarvi un coltello.

Ben sussultò e si riprese dai suoi pensieri oscuri, fissò l'uomo addormentato e trovò una piccola consolazione nel vedere che non aveva fatto nulla, se n'era rimasto lì in piedi a...

Cosa stava facendo? Cospirando? Sognando? Fu un battito di ciglia che durò più di uno sguardo, durante il quale si sentì completamente sommerso, come se fosse entrato in una realtà parallela nella quale aveva già compiuto il delitto. Continuò a guardare davanti a sé senza muoversi, controllando che il superiore non fosse stato colpito o ferito in nessun modo. Gli sembrò imperativo assicurarsene con occhi ben aperti, soprattutto quando saltava da una realtà all'altra ogni volta che li chiudeva: realtà separate da una membrana sottile quanto le sue palpebre.

Contento che il collega fosse illeso, Ben prese le chiavi del furgone dalla mano di Grim e se ne andò.

Collegò il cellulare al furgone per ricaricarlo, ma temeva di girarlo e guardarne lo schermo per controllare i messaggi. Ne aveva ricevuti parecchi, senza dubbio: il giorno prima, quando Grim gli aveva dettato alcune informazioni da passare ad Harper, Ben aveva sbirciato la casella dei messaggi in arrivo e aveva visto che ce n'erano già otto ad aspettarlo.

Poco dopo si sentì mancare quando vide che due di quei messaggi lo sollecitavano a far rapporto, mentre gli altri erano promemoria dell'importanza della sua missione. E sebbene questi fossero in termini vaghi, sapeva benissimo che il loro tono educato non significava indulgenza. L'ultimo gli era stato inviato poche ore prima, invitandolo a rispondere al più presto. Eppure, le sue dita rimasero sospese sulla tastiera, temporeggiando alla ricerca di una risposta generica ma adeguata. Nessuna sembrava soddisfacente. Dopo qualche tentativo, lanciò il telefono sul sedile del passeggero senza pensarci troppo.

Mise in moto il furgone, determinato a dar loro una risposta adeguata entro sera.

Era una mattina luminosa con un bel cielo azzurro, un vento vivace sferzava le nuvole bianco latte e portava aria fresca di cui si riempì i polmoni. Anche la foresta silenziosa che circondava il lago ne era delicatamente animata.

Raggiunta la casa di Atwood, Ben scese dal furgone ma rimase dietro la portiera aperta mentre si guardava intorno, alla ricerca di segnali di pericolo, come l'imboscata del giorno precedente. La coda della camicia a quadri che aveva preso in prestito svolazzava al vento, come pure i cespugli circostanti dai quali non apparvero ombre furtive. Circondato dal solo fruscio della vegetazione, si sentì abbastanza sicuro da raggiungere a piedi la riva del fiume e il punto nascosto dove Grim gli aveva mostrato l'imboccatura del condotto. Dato che erano riusciti ad attirare il kraken fino a lì, non doveva fare altro che condurlo dentro quel passaggio e intrappolarlo poi nel seminterrato. Il piano sembrava semplice ma di fatto non lo era, e più a lungo lo esaminava più intoppi trovava: acchiappare il kraken era già un grande problema di per sé, ma come prima cosa doveva capire come far aprire il condotto.

Così Ben iniziò a scendere nel seminterrato per studiare la console di comando. Provò una serie di interruttori che Grim aveva trascurato per concentrarsi sulle porte di sicurezza e il pavimento elettrificato. Ci volle circa un minuto di tentativi prima che Ben udisse un grande fiotto d'acqua che sgorgava dal tubo; subito dopo, capì quali interruttori erano responsabili dell'apertura e chiusura delle valvole all'interno del condotto, consentendogli di gestire il flusso dell'acqua del lago o di interromperlo. Era così euforico per i suoi progressi che salì su per le scale del seminterrato saltellando e corse verso il lago per guardare l'acqua che vorticava nel tubo, poi si precipitò di nuovo giù per vederla sgorgare dall'altra parte, quasi allagando il fondale poco profondo della cella. La sua euforia sarebbe stata totale, se non avesse scoperto che una delle valvole era difettosa e non si chiudeva completamente.

Ma prima che avesse il tempo di soffermarcisi, il suo cellulare vibrò con un messaggio di Harper, avvisandolo che avrebbe telefonato entro cinque minuti.

Ben non inviò il solito automatico «ok» in risposta, ricordandosi quasi all'ultimo momento che Grim stava dormendo profondamente e che sarebbe stato svegliato dalla chiamata in arrivo. Avendo appena iniziato il suo lavoro con il condotto, il giovane preferì posticipare il risveglio del collega fino a quando non avrebbe capito come risolvere da solo il problema con la valvola.

Perciò rispose al messaggio di Harper con il numero di Atwood e poco dopo rispose al primo squillo del telefono.

"Ciao", disse Harper ricambiando il saluto di Ben con un'intonazione leggermente curiosa, forse sorpresa di sentire la sua voce, invece che quella di Grim.

Ci fu una pausa incerta, durante la quale Ben valutò vari tipi di risposte prima di accontentarsi di un generico: "Come vanno le cose?"

"Bene, tutto bene", rispose lei con allegria forzata.

Il fatto che anche lei si sentisse obbligata a fingere con lui lo lasciò perplesso, e sentì che non poteva sopportare l'imbarazzo di quella situazione.

"Senti, Harper... volevo dirti che mi dispiace."

La risposta brusca lo colse alla sprovvista. "Ti dispiace? E per cosa?"

"Non so cos'ho detto o fatto, ma... qualsiasi cosa sia, volevo chiederti scusa se ti ho turbato in qualche modo."

"Ben, di che cavolo stai parlando?" chiese infine dopo una lunga pausa, durante la quale lui si morse ansiosamente le labbra.

"Non lo so", disse, iniziando a pentirsi delle sue parole. "Ma nelle ultime due chiamate sembravi arrabbiata con me per qualche motivo."

"Non ero arrabbiata con te! Cosa te l'ha fatto pensare?"

"Beh... ho pensato che forse ti dovevo qualcosa, sai, tipo un favore per avermi dato il certificato di nascita."

"Perché? Tu di solito li paghi, i regali?" chiese lei con voce piatta, quasi infastidita.

"Ma no, è che..." annaspò prima di un sospiro profondo. "Sai cosa ti dico? Fai finta che non abbia detto nulla. È solo un pensiero stupido."

"Ascolta, Ben. Se avessi voluto qualcosa, te l'avrei detto direttamente. E se ti sono sembrata arrabbiata... beh, semplicemente è periodo difficile. Niente di personale."

"Hai ragione, scusami."

"Oh, per l'amor del cielo, Ben, smettila di scusarti. Mi fai sentire in colpa. Senti, sarò onesta, ero arrabbiata con chiunque non fosse nella mia vita a condividere le mie lotte. Mi sono sentita isolata e piena di rancore, soprattutto quando tutti si aspettavano che andassi avanti con la mia vita come se tutto fosse normale."

Ben non sapeva come rispondere; forse avvertendo il suo disagio, Harper aggiunse: "Ma sai, grazie al tuo amico, le cose potrebbero migliorare. Grim sarà pure un opportunista, ma gli sono grata ugualmente. A proposito, dov'è?"

"Lo sto lasciando riposare. Abbiamo avuto una notte difficile. Ma sono felice che tu abbia chiamato. Volevo chiederti una cosa..." Ben spostò il telefono sull'altro orecchio, "in via ipotetica: che probabilità ci sono che tu riesca a trovare il suo fascicolo nel tuo dipartimento? Qualsiasi cosa sul suo passato, magari un certificato di nascita o un altro documento. Prometto di pagarti questa volta."

Per un po' non ci fu risposta, tant'è che Ben si chiese se fosse ancora in linea.

"Ci sono, ci sono..." lo rassicurò Harper. "È solo che..." si fermò di nuovo. "Senti, non è che non voglia cercare. Ma è probabile che il suo fascicolo sia sepolto da qualche parte, o addirittura fuori dalla mia portata. Il tuo è più recente, e più semplice da trovare. Ma proverò a guardare in giro, e se dovessi trovare qualcosa, te lo farò sapere", concluse. "Ora, vuoi che ti dica dell'altro fascicolo?"

"Cosa? Ah già, sì certo", disse, ricordandosi improvvisamente del motivo della chiamata.

"Francamente, non ho trovato molto sui sopravvissuti... Ci sono informazioni principalmente sul dottor Carver e l'insetto che gli hanno trovato nello stomaco."

"Un insetto?"

"Scusa... intendo dire la larva. È di questo che Grim voleva sapere di più, giusto? Dunque, la larva che trovarono non ci si era impiantata. Secondo il fascicolo, le sue dimensioni o la sua fase di sviluppo non corrispondevano a dove l'hanno trovata. Sospettano quindi che avesse cercato di portarla fuori di nascosto..."

"Cos... aspetta un attimo", balbettò Ben. "In che senso impiantata?"

"Non lo sai? È così che i kraken si riproducono. Non so quanto bene ricordi le lezioni di scienze naturali, ma hai presente che alcune specie di vespe parassite inoculano i loro piccoli in un altro essere vivente? Ecco, lo stesso metodo."

"Ma intendi dire... dentro persone?" sussurrò inorridito.

Lei rise e continuò a parlare con gusto morboso. "Se pensi che questo sia orribile, aspetta di sentire questo: a quello stadio, inizia a perdere il suo muco protettivo. Significa che non può più rimanere nello stomaco... sai, per via dei suoi acidi. Di solito si muove e si sistema in altri posti mentre continua a crescere. Quindi, durante tutto quel tempo, cercava di uscire dal suo ospite scavando un percorso, causando danni piuttosto gravi. La cosa strana è che il dottore era stato impassibile per tutto il tempo. Nessuno ha sospettato nulla finché non è crollato nel bel mezzo di un interrogatorio."

"Cos... come?"

"Secondo la trascrizione, confessò di allevare larve per estrarne un oppioide o qualcosa del genere. La mia ipotesi è che la larva lo avesse drogato mentre lo rosicchiava da dentro, e l'unico motivo per cui ha confessato qualcosa, è perché continuava a lamentarsi di non sentirsi bene, e gli promisero di farlo visitare da un medico non appena avrebbe sputato il rospo. Scusa, troppo esplicito?" chiese quando Ben rimase in silenzio.

In effetti aveva gli occhi chiusi e si teneva un pugno davanti alla bocca. "Come facevano a gestire queste cose?" riuscì a dire dopo aver deglutito qualcosa di acre. "E stai dicendo che li allevano?"

"Questo non l'ho mai detto", Harper sottolineò prontamente.

"Oh, giusto, è stato Grim", disse Ben, chiudendo gli occhi con la speranza di schiacciare una piccola massa che cresceva tra di essi. La mancanza di riposo iniziava a farsi sentire.

"Beh, questo è tutto, mi pare."

"Aspetta! Tutto qui? Che mi dici delle vittime o dei sopravvissuti?"

"Ti ho già detto che non ho trovato molto su di loro. Ma, detto tra me e te, ho sentito che alcuni sono riusciti a fuggire. Magari li tengono sotto osservazione a distanza, ma non penso di trovare niente su di loro in Archivio."

"Un'ultima cosa..." disse Ben. "Grim aveva questa teoria secondo cui la larva di Carver fosse la stessa che hanno mandato qui. Sai qualcosa a riguardo?"

"No. Non ho il fascicolo sottomano, ma sono abbastanza sicura che non l'abbiano menzionato. Quei documenti sono stati archiviati settimane fa."

"Quindi la larva sarebbe stata troppo grande... no, aspetta. Mi sembra che possano rallentarne lo sviluppo..." mormorò Ben, tra sé e sé.

"Non saprei..." disse Harper, stanca dell'argomento. "Senti, devo andare. Ti contatterò se trovo qualcosa su Grim."

Dopo che ebbe riattaccato, Ben tornò al seminterrato e al problema piuttosto urgente della valvola danneggiata. Ipotizzò che non fosse troppo grave, a patto che riuscissero ad attirare il kraken prima di darsela a gambe. Ma avrebbe comunque dovuto chiudere le valvole per impedire che strisciasse fuori di nuovo. Forse la causa del problema non era irrisolvibile, come un semplice caso di ostruzione o di detriti che ne impedivano la chiusura completa. E con entrambe le valvole funzionanti, avevano maggiori possibilità di catturare il kraken, chiudendo prima una valvola e poi l'altra per intrappolarlo all'interno del condotto.

Con quest'idea, Ben si diresse verso i tre scaffali pieni di libri, con la speranza di trovare un manuale tecnico o un qualche grafico che facesse luce sull'argomento.

# CAPITOLO 25

Tutti lo videro, tutti lo notarono anche involontariamente nel silenzio irrequieto, nel continuo agitarsi sulle sedie, nelle teste che si giravano in attesa, senza sapere cosa cercare. La tensione, moltiplicata per il numero dei presenti, era inoltre amplificata dai loro stomaci vuoti. Molti non avevano dormito, o erano scivolati in un sonno agitato, e si erano svegliati al mattino pieni di risentimento, rabbia e frustrazione. Alcune famiglie, spinte dai bambini affamati, si erano alzate presto e avevano cercato di preparare un pasto usando qualsiasi cosa fossero riusciti a recuperare dalla dispensa.

Una comunità, per quanto armoniosa in apparenza, non può trovarsi d'accordo in ogni occasione, non finché rimane composta da individui, molti dei quali seguono i propri obiettivi, desideri, sogni o nozioni che non sempre si allineano con quelli degli altri. In passato ci vollero parole e promesse del loro capo per tenerli uniti e riconciliare le differenze. Nonostante ciò, continuarono ad esistere sottili crepe sotto forma di opinioni inespresse di alcuni membri che consideravano discutibile la scelta di Thane di stabilirsi in quella proprietà e, a dirla tutta, non nutrivano molte speranze nel tanto millantato Eden. Quelle crepe esistevano già prima della scoperta dei tre uomini afflitti da un disturbo sconosciuto, e diventarono più profonde quando Thane non riuscì a risolvere la questione in maniera soddisfacente. Accettare di fare ciò che quell'estraneo aveva detto — prendere una posizione, per quanto fosse difficile, uccidendo i tre e bruciandone i cadaveri — avrebbe dato loro un senso di chiusura, cosa che avrebbero preferito al lasciare che il tutto degenerasse come era successo. Una guardia aveva perso la vita nella sparatoria, due uomini avevano riportato ferite e una donna era stata calpestata durante lo scompiglio. Peggio ancora era la minaccia di un possibile contagio, se si volevano ascoltare le parole dell'estraneo. Una manciata di membri gli credettero abbastanza da fuggire dalla comune prima dell'alba, portando via con sé una parte considerevole delle provviste che avrebbero dovuto custodire.

Alcuni membri videro l'incidente senza precedenti e lo considerarono una prova, per cui informarono altri membri della comune: non avendo niente e nessuno da cui tornare, né un piano per un futuro alternativo, rimasero attaccati alla speranza di un'imminente terra promessa, e il loro fervore venne accorto da grande consenso da alcuni, che cercavano la stessa rassicurazione, o da sguardi di sconforto da parte di altri. Per quest'ultimi, Thane non era più la persona che avrebbe realizzato il loro sogno di una piccola comunità felice. Nonostante ciò, anche i più scettici continuavano a rivolgersi a lui per ritrovare calma e sicurezza, o anche solo per ammettere a sé stessi che la sua supervisione li aveva convinti nuovamente.

Ma in quel momento il loro Baal si trovava tra la gente al centro di un semicerchio, guardandoli dall'alto, come per sfogare su di loro la propria rabbia o forse per sfidare qualcuno ad aprir bocca. Era abbastanza perché i genitori zittissero ansiosamente i loro figli, alcuni dei quali iniziarono ad agitarsi e lamentarsi per la noia o la fame.

Dieci minuti prima, quando Thane non si era ancora avvicinato a loro, nell'atrio dell'hotel c'era un gran vociferare. L'argomento degli ultimi due giorni veniva discusso liberamente in gruppi di tre e cinque persone, agitati dal dubbio e dall'incertezza. Quale malattia aveva colpito quei tre uomini, che erano tornati a riva galleggiando quella sera? L'estraneo era davvero così forte come sostenevano le guardie? Più della metà di loro lo vide rialzarsi dopo che gli fu sparato a bruciapelo e, sebbene alcuni uomini derisero quell'idea, nessuno di loro si offrì volontario per inseguirlo.

Thane sapeva cosa pensavano senza aver bisogno di ascoltare i loro discorsi. Lo vedeva nelle occhiate che alcuni gli lanciavano, prima di abbassare lo sguardo. Vecchie abitudini, formate durante l'infanzia da un padre che sfogava la propria frustrazione su chi lo meritava di meno: sulla moglie, presente nella stanza, sul cane vicino ai piedi e su un figlio, colto alla sprovvista, che all'epoca non comprendeva la rabbia del padre. Se avesse potuto, Thane avrebbe preso a calci la sua gente per la loro codardia collettiva. Tra di loro non c'era una sola anima coraggiosa o disposta a sacrificarsi. Erano tutte persone insignificanti; amavano la loro vita egoista.

Un'espressione di stanchezza gli apparve sul viso, addolcendogli lo sguardo. Spostò il peso per inclinarsi verso destra.

"Quanto bene vi ho voluto. Quanto ho cercato di darvi la vita che meritate..." esordì con voce stanca, tanto che alcuni seduti nelle file centrali e posteriori si sporsero in avanti per sentire meglio. "Nonostante tutti i miei sforzi per proteggervi dal mondo e suoi numerosi artigli, due estranei lo hanno reso impossibile. È impossibile ignorare e dimenticare ciò che è successo. Sono come lupi famelici che aggrediscono il gregge. Quando ci siamo trasferiti qui, abbiamo giurato di essere autosufficienti, di prosperare da soli. Come alberi possenti, abbiamo piantato le nostre radici in profondità nella nostra cara e generosa terra madre. Abbiamo cercato di vivere secondo i nostri principi, perché «L'uomo è nato libero, ma è ovunque in catene». Saremmo stati felici qui, ma ci hanno dimostrato che non è abbastanza, questa terra. Questo piccolo angolo? Non è mai stato abbastanza!"

Poi cambiò il tono di voce, da petulante a più enfatico.

"E forse dovremmo ringraziarli per averci aperto gli occhi. Ci invidiano la nostra libertà, i nostri numeri. Ci guardano e vedono una minaccia. Li superiamo in numero. È per questo che non ci offriranno nulla. Ma ci daranno gli avanzi quando li imploreremo. Perché? Per soggiogarci! Per provare di avere autorità su di noi! Per sentirsi meno inferiori, stare seduti tutto il giorno e ingrassare, mentre noi lavoriamo sodo e diventiamo forti... Cos'è quella confusione laggiù?"

Tutti gli occhi si girarono verso il fondo della stanza, dove spesso si sedevano le donne con bambini e neonati per uscire più facilmente in caso un piccolo fosse inconsolabile e non smettesse di piangere. Questa volta però una madre rimase seduta a gambe incrociate, con lo sguardo perso nel vuoto, mentre in grembo un bimbo continuava a scalciare e a piangere.

"Qualcuno faccia calmare quel bambino agitato, subito!" ordinò Thane mentre un uomo gli si avvicinava.

"Thane, ti imploriamo umilmente di..."

Thane alzò una mano per interromperlo. "Tra di noi non è necessario implorare."

"Allora chiediamo il permesso di andarcene."

"Sai bene che non avete bisogno del mio permesso per andarvene", rispose Thane, nascondendo l'irritazione di essere stato interrotto per domande banali. "Le madri possono andarsene con i bambini per calmarli..."

"Chiedevo per me, Thane", disse l'uomo, triste.

"Perché?"

"Mia moglie è strana da ieri. Non penso sia in grado di badare a nostro figlio."

Prima che potesse rispondere, un altro uomo si avvicinò a Thane.

"Thane, anch'io chiedo umilmente permesso. Devo andare a cercare cibo. I miei bambini hanno fame e non c'è più niente da mangiare."

"L'ultima volta che ho controllato io, c'era un sacco di cibo."

L'uomo esitò prima di riportare le ultime notizie. "Tre o quattro membri sono fuggiti con le provviste. L'abbiamo scoperto solo stamattina. Avrebbero dovuto rimanere di guardia, invece..."

Altri membri con lamentele simili si alzarono in piedi, per chiedere il permesso di occuparsi delle loro famiglie, logorando la pazienza di Thane sebbene per il momento non facesse altro che scrutare le facce stanche e malinconiche in semicerchio.

"Se questo è ciò che pensate tutti, zittite i vostri stomaci ed ascoltate! Stavo per dirvi cos'avevo in mente a riguardo, prima di venire interrotto." Lanciò occhiate ammonitorie finché tutti non si sedettero di nuovo e la donna con il bambino fosse accompagnata fuori di nascosto. Poi anche lui riprese il suo posto e tornò a parlare.

"Stavo per dirvi questo: l'inverno è alle porte. Non siamo riusciti a coltivare molto. Non abbiamo tempo per ricominciare, ma non dovremmo preoccuparcene... non quando c'è cibo in abbondanza. «Siete perduti, se dimenticate che i frutti sono di tutti e la terra di nessuno». Per esempio, il vecchio Howard..."

disse con un balzo in avanti, sapendo che ogni pensiero elaborato non sarebbe stato ascoltato dalla folla inquieta. "Cosa fa il vecchio Howard? Ogni sera prende il latte avanzato e lo versa nel lavandino. Latte ancora buono! Sprecato perché il governo gli ha detto di buttarlo in un dato giorno! E non può venderlo perché il governo non glielo permetterebbe. «Norme e Regolamenti», direbbe. Niente viene sprecato in natura. Solo nelle società corrotte viene giustificato lo spreco, chiamandolo «Norme e Regolamenti». Se ne cura? Certo che no. Preferirebbe vederlo scendere giù per lo scarico, piuttosto che donarlo. Se non può venderlo, nessuno può averlo."

Fece una pausa d'effetto e fu soddisfatto dai mormorii indignati che si levarono.

"Cosa gli può importare?" Thane ripeté, preso dal suo discorso. "Finché non è obbligato a fare la sua parte e condividere la ricchezza, non può interessarsi agli altri. Ingrassa, mentre i nostri bambini muoiono di fame. Che si vergogni, dico io! Vergogna! Vergogna! Vergogna!"

Ogni reiterazione venne accolta da un disprezzo crescente; il ruggito della folla fu sufficiente a ripristinare la sicurezza di Thane, ma il suo sorriso compiaciuto svanì poco dopo quando vide una mano che si agitava in aria per attirare la sua attenzione.

"Perché non macelliamo i maiali?" suggerì una donna.

"Sarà la nostra ultima spiaggia", rispose Thane con voce piatta. "Quando toccheremo il fondo, sarò il primo a sgozzarli. Ma non siamo ancora arrivati a quel punto, ve lo garantisco."

Un'altra mano si alzò con una nuova idea.

"La signorina Olivia non ci ha mai negato niente. Perché non andiamo da lei e vediamo cosa può darci?"

"Sì... Perché non andiamo dalla signorina Olivia, eh?" Thane ripeté stanco e infastidito dalle domande incentrate sulla gratificazione dei loro bisogni immediati, che spensero la fiamma che lui cercava di accendere. "Qualcuno vuole rispondere? Nessuno?" sfidò la gente, mentre passava lo sguardo cupo sul semicerchio.

Sapendo che aveva una risposta precisa in mente, nessuno si azzardò a indovinare o rischiare rimproveri da parte dell'inquisitore.

"Sapete cos'ha detto Howard a Olivia l'altro giorno, quando pensava che fossi abbastanza distante da non sentirlo?" disse il capo, pronto per partire per la tangente. "Le stava dicendo di non darci nulla. Ci ha chiamati straccioni e scrocconi. E ancor peggio, è arrivato al punto di minacciare di denunciarla se non avesse smesso di darci provviste. E sapete perché? Perché odia ogni volta che un potenziale cliente riceve qualcosa gratuitamente. Gli viene un'ulcera quando vede persone che non spendono soldi. Ora, noi non abbiamo mai fatto niente di male a Howard. E lui cosa fa, ci lascia in pace? O cerca di rovinare il nostro rapporto con l'unica brava persona che appoggia la nostra causa? Non mi sorprenderebbe se la denunciasse davvero, e mandasse le autorità qui da noi. Perché se lo può permettere. Perché quell'uomo grasso ed egoista è contento se ci cacciano. Perché è un infame pieno di odio!"

Dopo aver fatto tuonare le ultime frasi, Thane suscitò una risposta accesa dalla folla, che trovò soddisfacente; avevano gli occhi puntati su un nuovo obiettivo, un obiettivo più facile. Lui avrebbe gestito gli altri due a tempo debito. Forse affidarsi a Olivia era stato un errore. I membri della comune si erano abituati a qualsiasi cosa questa offrisse loro, e quest'abitudine li aveva rammolliti. Per questo si erano dispersi come pecore al primo segno di pericolo. Lo sapevano, e nessuno osava guardarlo negli occhi. Ma in quel momento la fame e l'umiltà li avevano resi assetati di sangue, e non vedevano l'ora di dimostrarlo a lui e alle loro famiglie.

"Perché aspettare che vengano qui?" disse Thane con entusiasmo. "Ve lo garantisco, noi siamo più forti e daremo loro pan per focaccia! Howard maledirà il giorno in cui ha deciso di mettersi contro di noi!"

Per la folla sofferente, quel discorso dava l'allettante promessa di un saccheggio, e non pochi di loro si immaginarono di lasciare il Fornitissimo Emporio con manciate di cibo di cui avevano disperatamente bisogno: una prospettiva ben più allettante delle poche provviste che ricevevano e che dovevano dividersi. Dopo che gli applausi si spensero, qualcuno in prima fila borbottò qualcosa.

"Puoi ripetere?" disse Thane.

Un uomo stempiato in jeans scoloriti si alzò in piedi e a voce alta ripeté: "Ho detto che un paio di giorni fa abbiamo notato un cartello da Howard con scritto «Cercasi Aiuto», così ci ho parlato. Ha detto che sta per aprire un negozio nella città qui vicina e si è offerto di assumere alcuni di noi per pulire e imbustare generi alimentari per i clienti."

Un silenzio elettrico seguì la rivelazione, reso ancora più imbarazzante dallo sguardo fisso di Thane.

"Le temperature stanno cambiando", continuò l'uomo, spinto dal coraggio di aver già detto qualcosa di irrevocabile, "e non c'è tempo per piantare. Presto non saremo più in grado di foraggiare o cacciare. È solo per sopravvivere quest'inverno..."

Thane si alzò, facendo ammutolire l'uomo. "Di chi è stata l'idea?"

L'uomo esitò. "Sarebbe una cosa temporanea, Alfa. Solo finché non saremo in grado di..."

Thane lo fissò e ripeté lentamente: "Di chi è stata l'idea? Ti conosco, Pete. Sei sempre quello che parla, ma mai quello che prende l'iniziativa. Quindi, di chi è stata l'idea?"

"M-mia... Th-Thane", balbettò un secondo uomo, il fratello

minore di Pete, Henry. Nonostante fosse più giovane, Henry era una spanna più alto di Pete, ma si chinava ogni volta che gli era vicino come per nascondere il fatto.

"Per come la ve-vedo io..." proseguì Henry, nonostante l'impedimento a parlare e lo sguardo fisso su di lui, "perché uc-uccidere la gallina quando pos-poss... quando depone le uova d'oro?"

Thane fissò l'uomo che gli stava dando contro. "E dimmi un po', cosa vuoi farne di quelle uova d'oro? Friggerle? Fare una bella frittata gigante per sfamare tutti?"

"Alcuni di noi lavorano già part-time per la signorina Olivia", intervenne Pete. "Sarebbe la stessa cosa."

"Olivia è un'eccezione. Howard è un maiale capitalista che vuole fare di voi delle piccole banche ambulanti. Vi farà lavorare fino allo sfinimento, e quel poco che vi pagherà gli tornerà indietro quando vi farà pagare la sua merce dal prezzo eccessivo."

Henry intervenne in aiuto del fratello. "Ma s-signore, noi..."

"La pianti?!" esclamò Thane con improvvisa rabbia. "Vedo che il loro programma funziona, il lavaggio del cervello è tornato. Avete bisogno di aiuto, amici miei. Avete bisogno che io vi mostri come si fa a volare!"

Non si rese conto di aver dato uno schiaffo a Henry finché non notò che l'uomo alto si stava tenendo la guancia con un'occhiata intimidita e arrabbiata. Quello sguardo non fece altro che far infuriare ulteriormente Thane: invece che irrobustirli, il mondo esterno aveva indebolito le loro menti e le loro anime. Le vane pretese, le lodi che aveva cantato in passato per la loro presunta resistenza non erano fatti, bensì un incoraggiamento a coltivare questa qualità. A suo parere, aveva agito come un genitore che incoraggia un figlio a comportarsi in maniera esemplare lodandone ogni sciocchezza, con la speranza di spronarlo in quel modo. Ci furono volte in cui si meravigliò della propria pazienza e tolleranza, come se attingesse da un pozzo infinito. Ma ora il pozzo era asciutto e vuoto: era stato buono con loro, e lo stavano ripagando con dubbi e lamentele.

"Andate pure, allora..." disse loro. "Non ho mai voluto intrappolarvi qui. Tornate pure nel mondo là fuori e vi renderanno schiavi, vi faranno lavorare fino alla morte. Se è questo ciò che volete, siete liberi di andare. Ma non sarete più i benvenuti qui. Se andate via, potrete portare con voi solo i vestiti che avete addosso."

In quel momento i due fratelli presero una decisione. E notando che stavano guardando le mogli e i figli, Thane aggiunse: "I bambini rimarranno qui".

Henry e Pete si guardarono l'un l'altro e le rispettive mogli, non del tutto certi di aver capito bene quello che avevano appena sentito.

"I bambini rimarranno qui", ripeté Thane quando nessuno dei genitori lasciò andare i propri figli.

"Thane!" esclamò Pete, con un sorriso nervoso, quasi a implorarlo di essere ragionevole.

"Sono membri della stessa comune che li ha accolti; quindi, sono figli nostri tanto quanto vostri."

Lo spazio che si era creato intorno ai fratelli e le mogli per lasciarli andare via iniziò a ridursi quando altri membri si alzarono in piedi. Questo confuse i quattro adulti, che non capirono subito se la gente intorno a loro si fosse mossa per trattenerli o per protestare in segno di compassione. Tutto accadde così velocemente: la moglie di Pete, Gertrude, vide il fratello minore avvicinarsi e, in uno stato di smarrimento, affidò la figlia a quelle braccia tese. Fu una cosa automatica, come un riflesso, conseguenza di mesi e mesi vissuti in una società dove genitori fiduciosi affidavano i loro piccoli agli altri per avere le mani libere e completare i loro interminabili doveri. La bambina stessa protese le manine verso la persona che stava per prenderla in braccio.

A braccia ormai vuote, il cuore di Gertrude si spezzò quando, voltandosi, vide sua figlia venir portata via da Thane. Un debole gemito di protesta si scontrò con l'energia frenetica che la colse quando si lanciò nella direzione di sua figlia, ma venne trattenuta dalla gente che la circondava. Nel frattempo, Henry tenne ben stretto il figlio e lo nascose dietro di sé.

"Per favore..." pregò Gertrude, con una mano tesa ma incapace di colmare il piccolo spazio tra lei e Thane.

"Puoi ancora scegliere, Gertrude", disse Thane, facendo un passo in avanti per tentarla. Pete cercò di proteggerla dalla folla, circondandole le spalle ossute con le braccia mentre le sussurrava qualcosa all'orecchio. Con uno sguardo addolorato, Gertrude strinse le labbra, cercando di raccogliere un po' di coraggio e fermezza.

"Non vogliamo niente", disse Pete a Thane. "Lasciaci andare via con la nostra famiglia. Siamo disposti a rimanere qui e condividere il salario, se ce lo permetterai."

"Cosa ci garantisce che non scapperete via come ratti, mentre sfrutterete la nostra terra? Il loro è un sistema corrotto, e se non riuscite a vederlo, è perché ne fate già parte."

"Vogliamo solo sopravvivere, Thane. Non vogliamo nient'altro, te lo giuro", disse Gertrude con voce tremante.

"Sei sicura, Gerty? Come fai a sapere che questo non sia un piano elaborato di Pete? Farti lavorare di nuovo così lui può tornare a bere?" disse Thane. "Gli importerà qualcosa se farai turni di notte, solo tu e Howard? Gli importerà qualcosa, se quelle mani grassocce e viscide ti palpeggeranno?"

"Chiudi quella cavolo di bocca!" disse Pete lanciandosi

verso Thane, ma venne trattenuto dalla folla. La mano protesa di Gertrude si ritirò e la donna iniziò a singhiozzare.

"Oh, non fare così, Gerty", disse Thane gentilmente. "Puoi ancora rimanere qui con noi, vero tesoro?" disse voltandosi verso la bambina, che giocava con un mignolo dentro la barba di Thane. "Vero, piccola? Di' a Gerty di stare con noi."

"Gerty, stai con noi", ripeté la bambina appoggiando la testa sulla spalla di Thane. Fu allora che notò la tristezza di Gertrude.

"Gerty piange", osservò la bambina.

"Gerty piange perché Pete vuole andare via."

"Perché?"

"Perché dice che devono tornare là fuori e andare a lavorare. Vuoi andare con loro? Eh? Ti riporteranno a scuola. Sai cos'è la scuola, tesoro? È dove tutti rimangono seduti tutto il giorno su sedie rigide a studiare. Vuoi andarci?"

Alzando la testa, la bambina lo guardò e ci pensò su. Sapeva solo che non voleva rimanere seduta tutto il giorno, per questo scosse la testa.

"No, certo che no", Thane le sorrise. "Vuoi stare qui con i tuoi amici e la tua famiglia. E più tardi ti porterò nel bosco e ti farò vedere dove dorme il cervo e dove gli scoiattoli nascondono il loro cibo."

"Nascondono il cibo?"

"Sì, ma questo è un segreto, lo dobbiamo sapere solo io e te."

Queste parole sembrarono magiche per il figlio di Henry, un bambino di quattro anni, che desiderava ricevere attenzioni speciali proprio come la bambina. Fece scivolare la manina dalla presa allentata del padre.

"Anch'io voglio rimanere qui!" gridò correndo verso Thane prima che Henry potesse fermarlo.

# CAPITOLO 26

Ben sedeva a gambe distese sul pavimento bianco del seminterrato, sfogliando annoiato un manuale.

Era poco più di un mucchietto di fogli con i bordi pinzati a formare un opuscolo. Si trovava nella libreria scarna di Atwood, in mezzo a volumi altrettanto sottili, la maggior parte dei quali erano guide, fogli con istruzioni e manuali tecnici.

Di tanto in tanto, Ben emergeva dallo stordimento per consultare quel libricino fatto a mano, sfogliando avanti e indietro le pagine per rivedere paragrafi specifici e varie illustrazioni.

La larva, disegnata in scala reale accanto a una mano adulta, aveva un aspetto protozoico: un corpo oblungo con un'estremità affusolata, senza occhi o testa distinguibili, e piccoli moncherini capaci di allungarsi in lunghi e sottili tentacoli. Chiunque avesse realizzato quei disegni aveva impiegato molto tempo per rappresentare i piccoli dei kraken, mentre gli adulti erano stati delineati con un contorno astratto simile a quello di un'idra.

Una lettura certamente bizzarra, ma non così inquietante

come le pagine che seguirono. Il resoconto di Harper sulle condizioni di Carver fu un'anticipazione del loro contenuto. Scoprire che cose del genere erano veramente accadute fu sconvolgente, ma leggere i resoconti e riflettere sul graduale cambiamento, descritto in dettagli in quelle pagine, era uno shock che doveva ancora elaborare. E sebbene avesse potuto saltare le descrizioni raccapriccianti, o evitare di fissare i diagrammi che illustravano gli stadi dello sviluppo della larva (dove si annidava nel corpo e, peggio ancora, il deterioramento crudele e irreversibile che causava), non poté di certo ignorare la possibilità che potesse averne una all'interno di sé.

A prima vista non sembrava essere il caso, visto che le informazioni del manuale non corrispondevano alla sua esperienza. Una volta impiantata, la larva sarebbe rimasta per un lungo periodo in un sonno pesante, senza fare alcun movimento, ad eccezione di un debole sorriso. Si ipotizzò che sorridesse in prossimità del kraken genitore, visto che le larve tenute isolate non sorridevano. Non c'erano però spiegazioni al fenomeno, se non una teoria secondo la quale il genitore sembrava cantasse alla progenie, spingendo appunto la larva a sorridere come reazione.

Il testo sembrò descrivere quasi letteralmente le condizioni dei tre uomini, per i quali Thane aveva chiesto una cura. Eppure, Ben non poté fare a meno di chiedersi se ci fossero anche altre persone — sane, sobrie e sveglie — che potessero sentire il canto del kraken. Grim di sicuro non riusciva a sentirlo, anche se era ossessionato dal sapere cosa dicesse.

Mentre continuava a leggere, Ben trovò un paragrafo che lo fece fermare.

"La punta dell'ovopositore inietta un miscuglio di secrezioni per paralizzare l'ospite o per proteggere l'uovo dal sistema immunitario dell'ospite. In molti casi, è visibile un grande livido sul fianco dell'ospite..."

Il giovane fissò le parole, poi le lesse di nuovo. Senza guardare, allungò una mano sotto la camicia per toccare la zona dolorante. Il gonfiore era diminuito, ma al tatto gli faceva ancora un po' male, come una puntura d'insetto vecchia di un giorno. Con lo sguardo vacuo tornò sulla pagina, saltando pezzi di frase alla ricerca di parole come «trattamento» o «cura», prima di fermarsi un breve paragrafo scritto in grassetto. Secondo la data tra parentesi, era un'aggiunta recente, ma fu la sequenza di numeri ad attirare la sua attenzione.

"Secondo la testimonianza di un agente (numero identificativo 6753-2), un soggetto con larva può riprendere conoscenza se gli viene somministrata una dose di antibiotico: INH-1015. Prodotto per prevenire l'impianto, INH-1015 è attualmente studiato per la sua capacità di inibire temporaneamente la crescita della larva o, in alcuni casi, di ucciderla. Si noti che in questi casi sono stati segnalati diversi effetti collaterali, tra cui: psicosi, allucinazioni uditive e visive, vertigini, nausea, crampi allo stomaco, ematuria, epistassi, macchie sulla pelle, lividi e sanguinamento eccessivo da tagli e ferite."

Rilesse più volte lo stesso paragrafo, coprendosi la bocca con una mano, sempre più in negazione. Avrebbe potuto attribuire i disturbi allo stomaco all'ingestione di acqua contaminata del lago, ma non aveva alcuna spiegazione per il livido al fianco, né capiva perché tra quelle pagine ci fosse il numero identificativo di Grim.

Quindi Grim sapeva tutto: sapeva cosa stava facendo quando gli aveva dato quelle pillole rosse... sapeva tutto e l'aveva tenuto per sé, arrivando al punto di rivelare dettagli personali per impedire a Ben di scoprire la verità. Una domanda lo tormentava: perché? Per quale motivo si comportava così? Voleva proteggerlo o era semplicemente egoista? L'ultima opzione sembrava improbabile, ma vista la natura ambigua di Grim, Ben non poteva di certo escluderla.

Lasciò cadere la mano che copriva la bocca, così come quella che reggeva il libricino, e rimase in quello stato per un periodo indefinito, finché il suo sguardo distratto non mise a fuoco una figura che scendeva le scale.

Aspettandosi di vedere Grim, gli occhi di Ben si spalancarono quando inquadrarono il viso di Thane.

"Così l'hai trovato..." disse Thane, guardandosi intorno.

Ben lo fissò senza rispondere e senza cambiare posizione.

"Radney me l'ha mostrato giorni fa..." disse Thane, con un leggero timore reverenziale nella voce. "Prima che voi arrivaste qui. Mi ha raccontato tutto. Pensavo fosse impazzito, finché non l'ho visto."

Sorrise quando posò di nuovo gli occhi su Ben. "Pensi che l'abbia ucciso io?" disse Thane, rifiutando un'accusa che Ben non ricordava di aver fatto. "E perché dovrei averlo fatto? Non ho mai ucciso nessuno, e non ho mai fatto del male a nessuno."

"Mi hai quasi dato in pasto ai maiali!" rispose Ben con un risentimento crescente, che aveva poco a che fare con quell'incidente.

"Maiali?" disse Thane, seguito da una grassa risata. "Maiali! Maiali?" lo schernì, aggrottando le sopracciglia per quell'accusa oltraggiosa. "E allora? Ti ho lanciato nel recinto dei maiali. Cosa sono i maiali? Prosciutto? Pancetta?" La sua espressione beffarda divenne seria all'improvviso. "Avresti preferito che ti avessi dato in pasto alla folla? Volevano farti a pezzi, dico sul serio. Ma non volevo mica una carneficina... Volevo solo risposte. E ho dovuto fare qualcosa per ottenerle. Per farli contenti... Lo devo alla mia gente. È ciò che fanno i padri: promettono e mantengono le promesse..."

"E il rituale?"

"Ah, il rituale..." annuì Thane, pensieroso. "Ma avevi acconsentito, no? O stai incolpando me anche per quel pasticcio? Sei tu quello che si è tirato indietro. Sei tu quello che ha rovesciato la zattera e creato scompiglio. Se fossi rimasto calmo e fermo, non sarebbe successo nulla, e io non avrei perso membri per colpa tua e del tuo socio. Avete delle vite sulla coscienza, tutti e due!" aggiunse, dando dei pugni al tavolo vicino sottolineando le sue ultime parole, facendo sussultare Ben. "Hanno tutto il diritto di volersi vendicare su di voi. E forse avrei dovuto lasciarglielo fare."

Tutta l'amarezza che Ben aveva provato alla vista di Thane era scomparsa. L'espressione d'astio si era calmata, mentre cercava di ricambiare lo stesso guardo fisso.

Era forse scivolato sulla schiena? Perché Thane torreggiava su di lui, proiettando un'ombra lunghissima?

"Sono sicuro che possiamo trovare una soluzione insieme", disse Ben senza pensare, le parole gli uscirono dalle labbra senza freni.

"Allora andatevene via."

"Lo faremo. Ce ne andremo tra poco. Hai la mia parola."

Thane lo derise. "Oh, la tua parola! Potrebbe valere qualcosa, ma so che appena tornerai dal tuo collega, sarà la tua parola contro la sua. E sappiamo entrambi chi dei due comanda."

Ben scosse la testa. "Non è vero."

"Quell'uomo è velenoso, caro il mio Benny. Ha avvelenato le menti della mia gente, rovinato la nostra comune un tempo felice. È una cosa che fa abitualmente per ottenere ciò che vuole, è chiaro. Ma non è a me che devi credere. Puoi chiederlo direttamente a lui. Chiedigli, per esempio, cosa ci faceva qui l'altro giorno, quando l'ho visto trascinare un tappeto arrotolato e gettarlo nel lago."

Finalmente Ben distolse lo sguardo, fissando con i suoi grandi occhi il vuoto davanti a sé. Era così sconvolto che il suo primo istinto fu di negare quella rivelazione; eppure, non poteva negare che Grim fosse effettivamente andato da Atwood, per poi tornare con la notizia inquietante della scomparsa del corpo. La natura nefasta delle mezze verità difficili da provare è che spesso sembrano più credibili delle verità comprovate. Ed ecco che tra di loro c'era un nuovo segreto dalle viscere maleodoranti.

Ben si girò verso Thane, ma trovò la stanza vuota. Salì le scale, attraversò la cucina e si fermò nel corridoio. La porta d'ingresso era spalancata e una nebbia scura ne aveva preso il posto, delineando una figura umanoide, coperta di macchie luccicanti, che Ben non riconobbe. Chiuse gli occhi per rimetterli a fuoco, ma continuò a vedere sfocata la figura che si avvicinava a lui.

E poi capì che cosa fosse.

La creatura si avvicinò a lui lentamente: era ricoperta di scaglie sottili, dalla testa liscia e ossuta spuntavano capelli fini, neri e lucidi, divisi al centro e che ricadevano sugli occhi come drappi. Tese le braccia e allungò il collo come una lumaca, contaminando l'aria con il suo fetore di pesce, e sembrò luccicare ancor di più quando gli gettò le braccia al collo, accarezzandogli la nuca e appoggiandogli la testa scivolosa sul petto. Lo fece con grande delicatezza, il suo irresistibile tocco era amorevole e lo invitava ad aprire il suo cuore e ad essere generoso, dicendogli di portarle ciò di cui lei aveva bisogno... perché lei non aveva desideri, solo bisogni, bisogni e bisogni. Come una sposina, rimase appoggiata al suo petto... Ben non poté resisterle.

# CAPITOLO 27

Ben tornò all'alloggio sopra la Locanda del Tè in uno stato di stordimento, non rendendosi conto di dove si trovasse finché non aprì la porta e trovò Grim seduto alla scrivania che fissava intensamente il telefono dell'appartamento.

"Sei impaziente di morire, pivello?" borbottò quest'ultimo, tenendo gli occhi puntati sul telefono. Quella domanda fece rinvenire Ben, trascinandolo fuori dai suoi pensieri distratti, ma gli ci vollero comunque due o tre secondi prima che potesse capire le parole del superiore.

"Sono tornato indietro, o no?" rispose il giovane, grattandosi il lobo dell'orecchio e trovandolo sporco. Si guardò le dita e vide resti di sangue secco e screpolato incastrati sotto le unghie; ne trovò altre tracce sul lobo e, sebbene non sanguinasse più, era chiaro che provenivano dall'interno dell'orecchio. Ma Ben non ne fu particolarmente scosso, anzi si limitò a prendere atto dei propri nervi saldi e a pulire la mano sulla maglietta.

Grim non disse nulla: non aveva ancora spostato lo sguardo dal telefono, come se stesse concentrando tutte le proprie facoltà mentali per farlo squillare. E mentre continuava a ignorare il collega, Ben rifletteva su come avrebbe potuto dirgli ciò che aveva appreso nelle ultime due ore: parlarne con chiarezza o con accenni e insinuazioni qua e là per provocarlo?

"Sono andato a controllare il sistema di condotti da Atwood", disse, poi si fermò in attesa di riscontro.

"Hai scoperto qualcosa di nuovo?" gli chiese Grim, mordicchiando un'unghia.

Non avendo ancora deciso quale approccio adottare, Ben tenne per sé le informazioni ma rimase pronto ad utilizzarle al bisogno, come un pugnale nascosto. Durante gli ultimi giorni aveva imparato a non fidarsi ciecamente dell'altro, di questo era sicuro. Sebbene Grim fosse in una specie di periodo di prova, le ultime telefonate con Harper (e il fatto che sapesse di suo figlio) gli avevano dimostrato che aveva ancora un paio di assi nella manica e una rete di informatori. Se Ben l'avesse affrontato in quel momento, non ne avrebbe cavato un ragno dal buco, anzi: una mossa falsa, e avrebbe potuto scatenare una reazione disastrosa.

Ben gli parlò dei tentativi con i vari interruttori della console e del tubo che era riuscito ad aprire, dimenticando di nominare il dettaglio della valvola difettosa; più tardi si sarebbe chiesto se avesse tralasciato quel particolare di proposito. Ad ogni modo, Grim fu colpito dai progressi del giovane e gli rispose con un cenno di approvazione e uno dei suoi soliti mezzi sorrisi, cosa che irritò Ben.

"In poche parole, signore..." il giovane concluse con tono distaccato, il suo unico modo per esprimere disprezzo senza che fosse troppo evidente, "una volta che il kraken sarà nel condotto, possiamo chiudere le valvole alle due estremità, e intrappolandolo senza mettere a rischio le nostre vite."

"Dici?" rispose Grim, grattandosi il mento. "Non so. Sembra troppo facile."

"Beh, abbiamo comunque bisogno di un'esca", disse Ben, puntualizzando su l'unico intoppo di un piano altrimenti infallibile. "O prendiamo un cadavere da qualche parte, come ha suggerito lei, oppure..." si interruppe, lasciando in sospeso il pensiero per invitare il superiore a continuarlo.

"Oppure può entrare nel tubo, signore, e attirarlo. Come ho già detto, per qualche motivo è attratto da lei." Grim respinse l'idea con una risata secca, ma Ben continuò a parlare, imperterrito. "Forse non capisco bene tutto, ma il kraken sembra riconoscerla, mi sembra abbia detto che gli è «familiare». Non è per questo che ha chiesto ad Harper informazioni sul fascicolo di Duncastor? A proposito, se sta aspettando la sua chiamata, le ho detto di telefonarmi al numero di Atwood mentre ero là."

Qualcosa nel suo modo di parlare freddo e distaccato destò qualche sospetto di Grim. O forse era preoccupato per qualcosa che Harper gli aveva detto, qualcosa di vitale o, peggio ancora, qualcosa che non lui avrebbe dovuto sapere. In ogni caso, smise di sorridere e disse: "Sarebbe stato meglio che non l'avessi fatto. Non siamo sicuri che quella linea sia sicura."

"Mi ha mandato un messaggio prima di telefonare, dicendo che avrebbe chiamato entro cinque minuti. Lei stava ancora dormendo. Anche se fossi tornato indietro, non sarei arrivato in tempo. Quindi le ho chiesto di chiamarmi a quel numero."

Grim continuò a studiare Ben. "Quindi cosa ti ha detto?"

"La stessa cosa che mi ha detto lei riguardo al dottor Carver e alla larva. E per quanto riguarda i sopravvissuti, non ha trovato niente su di loro."

"Niente?" chiese Grim con la stessa speranza infranta di chi cerca qualcosa di indispensabile in una borsa vuota. "Proprio niente?"

Ben scosse la testa, e lo sguardo di Grim si fece così

malinconico e triste che, in circostanze diverse, Ben avrebbe potuto provare compassione per lui.

Sulla via di ritorno alla casa di Atwood, Ben guardò il proprio riflesso nel finestrino del passeggero, contro il quale aveva appoggiato la testa. Il vetro vibrante, raffreddato dalle temperature del mattino, gli faceva sentire la fronte calda per contrasto. Peccato non avesse potuto dire la stessa cosa per mani e piedi.

*Sto facendo la cosa giusta*, pensò tra sé e sé, permettendosi di ragionare ancora sulla questione, prima di accantonarla di nuovo.

Una volta arrivati, mostrò a Grim velocemente come aprire e chiudere il condotto, manipolando gli interruttori per far sembrare che stesse azionando due valvole, invece di una. Grim era comunque più interessato al risultato che al processo stesso, e rimase a fissare le onde marroni e schiumose che si riversavano nella cella a intervalli controllati.

Soddisfatto dalla dimostrazione, lanciò un sasso nell'apertura esterna del condotto, poi corse nel seminterrato per vederlo scivolare via con la corrente dell'acqua quando Ben aprì la valvola. Chiese di ripetere il test, quella volta proponendo di usare qualcosa di più grande di un sasso delle dimensioni di un pugno.

"Tipo cosa?" chiese Ben nervoso, pensando che il superiore avrebbe provato a lanciarsi personalmente nel condotto, scoprendo così la valvola difettosa. Per fortuna l'acqua inquinata fece da deterrente e Grim iniziò ad assemblare una specie di manichino, imbottendo una camicia e dei pantaloni, e usando un asciugamano arrotolato al posto della testa.

"Credi che potremmo adescare il kraken con questo?" chiese, mettendo il manichino di fianco a sé.

Ben finse di essere occupato a trovare l'interruttore per drenare i pochi centimetri di acqua rimasti nella cella. "Non saprei. È lei l'esperto."

Quasi si aspettava che il suo tono secco portasse Grim a chiedergli se ci fosse qualche problema, ma quest'ultimo continuò a lavorare sul manichino, incrociandogli le braccia e stringendogli le gambe.

"Sono abbastanza sicuro che seguano il calore del corpo o l'odore..." disse Grim, rispondendo alla propria domanda. "Ma di sicuro non mi va di farmi un tuffo, almeno non finché non sarà necessario. È per questo che abbiamo qui il nostro nuovo amico!" aggiunse sollevando il manichino, rivolgendosi a esso e facendolo annuire in risposta.

Il fatto che Grim non si preoccupasse di Ben non lo infastidiva. Fin dal suo ritorno all'alloggio, era consapevole della propria calma e dei propri intenti, non offuscati da sentimenti. Era meglio così. Tuttavia, per quanto distaccato, a nessuno piace venire ignorato dagli altri.

Il manichino scivolò nel tubo senza problemi e Grim dovette trasportarlo fradicio e puzzolente per ripetere il procedimento: la seconda volta voleva intrappolarlo tra le due valvole. Ben fece di nuovo la simulazione, chiudendo l'unica valvola funzionante per bloccare acqua e manichino, aprendo l'altra per far passare entrambi e poi chiudendola di nuovo per far sembrare che solo una piccola porzione di acqua venisse espulsa. Nonostante lo stratagemma, Grim notò il ritardo e Ben lo giustificò dicendo che l'acqua intrappolata probabilmente influiva nel tempo di risposta della valvola, causandone un ritardo.

"Beh, l'importante è che rimanga chiusa quando ne avremo bisogno..." borbottò Grim, concentrandosi su un altro problema minuto. "Dovremmo imbottire il fondo e forse quelle pareti..."

Un immenso senso di sollievo sorprese Ben, accompagnato da una specie di ammirazione per il superiore e la fiducia riposta in lui. Quando il giovane guardò verso il basso, per cercare l'interruttore responsabile della rimozione dell'acqua nella cella, vide che le sue mani erano aggrappate al bordo della console in una presa simile a una morsa.

Mentre l'acqua gorgogliava nei minuscoli fori di scolo, notò un silenzio particolare nel seminterrato che gli fece alzare la testa e notare che Grim lo guardava con un'espressione perplessa. Temendo che il viso lo tradisse, Ben corse verso il bagno, nel quale si chiuse a chiave e rimase ansimante sopra il lavandino, evitando di guardare il proprio riflesso spettrale mentre aspettava che il cuore rallentasse tornando al suo solito ritmo.

Secondo Grim, era poco probabile che il kraken si facesse vivo durante il giorno, quindi insistette per aspettare fino al tardo pomeriggio o prima serata per cercare di attirarlo.

Il resto della giornata passò tranquillamente: imbottirono la zona di atterraggio con un materasso, gli schienali del divano e vari cuscini; si nutrirono di caffè e qualsiasi cosa trovata nella cucina di Atwood; infine, si misero a mettere in ordine il resto della casa. Aspettare era una tortura e fingere che tutto andasse bene sembrava amplificarne l'agonia. In qualche modo Ben riuscì a rimanere calmo, nonostante in testa gli ronzasse un nido di calabroni.

Per fortuna il tempo passò velocemente e, in breve tempo, il cielo privo di sole disegnò striature color fuoco che sfumavano in viola della notte in arrivo.

Grim, corazzato nel suo tegmen, si trovava vicino alla riva del lago e guardava l'orizzonte.

"Pivello?"

"Sì?"

"Hai mai avuto uno di quei momenti in cui la tua vita sembra ridursi a un solo momento? In cui niente conta, se non solo una piccola cosa... piccola agli occhi del mondo, forse. Ma per te, quella piccola cosa è tutto?"

Gli voltava le spalle mentre poneva la domanda, sembrava quasi che stesse parlando con sé stesso. Ben esitò, incerto sul tipo di risposta che si aspettava: forse Grim non se ne aspettava alcuna, e stava semplicemente condividendo un pensiero del momento. L'incertezza si trasformò in uno strano presentimento, mentre si chiedeva se Grim sospettasse qualcosa o avesse intuito le sue intenzioni.

"Come mai questa domanda, signore?" chiese Ben.

Grim guardò il casco che teneva tra le mani con contemplazione, prima di indossarlo.

"Così... Sto solo temporeggiando, pivello."

Ben rientrò in casa; si trovava in piedi davanti alla console nel seminterrato, con una mano in attesa sull'interruttore e l'altra che premeva il cellulare contro l'orecchio.

Passarono vari minuti snervanti, durante i quali rimase in linea con Grim, ascoltandolo lanciare una pietra dopo l'altra nel lago.

Finalmente arrivò l'ordine, forte e improvviso come uno sparo: "Ora!"

Ben premette gli interruttori, sentì l'acqua gorgogliare nel condotto, poi corse verso le scale.

Meno di dieci secondi dopo che l'acqua iniziò a sgorgare nella cella, Grim venne sparato fuori dal condotto, atterrando sul materasso fradicio predisposto per attutirne l'impatto.

Alzandosi, notò il silenzio di tomba nella stanza e, girandosi, vide che l'acqua aveva smesso di uscire dal tubo, o meglio il flusso si era ridotto a un rivolo.

"L'abbiamo preso?" chiese ad alta voce, temendo che Ben avesse chiuso le valvole troppo presto, bloccando il kraken fuori dal condotto prima che avesse la possibilità di entrare, seguendolo. Il tegmen si era irrigidito, ma questo non gli dava conferma che avessero catturato la creatura, vista la precedente vicinanza.

Ebbe la sua risposta quando dalle profondità del condotto giunse un rumore viscido di qualcosa che scivolava: Grim si chinò per sentire meglio attraverso il casco e questa fu per lui la conferma che il kraken fosse dentro. Ma prima che avesse avuto il tempo di allontanarsi, una mano gigante schizzò fuori dalla bocca del condotto, afferrandogli il casco con tale forza da farlo barcollare all'indietro. Grim strinse invano le mani intorno al polso grande e ossuto, cercando di strapparselo via dalla testa. Ma era irremovibile, il palmo bagnato steso contro lo strato protettivo del casco. Subito il resto del kraken si riversò fuori dal condotto, gonfio di acqua sudicia ed espandendosi. Mentre Grim cercava scalciando di toglierselo di dosso, la mano ossuta lo sollevò e lo tenne sospeso a mezz'aria.

Rinunciò a staccare l'arto del kraken e allungò una mano per slacciare il casco sotto il mento. Ma non riuscì a completare l'azione velocemente: il pungiglione del kraken gli stava attaccando i fianchi, fallendo nel tentativo di pungerlo grazie al tegmen, ma comunque sferrandogli colpi dolorosi. Con il viso rivolto verso l'alto, Grim espose inavvertitamente una zona non protetta tra il casco e il colletto del tegmen, il cui calore attirò l'attenzione del kraken. Il pungiglione si scagliò nuovamente su Grim, colpendogli la gola scoperta. Il corpo fu scosso da una leggera convulsione, poi il suo viso si rilassò e le braccia gli caddero lungo i fianchi.

Il kraken non lo lasciò andare, ma iniziò a cercare il punto in cui era solito depositare una o due larve, toccandogli la pancia o il fianco. Ma protetto com'era da quella corazza resistente, il kraken non trovò alcun accesso ai suoi organi vitali.

Lo adagiò su una fila di cuscini fradici, ma fuori dall'acqua, determinato a portare a termine il suo compito, passando i tentacoli sul corpo alla ricerca del calore o del sapore della pelle. Poco dopo si accorse che il casco non era più fissato, e lo spinse indietro rivelando la bocca dell'uomo. Ma a quel punto indietreggiò, avendo notato qualcosa che non gli piaceva. Insicuro, il kraken continuò a ispezionare il corpo con le sue antenne, infilandole sotto la visiera del casco, quasi riempiendolo, e capì che lo stesso odore rosso presente nell'alito di Grim trasudava anche dalla sua pelle.

Esitante, indugiò qualche momento prima di colpirlo con frustrazione. Quel corpo gli era sgradevole: ritirò le antenne tra le labbra e indietreggiò, rifugiandosi con aria cupa del condotto.

# CAPITOLO 28

Thane si accovacciò dietro un albero per nascondersi. Era a pochi metri dalla casa di Atwood, e vide Ben uscire barcollando dalla porta d'ingresso. Il ragazzo si voltò verso la casa e rimase fermo ad ansimare, come in attesa di qualcosa, incapace di stare immobile, torcendosi le mani e spostando il peso da un piede all'altro.

Passò un minuto senza eventi, e Thane si chiese se ciò che spaventava così tanto il ragazzo non fosse già successo. Poi udì lo scroscio dell'acqua in lontananza, seguito da un gorgoglio e un tonfo proveniente dal seminterrato: il tonfo era così forte che sembrava quasi che l'edificio si fosse mosso. Anche da lontano, si poteva vedere da una finestra bassa un bagliore nero che oscurava il riflesso roseo del cielo, sparì per qualche momento prima di riapparire nella sua forma mostruosa dall'apertura esterna del condotto, tuffandosi poi come un grande cetaceo nel lago, sferzando l'aria con i suoi tentacoli e sparendo sotto la superficie dell'acqua.

Ciò che Thane vide lo sconvolse al punto che si dimenticò della presenza di Ben, finché non si voltò e vide che il ragazzo era scomparso. Superò la porta di casa di Atwood, presumendo che Ben fosse rientrato, e si diresse verso la cucina senza preoccuparsi di accendere le luci. La botola era aperta e dalle sue profondità provenivano il rumore di schizzi e l'eco di grugniti del ragazzo, chiaramente in difficoltà con qualcosa.

"Che cavolo stai combinando?" disse Thane a metà delle scale del seminterrato, sorprendendo Ben, che lasciò cadere la massa nera che stava trascinando. Con un esame più attento, Thane si rese conto che ciò che il ragazzo stava tirando fuori dalla cella allagata era un uomo vestito di nero, senza vita. Non riusciva a vedergli il viso, in quanto coperto da un casco scuro. Poi, riconoscendone la muta e rendendosi conto che si trattava della sua fonte principale di problemi, Thane si avvicinò ai due, tenendo gli occhi spalancati e increduli sul corpo supino.

Ben si fece piccolo, contraendo le mani come se non sapesse decidere se nasconderle o lasciarle in bella vista per paura di destare sospetti. Nel frattempo, Thane si inginocchiò per rimuovere il casco di Grim, ignorando il mormorio di protesta di Ben, poi fece un passo indietro e fissò i lineamenti rilassati dell'uomo, gli occhi semichiusi che non rispondevano agli stimoli e i capelli appiccicati al viso.

La faccia di Ben, arrossata dallo sforzo di trascinare il corpo di Grim, perse colore in quell'istante. Raccolse il casco per rimetterlo al suo posto, ma lo lasciò cadere quando Thane lo colpì facendolo sussultare.

"Cosa gli hai fatto?" chiese Thane.

Ben aveva bisogno di una pausa, e così balbettò un riassunto confuso di ciò che era successo, sperando che quella confessione alleviasse la sensazione di nausea che lo affliggeva.

"Ma senti un po', questo stronzetto!" disse Thane ridendo e schiaffeggiando la nuca di Ben. "Non pensavo che ne fossi capace!"

Il giovane impaurito non disse nulla, si voltò per recuperare il casco e rimetterlo in testa a Grim, anche solo per coprirgli gli occhi. Thane sorrise a Ben, lo guardò armeggiare con il cinturino e pensò a quanto sarebbe stato facile uccidere entrambi in quel momento. Ma per completare il suo progetto, voleva che la casa e le zone circostanti fossero prive di corpi, morti o vivi. Per questo aiutò Ben a riportare l'amico sul furgone, e rimase a guardarli finché non avessero lasciato la proprietà.

Ben era probabilmente ancora più contento di lasciarsi la casa alle spalle e vederla rimpicciolirsi e sparire tra gli alberi nello specchietto retrovisore. Si costrinse a guardare in avanti, cercando di raccogliere e riordinare i pensieri confusi. La spia lampeggiante della benzina attirò la sua attenzione; con una smorfia di fastidio, Ben convenne che era il caso di fare il pieno di carburante.

Aveva il portafogli con sé? Avrebbe dovuto fermarsi alla Locanda del Tè e pagare il conto. No, Grim aveva pagato in anticipo. Non c'era altro da pagare, vero? In teoria avevano abbastanza contante, e poi doveva raccogliere tutte le loro cose...

Il cuore gli si pietrificò in petto quando sentì un rantolo provenire dal sedile del passeggero. La figura in nero era accasciata su sé stessa, la testa appoggiata al finestrino e i capelli disordinati sul viso. Quando Ben ebbe abbastanza coraggio per lanciare un'occhiata in quella direzione, dalle labbra rilassate di Grim non uscì più nessun suono.

"Sta solo dormendo..." ricordò il giovane a sé stesso, allungando una mano un paio di volte per controllare se Grim stesse ancora respirando, ma ritirandola all'ultimo minuto.

"Dormendo... sta solo dormendo..." ripeté, contraendo un angolo della bocca con un tic nervoso. Avrebbe voluto che il casco gli fosse rimasto addosso. Forse avrebbe potuto rimetterglielo quando si sarebbero fermati per fare benzina... no, prima alla Locanda del Tè, poi alla stazione di servizio. E poi sarebbero tornati al quartier generale, finalmente! Rientrare al quartier generale, gli sembrava quasi impossibile...

Provò uno strano sollievo esilarante, ma temporaneo tanto quando il sorriso accennato che gli apparve in viso e poi si spense. Era quasi sicuro di potersi inventare una storia per spiegare tutto quello che era successo, dal ritardo delle sue comunicazioni all'incidente da Atwood.

E se avesse detto loro che il kraken era scappato, uccidendo Atwood, e che lui e Grim avevano tentato di rinchiuderlo nella sua cella? Ma in quel caso avrebbero dovuto contattare il quartier generale, per arginare il problema. Perché non l'avevano fatto?

Il volante era diventato umido e sgradevole tra le mani contratte. Le aprì e chiuse più volte per asciugarle, anche per ignorare un percettibile spostamento sul lato del passeggero: Grim si era messo seduto, con la testa china che dondolava a ogni tratto irregolare della strada su cui passava il furgone.

Gli pneumatici stridettero improvvisamene quando Ben si accorse di aver perso una svolta e dovette tornare indietro. Sebbene si fosse risvegliato dai propri pensieri, poco dopo si mise a sbadigliare, come se aver sbagliato strada gli avesse tolto tutte le energie.

Si passò una mano sulla guancia, prima di tirarsi uno schiaffo per tenersi sveglio. Aveva bisogno di caffè e di fare benzina. Dov'era finita la stazione di servizio? Le strade sembravano così diverse di notte, poco illuminate da luci giallastre.

Nel frattempo, doveva ancora trovare una risposta al perché non avessero contattato il quartier generale, e in quel momento gli venne in mente che avrebbe dovuto chiudere la valvola esterna del condotto per contenere il danno, intrappolando sia il kraken sia Grim nel seminterrato; almeno così avrebbe potuto risolvere parzialmente il pasticcio, e il kraken non avrebbe potuto fare peggio di quello che aveva già fatto al collega. E poi, perché dovrebbe importargli cos'è successo a Grim, quando allo stesso Grim non importava un accidente?

"Maledetto..."

Ben spalancò gli occhi, ma non ebbe il fegato di voltarsi verso la voce, così scosse la testa in negazione.

Non è possibile... non poteva essere stato Grim. Non era cosciente.

Qual è la prima cosa da fare quando si è nella merda?

Negare. Negare tutto.

Ancora una volta provò a inventare qualcosa: Atwood aveva liberato il kraken senza che nessuno se ne accorgesse, poi era scomparso. L'hanno cercato per due giorni interi, e al terzo giorno cercarono di catturare il kraken, fallendo miseramente. Fu soddisfatto della storia, finché non si rese conto che anche in questa avrebbero potuto telefonare al quartier generale il primo giorno, o forse il secondo. Per non parlare della larva dentro di sé... quand'era successo? L'organizzazione avrebbe potuto stabilirne le tempistiche con una visita medica, capire che stava raccontando frottole. Merda! Perché era così confuso?

Ben chiuse gli occhi per un momento, premendosi un palmo contro la fronte per alleviare il nervosismo. Ma l'immagine del manuale si era insinuata nei suoi pensieri: larve attaccate ai suoi organi interni come poppanti... piccoli, senza volto e insaziabili.

Due fari accecanti gli illuminarono il viso e imprecò mentre sterzava, evitando per un pelo la collisione con un veicolo nel senso opposto, il cui clacson continuò a suonare a lungo dopo che si furono schivati.

Ben colpì il volante con rabbia piena di angoscia. Non avrebbe dovuto battere le palpebre, chiudere gli occhi. Sentiva che stava per cedere. Ma doveva resistere fino alla stazione di servizio. Non gli era rimasta molta benzina nel serbatoio. A causa della svolta brusca, Grim si trovava appoggiato alla sua spalla. Ben lo spinse via, vedendo il suo viso di sfuggita illuminato dai lampioni sulla strada.

Quegli occhi chiusi... Perché Grim l'aveva trattato in quel modo? Anche seduto in quella posizione, Ben era sicuro che gli occhi di Grim fossero puntati su di lui.

*Fermarsi a fare il pieno. Bere del caffè. Comprare delle gomme da masticare. Perché non hai telefonato? Signore, è stata un'idea di Grim. Ho fatto quello che potevo. Era la cosa giusta da fare.*

"Sì, ho fatto la cosa giusta", ribadì Ben assonnato. "Ce la farai, Benny. Ma devi tenere gli occhi aperti. Finché non ti giri a guardarlo, ce la puoi fare. Continua a parlare, continua a parlare. Non ricorda nemmeno la sua famiglia. Beato lui! I miei genitori erano dei miserabili. Mi hanno abbandonato, o venduto, o semplicemente non gliene fregava niente se fossi uscito di casa per non tornare più. Non vale nemmeno la pena cercarli."

Le parole uscivano dalla sua bocca lente e pesanti. Un'altra voce assonnata parlò: "Conosci il modo di dire: Per alcuni non sei niente, per altri sei tutto?"

Il commento gli scatenò una risata involontaria; e visto che non aveva senso ignorarlo, Ben rispose: "Come no, signore."

"Perché l'hai fatto, Benny?"

"Perché me l'ha tenuta nascosta, signore..." rispose Ben con un tono ferito. "La verità, intendo... Non me l'ha mai detta." Fece una pausa. "E allora io ho fatto la stessa cosa."

"Pazzesco... Beh, almeno adesso siamo pari."

Non c'era niente di divertente di quella situazione, nessun motivo per cui sganasciarsi dalle risate e poi sghignazzare con sempre meno energia. Ma Ben era così stanco... stanco da morire... così stanco da non notare i fanali chiari davanti a sé.

Fuori dalla casa, Thane sentì lo scricchiolio della ghiaia e si voltò per salutare il gruppo di esiliati dalla comune in arrivo.

Prima della fine dell'incontro di quella mattina, Gertrude aveva ceduto e le fu permesso di riabbracciare la figlia come ricompensa; suo marito Pete, il fratello Henry e la moglie di Henry erano stati tutti cacciati. Erano stati allontanati dalla comune, ma Thane non era tipo da abbandonare i propri figli ribelli: per questo motivo li invitò a discutere nuovamente la loro situazione ma su terreno neutrale, lontano dall'atmosfera tesa della comune (e soprattutto dagli occhi e dalle orecchie degli altri membri).

"Entriamo in casa", disse Thane aprendo la porta d'entrata. L'ingresso, rivestito di pannelli di legno, ben illuminato e arredato con dipinti di germani reali, non era abbastanza invitante da convincere i diffidenti ex membri ad entrare.

"Ci sta bene parlare qui fuori", disse Pete.

"Sentite..." iniziò a dire Thane con un battito di mani, "questa mattina... beh, è stato un momento difficile per tutti. Abbiamo passato una notte complicata e ci siamo svegliati con un sacco di problemi. C'era da aspettarsi che la gente si infuriasse. Ma dovete capire... ho a cuore il benessere di tutti. Sono successe cose strane in questa casa... cose di cui non siete a conoscenza, e che sono la causa della sventura che si è abbattuta su di noi. Non vi ho invitati qui per una visita. Se vi dicessi cos'è successo, non mi credereste. Dovete vederlo con i vostri occhi, per capire esattamente cosa intendo."

Mentre parlava, i suoi occhi si rivolsero agli altri con sincerità, tanto che i tre si scambiarono sguardi dubbiosi. Poiché avevano un solo motivo per aver accettato di incontrarlo, ossia convincerlo a rilasciare i loro familiari, avevano dedotto che anche lui avesse uno scopo personale: cercare di farli rientrare nell'ovile. Ma ciò che aveva appena detto rendeva le sue intenzioni ancor più misteriose; e poi, perché presentarsi a un incontro segreto da solo, mettendosi una posizione di svantaggio? Nessuno si mosse, ma Henry tese comunque un braccio per impedire agli altri due di entrare, volendo controllare in prima persona l'eventuale presenza di trappole o tracce di un'imboscata.

Mentre stava perlustrando l'entrata, Pete si girò verso Thane. "Senti... onestamente non sappiamo perché ci hai chiamati qui."

Thane allargò le braccia con un gesto espansivo e disse: "Ho pensato che potessimo discutere della questione."

"No, no. Non c'è niente di cui discutere. Non cambieremo idea. Vogliamo solo le nostre famiglie con noi."

"Le vostre famiglie?" disse Thane, come se non capisse il significato di quelle parole.

"Mia moglie, mia figlia e mio nipote... il figlio di Henry."

"Se li volete, potete tornare alla comune. Sono là, dove hanno scelto di vivere."

"No", insistette Pete, sforzandosi di mantenere la calma. "Non vogliono rimanere là dentro."

"Forse sì."

"Ti è mai passato per la testa..." Pete si interruppe per smorzare il noto arrabbiato. "Hai mai considerato la possibilità che non vogliano davvero rimanere là dentro? Io penso di sì. Per questo ti sei ridotto a questo, a ricattarci."

Thane lo scrutò a lungo, permettendo a Pete di fare lo stesso;

quest'ultimo notò che mai prima di quel momento gli occhi di Thane gli erano sembrati così piccoli e meschini.

"Se ne sei così sicuro..." disse Thane sobriamente, "allora sai anche che non voglio che nessuno di voi se ne vada. È questo il punto. Questo posto nasconde segreti oscuri."

Pete distolse lo sguardo e infilò la testa nell'entrata. "Trovato qualcosa, Henry?"

Si sentì il passo pesante di Henry scendere le scale, saltando gli ultimi gradini nella fretta. Rispose negativamente scuotendo il capo.

"Quindi possiamo entrare?" chiese il fratello maggiore.

"È una giornata incredibilmente tranquilla." Thane sorrise, e qualsiasi cosa Henry avesse voluto dire, l'espresse con un'occhiataccia verso Thane.

"Lascia la porta aperta", ordinò Pete quando entrarono in casa.

"Sono sicuro che Henry ve ne ha già parlato a modo suo," disse Thane guidando il gruppo in cucina, "nulla sembra fuori posto, e infatti è tutto in ordine, su questo piano. Ma qui sotto..." aprì la botola, "qui sotto è un'altra storia, ben più interessante. Lo sentite questo odore? Sì, è l'acqua del lago. Attenti ai gradini... Sapete, conoscevo il povero disgraziato che abitava qui. Un uomo di scienza, spedito qui a studiare la qualità dell'acqua. 'E quindi?' potreste dirmi. Beh, non è tutto. Vedete quegli acquari? Non sono stati progettati per i pesci. Né per rane, salamandre o qualsiasi creatura a noi nota. No... Vedete quella grande gabbia?" indicò la cella. "Secondo voi a cosa serve? Se ve lo dicessi, non mi credereste. Ma perché dirvelo, quando potete vedere con i vostri occhi."

A quel punto prese una pila di libri e manuali, li passò uno ad uno per trovare il volume giusto e lo aprì su una pagina piena di disegni orribili e diagrammi, poi li mostrò a Pete.

"Che cavolo è questo?" disse Pete con voce confusa e inorridita, fissando un'immagine di un cadavere sezionato, le cui interiora erano coperte da qualcosa che assomigliava un organismo pieno di nervature, ma di un materiale simile a un palloncino sgonfio.

"Vi state chiedendo cos'è successo a quei tre uomini," Thane rispose in maniera enigmatica. "Ecco qui la risposta."

Henry e la moglie guardarono oltre la spalla di Pete e videro strane illustrazioni e pagine piene di paragrafi esplicativi a demistificarne l'orrore. Riguardando l'immagine, cercarono di darle un nuovo senso, una spiegazione. A primo acchito avrebbero voluto considerare l'intera faccenda come uno scherzo di cattivo gusto. Ma il laboratorio, l'attrezzatura, le strane grida nei boschi e i due estranei che proprio il giorno prima li avevano avvertiti di bruciare i loro morti... tutto sembrava ricondurre a una sola spiegazione.

Pete passò alla pagina successiva, e a quella dopo ancora, cercando di andare al nocciolo della questione, dimenticandosi della presenza di Thane finché non sentì un forte cigolio. I tre si voltarono appena in tempo per vedere la porta della botola chiudersi.

# CAPITOLO 29

Il mezzo sfrecciava sulla strada ed egli con esso. Non era più giovane, ma non era importante, non quando le braccia gli rimanevano inerti lungo i fianchi come quando il kraken l'aveva sollevato. Non riusciva a vedere oltre le dita ossute e il palmo bagnato della creatura, incollati alla visiera del casco, ma poteva dedurre cosa stava facendo, ossia esaminando il tegmen con le sue unghie corte. Poi lo posò delicatamente e iniziò a staccare brandelli della muta rovinata, una striscia di tessuto alla volta.

Con un grido incastrato in gola, aprì gli occhi senza vedere nulla e si rese conto che il suo corpo non rispondeva ai comandi. Capì di essere su un materasso sottile e su un piccolo cuscino: quella sensazione familiare lo aiutò a riprendersi più velocemente. Deglutì ma aveva la bocca secca; con le pupille dilatate, cercava freneticamente di riconoscere nell'oscurità assoluta una figura spettrale color pece e carbone. Sentì odore di antisettico, e poco dopo davanti agli occhi apparve l'alto soffitto del seminterrato. Se fosse riuscito a guardare verso il basso, avrebbe visto il bordo di un paravento, usato per dividere i letti.

Tutto intorno a lui sembrava indicargli che si trovava nell'infermeria della struttura di Duncastor, ma com'era possibile? L'edificio era stato raso al suolo da un incendio appiccato da lui e la sua squadra, quando aveva lasciato quel posto. O forse si sbagliava? Non trovando nulla a confermarne il ricordo, la possibilità di essersi confuso si consolidò dentro di lui come un blocco di ghiaccio che non riusciva a sciogliere a causa del panico crescente.

Aveva le braccia intorpidite, come quando ci si dorme sopra interrompendo la circolazione; in quella cecità sensoriale, si muoveva senza il riscontro interno a cui era abituato da tempo e che dava solitamente per scontato, tranne in momenti come quello, in cui in maniera sgraziata si spostava come uno zombie. Tutt'altra storia per le gambe: nessuna forza di volontà avrebbe potuto farle muovere. Il suo corpo intero sembrava fatto di cemento.

Ma ciononostante continuò a provarci, tentando di scuotere una gamba e il piede corrispondente, poi passando all'altro arto. Il viso era arrossato e imperlato di sudore quando riuscì finalmente a ottenere una debole risposta dal corpo, che giunse sotto forma di mille punture d'ago e un braccio che riuscì finalmente a sollevare. Con immenso sollievo, si fece scappare una risatina.

La porta della camera si aprì leggermente, lasciando entrare uno spiraglio di luce. Non entrò nessuno, ma sentì la voce di Olivia che parlava con qualcuno fuori dalla stanza.

"Glielo chiederemo quando si sveglierà", fu tutto ciò che riuscì a cogliere prima che lei si allontanasse dalla porta. La presenza di Olivia unì il passato a quello che sapeva essere il presente, con più o meno certezza, rendendo il mistero ancora più fitto.

Come mai Olivia era lì? E dove si trovava, se non a Duncastor?

Grim seguì con gli occhi il filo di luce che brillava su una parete color crema, una scrivania di metà secolo e un camice bianco su un appendiabiti di legno. Sollevando leggermente la testa, vide che indossava ancora il tegmen, cosa che lo confuse ancor di più. Sapeva cos'era, ricordava di averlo indossato di recente, ma gli eventi erano così mescolati da portarlo a chiedersi come mai lo avesse ancora addosso.

Con la testa ancora sollevata, Grim distinse una seconda voce, profonda ma lontana e vaga. Provò a mettersi seduto, ma ricadde all'indietro quando i muscoli gli cedettero. Dopo un secondo tentativo fallito e un lungo sbuffo, decise che sarebbe stato più semplice rotolare su un fianco.

A tal fine, gettò il braccio destro verso il fianco sinistro: la manovra rivelò quanto fosse stretto il letto in cui si trovava, che si rovesciò facendolo cadere a faccia in giù sulle piastrelle del pavimento.

*Almeno è un passo avanti, pensò consolandosi*, soffocando un gemito di dolore. Fortunatamente lo schianto a terra non attirò l'attenzione di Olivia o del suo compagno; tutto sembrò tranquillo, fuori dalla stanza.

Le gambe, sebbene sembrassero reagire, erano ancora inaffidabili per spostarsi, e dovette necessariamente strisciare verso la porta, gettando un braccio davanti all'altro per trascinarsi. La porta non era molto distante, ma fu più difficile del previsto. Appoggiò la testa sull'incavo del braccio e si sdraiò prono, con il respiro caldo che appannava le piastrelle fresche mentre aspettava che gli tornassero le forze.

Sentì di nuovo le voci, fluttuavano oltre la porta.

Grim alzò la testa e si avvicinò alla porta, allungandosi per sbirciare attraverso la fessura tra i cardini. Intravide alcuni posti a sedere e un uomo magro, con i capelli bianchi e la pancetta, che apparve e si mise a sedere su una delle tre seggiole di pelle marrone.

"Beh, perlomeno è un cambiamento rispetto ai tuoi soliti casi pro bono", disse con voce roca e bassa ma comunque chiara. "Hai sempre a che fare con gente problematica, abbandonata o senza buone maniere", brontolò, cercando evidentemente di provocare una reazione di Olivia, che si sedette su un divanetto adiacente. Da dove si trovava, Grim riusciva a vederle solo le gambe accavallate.

"Pensavo ti piacessero i cambiamenti", replicò Olivia.

Il sorriso incerto dell'uomo canuto si fece ampio e malizioso. "Beh, non li hai strapazzati troppo questa volta."

"Ho sterzato per evitare la collisione", disse Olivia freddamente. "Sono loro, quelli che si sono schiantati contro l'albero."

Grim si soffermò su quelle parole, affiancandole a ciò che ricordava, o non ricordava, prima di rinunciarci e tornare a origliare alla ricerca di nuove informazioni. Nel mentre la conversazione era andava avanti, e quando tornò a concentrarsi sui due, il signore canuto dal viso rugoso e sorridente stava guardando Olivia con uno sguardo solenne.

"Non sono sicuro che mi piaccia l'idea che ospiti estranei", le disse.

"Stanno sopra il locale, papà."

"Non importa. E se ti rapinano il posto?"

Lei rise. "Cosa vuoi che mi rubino? Alla peggio mi svuotano il frigo."

"Liv..." mormorò il padre in debole protesta.

Lei si sporse per stringergli una mano. "Ogni sera mi assicuro che l'antifurto sia attivo e tutte le porte chiuse a chiave. È che... a volte c'è poco lavoro. Sto facendo quello che posso per tirare avanti."

"Avresti dovuto chiudere il locale e cambiare attività."

Lei non disse nulla, ma continuò a tenergli la mano, che lui rigirò per ricambiare la stretta; poi disse: "Starò bene, Olivia. Ho la mia vita qui. Non devi restare nei paraggi solo perché sono stato trasferito qui."

"Beh, forse a me piace avere un locale dove vendo tè in mezzo al nulla."

Il padre rispose con un grugnito scettico. Poi, cercando il cellulare in tasca, disse: "Che ore sono? Devo fare alcune chiamate."

"Per cosa?"

Indicò la stanza di Grim con il telefono. "Quello lì dentro ha un brutto morso sul collo," disse, spingendo lo spettatore nascosto a toccarsi il lato del collo; la pelle era insensibile, ma sotto di essa sentì una protuberanza che gli fece riaffiorare i ricordi di ciò che era successo nel seminterrato. Il tempo doveva essersi dilatato in quel momento, poiché quando sbatté le ciglia dopo aver fissato il vuoto a lungo, Grim vide l'uomo puntare in un'altra direzione, presumibilmente verso una seconda stanza, e continuare a parlare senza interruzioni.

"L'altro è più grave. Era al volante, giusto? Nessun segno di un trauma cranico, ma..." si fermò, imprecando sottovoce quando si accorse che il cellulare era scarico.

Nel frattempo, Grim si girò verso il primo oggetto più vicino — un carrello di acciaio — e lentamente iniziò a strisciare verso di esso. Aveva poco tempo per pensare alla sua mossa successiva, dopo essersi messo in piedi. Tutto quello che sapeva è che doveva impedire loro di portare via Ben o di effettuare degli esami su di lui. Afferrò il piano superiore del carrello e cercò di alzarsi in piedi, ma cadde a terra accompagnato dal clangore di strumenti di acciaio rovesciati.

Questa volta il rumore attirò l'attenzione dei vicini, e quando Grim sollevò la testa dal pavimento, trovò i due in piedi sulla porta. Alzò una mano, ma gli cadde oltre il corpo in un gesto di saluto involontario.

Dopo che si fossero assicurati che stesse bene, Olivia gli presentò il padre: si chiamava Eugene Warren, era un ex chirurgo militare e lavorava come medico di base. I tre si sederono nella saletta d'attesa, Grim fissava i due volti preoccupati e dubbiosi oltre il tavolino quadrato.

"Niente ospedali", disse loro con calma.

"Gli faranno solo degli esami", disse Olivia per convincerlo.

"Esami di cui non ha bisogno. Non posso permettermi visite improvvisate, l'assicurazione non le copre."

"Non si preoccupi, non la dissangueremo", disse Eugene con tono ironico.

Grim inclinò la testa lentamente, un gesto che voleva scongiurare tutte le future domande. "Lo apprezzo, dottore, ma preferirei non approfittare della sua gentilezza. Pagheremo ciò che le dobbiamo, e poi ce ne andremo."

"Non è una questione di soldi..." borbottò Eugene, un po' offeso ma altrettanto preoccupato. "Vogliamo solo vedere cos'ha suo nipote."

"Non ha niente. Probabilmente è solo sfinito", disse Grim, troppo stanco per inventarsi un motivo convincente per spiegare lo stato di Ben; non che ce ne fosse la necessità, visto che sapeva benissimo che non avrebbero potuto trattenerli, se avessero deciso di andarsene. "Senta... vedo che la clinica è ufficialmente chiusa; quindi, che ne dice se lo riportassi a casa? E se dovesse succedere qualcosa di preoccupante, le telefonerò... oppure lo porterò io stesso al pronto soccorso."

"Non penso che tu sia in grado di guidare", gli disse Olivia, notando la sua fretta nervosa di andarsene.

"Ha una carta d'identità o la patente con sé?" chiese il dottore.

Grim aggrottò la fronte. "Certo."

Eugene si sporse in avanti. "Può mostracela?"

Grim sorrise e si appoggiò allo schienale, cercando di incrociando le braccia ma, facendo fatica, le lasciò cadere sulle gambe. "Non sono tenuto a mostrarvi un bel niente."

"E io non sono tenuto a lasciar andare il ragazzo, a meno che non mi faccia vedere che è un suo parente."

"Ma per favore..." Grim scosse la testa. "Olivia, tu conosci me e Ben. Per piacere, digli che sono un parente."

Invece di confermare la sua storia, Olivia lo sorprese quando disse: "Non abbiamo intenzione di denunciarvi, Grim. Vogliamo solo essere sicuri."

Il sorriso di Grim si tese. "Denunciarmi? E per cosa?"

"Suo nipote stava guidando in stato di alterazione psico-fisica," disse Eugene. "Si è quasi schiantato contro mia figlia. Invece di chiamare la polizia, lei vi ha portati qui. Non ne sono esattamente felice, ma dico che perlomeno abbiamo il diritto di sapere che cavolo sta succedendo."

"Non ha assunto sostanze, ve lo assicuro! Sentite, mi dispiace per l'incidente, ma non sta succedendo niente di strano. Mi sono addormentato, e immagino che si sia addormentato pure lui."

"Però a quanto pare lui non si sveglia più", sottolineò Eugene.

"Ho detto che me ne occuperò io."

Il dottore non gli rispose, ma si rivolse verso Olivia, dicendole di chiamare un'ambulanza. Lei si alzò in piedi ma indugiò un momento, come per dare a Grim un'altra possibilità per ripensarci.

Ma Grim stava considerando di portare via Ben con la forza. Se fosse riuscito a superarli, o a metterli fuori gioco in qualche modo...

Grim ridacchiò tra sé e sé, mezzo consapevole dell'espressione preoccupata in viso. Ma chi voleva imbrogliare? Mettere fuori gioco due persone, con quelle braccia goffe che si ritrovava e due gambe che a malapena lo reggevano? Non era nemmeno riuscito a raggiungere la saletta d'attesa senza assistenza...

Eppure, l'orologio continuava a ticchettare, e poco dopo Olivia si mosse verso la scrivania per chiamare un'ambulanza.

Doveva fermarla, doveva dire qualsiasi cosa per fermarla. *Pensa, diamine, pensa!*

Qualcosa fece temporeggiare Olivia. Grim la sentì sollevare il ricevitore, ma non digitare i numeri.

Ciò che la fece fermare fu vedere Grim appoggiato con la testa sulle mani, gli occhi quasi premuti contro i palmi, le dita divaricate sepolte tra i capelli. Respirava in maniera affannata e concitata: non stava piangendo, ma tremava perché aveva tenuto nascosto un segreto dentro di sé per troppo tempo, ed era giunto il momento di rivelarlo.

Finalmente sapeva cosa doveva dire, ma per questo avrebbe avuto bisogno di molto tempo.

# CAPITOLO 30

Per la giovane coppia, quella porta aperta era un vero e proprio invito ad entrare. Jerris Moody, di diciannove anni, era fermo sulla soglia della casa in riva al lago, ammirandone gli interni come se ne fosse il nuovo proprietario. O forse lo era, visto che nessuno aveva rivendicato il posto. Secondo Thane, nessuno sarebbe passato di là a breve. Ma il ragazzo era abbastanza scaltro da sapere che se c'erano oggetti di valore da sgraffignare, avrebbe dovuto portarli via da lì prima che arrivassero altri con la stessa idea. Dopo che Thane aveva cacciato quei membri dalla comune, Jerris decise che sarebbe stato meglio mantenere un po' le distanze, riflettere, magari creare un suo piccolo gruppo e rivendicare quel territorio; vivere in quella casa era certamente meglio del precedente complesso sovraffollato e infestato da erbacce.

Ma in quel momento, aveva la possibilità di fare qualche soldo. Quella buonanima di Atwood se n'era andato così di fretta che sicuramente aveva dimenticato qualcosa, magari una piccola cassaforte o qualche mazzetta nascosta dentro il materasso... forse qualcosa di valore in freezer, o un bel rotolo di contanti nascosti nella farina o nel barattolo del caffè.

"Vado a cercare al piano di sopra", disse a Madlyn che camminava dietro di lui, guardandosi intorno lentamente come se entrasse in quel posto per la prima volta. "Direi che la cucina è il posto per te."

Lei alzò gli occhi al cielo ed espresse il proprio disgusto con un sospiro. "Oh santo cielo, non iniziare a parlare come tuo papà", brontolò in tono deluso.

Lui alzò una mano come per scusarsi delle brutte notizie che stava portando. "Scusa tanto, pensavo che Atwood ti avesse assunto proprio per occupartene. Quel buono a nulla non sapeva nemmeno bollire un uovo."

Madlyn percepì un pizzico di gelosia in quell'ultimo commento e ne fu compiaciuta. Con un sorriso ironico, disse sottovoce: "Era comunque più in gamba di te." Poi si diresse verso la cucina. Ma si dovette fermare quando venne strattonata violentemente per i capelli ed emise un grido acuto.

Jerris la spinse contro il ripiano della cucina, le piegò un braccio dietro la schiena e, senza lasciare andare i capelli, le schiacciò il viso contro il granito.

"Tanto è tutto nel passato. Ora è cibo per vermi", disse con un ghigno perverso. "Cos'è adesso, Maddie? Eh?" insistette, torcendole bruscamente il braccio. "Dimmi, cos'è adesso?"

Lei cercò di liberarsi, ma a ogni strattone lui la schiacciava con più forza.

"E va bene, va bene! È cibo per vermi!" si arrese, se non altro per evitare che le slogasse una spalla.

Soddisfatto, Jerris la lasciò andare e uscì dalla cucina; Madlyn cercò di trattenere le lacrime.

Perché lei si comportava così? Perché doveva sempre spingerlo a farle del male?

Ora che non lo vedeva più, avrebbe voluto girarsi e guardare la scala stretta, tentata di inseguirlo, spingerlo oltre la porta della camera da letto e chiuderlo dentro a chiave. Ma sapeva che lui sarebbe saltato dalla finestra, atterrato tra i cespugli e poi gliel'avrebbe fatta pagare doppiamente.

Tornò a guardare la credenza, aprendo e sbirciando dentro ogni contenitore mentre pensava al povero Radney.

Era un uomo di mezza età, a volte un po' rozzo, ma era divertente stare in sua compagnia; almeno non si era mai comportato come se lei fosse di sua proprietà; anzi, era grato per la sua presenza, il suo viso malinconico si illuminava quando entrava nella stanza, e lei non ne aveva mai abbastanza delle sue attenzioni affettuose...

Smise di pensare al passato e iniziò a spostarsi in cucina, quando ebbe la sensazione che ci fosse qualcosa fuori posto. Controllò un angolo e constatò che effettivamente c'era qualcosa di diverso — o meglio, qualcosa mancava — forse una volta c'era un tappeto in quella stanza, e in quel momento non c'era più. Il pavimento spoglio mostrava il profilo quasi invisibile della porta di una botola, ricordandole quella di Howard e il suo magazzino nel seminterrato.

Lanciò una rapida occhiata per assicurarsi che Jerris non fosse nei paraggi, poi sorrise tra sé e sé, pensando di aver finalmente trovato dove Radney Atwood custodiva i suoi oggetti di valore.

Dopo che Grim ebbe spiegato le condizioni di salute di Ben, il dottore andò a visitare il giovane nuovamente, esaminandogli lo stomaco gonfio alla ricerca di una massa solida. La trovò nel quadrante inferiore destro, proprio nel punto in cui Grim gli aveva detto che l'avrebbe sentita. Sebbene Eugene fosse ancora diffidente nei confronti di quell'estraneo vestito di nero, era innegabile che c'era qualcosa in quel corpo, soprattutto quando pulsava in protesta ogni volta che premeva.

"Da quanto tempo ce l'ha?" chiese a Grim, che era accasciato sul divanetto di pelle marrone, con lo sguardo perso sulla superficie lucida del tavolino.

"Da quasi quarantotto ore."

"Porca miseria..." mormorò Eugene leggermente scioccato. "Stava aspettando che la larva uscisse da sola?"

Grim esitò. "Non sa di averla dentro di sé."

"Ma tu lo sapevi?"

Fece un mezzo cenno.

"E non hai fatto niente a riguardo?"

Grim si fermò prima di dire che aveva tutto sotto controllo, sapendo che quella risposta avrebbe generato un'altra decina di domande. Invece disse: "Volevi sapere perché non si sveglia? Perché non volevo che venisse esaminato da nessuno? Perché al momento sono mezzo incapacitato? Beh, la risposta è una sola, per tutte le domande."

"Quindi ce l'hai anche tu?"

La domanda sorprese Grim. Era quasi sicuro di essersene liberato, altrimenti non sarebbe stato sveglio e in grado di parlare, a meno che qualcuno non gli avesse somministrato una dose di INH-1015; ma la domanda del dottore gli instillò un dubbio, che faticava a scrollarsi di dosso.

"No, ma ho avuto un incontro con la madre. Mi ha lasciato questo succhiotto", disse spostando con un dito il colletto della muta per mostrare un segno rossastro. In un certo senso, voleva rassicurarsi che il kraken non gli avesse fatto nient'altro. "Stavamo cercando di intrappolare... quella cosa", disse aspramente. "Ma non è andata bene, come puoi dedurre."

"Capisco..." annuì Eugene, incerto su cosa pensare della situazione: non sapeva se la reticenza di Grim fosse dovuta al fatto che si rendeva conto di quanto folle sembrasse ciò che aveva raccontato, o se ci fosse qualcosa di peggiore al centro della questione.

"Atwood è coinvolto in tutto questo?" domandò Olivia, sollevando la testa con espressione pensierosa.

Grim la guardò e poi se ne pentì, ma Olivia aveva già i suoi sospetti, anche prima di vedere lo sguardo sorpreso dell'uomo.

"È coinvolto, vero?" disse, fissandolo con uno sguardo indecifrabile.

Sebbene non potessero costringerlo a dire la verità, Grim sapeva che la cosa intelligente da fare era non opporre resistenza, ma rivelare piccole informazioni qua e là. Se non altro, avrebbe soddisfatto la loro curiosità e li avrebbe tenuti distanti dalla casa in riva al lago.

"Sì, sì, era coinvolto", disse Grim, ponendo una leggera enfasi sul verbo al passato.

"Era?" lei ripeté, cogliendo il dettaglio.

"Forse è meglio se parto dall'inizio..." disse, spostandosi sulla sedia. "Allora, io e Ben... facciamo lavoretti occasionali. Sono stato ingaggiato da un cliente per consegnare un baule al signor Atwood. Non posso dirvi il nome del cliente, anche se probabilmente si è premunito di proteggere la propria identità: si è presentato come un burocrate, con una valigetta piena di carte e un biglietto da visita generico. Non mi ha detto cosa contenesse il baule, ma mi ha assicurato che non era niente di illegale..."

"E tu ci hai creduto ciecamente." Eugene annuì deluso nello stesso modo in cui gli anziani osservano i giovani fare stupidaggini.

Grim si voltò verso di lui con il suo solito sorriso. "Non sono uno stupido, dottore. Se per un qualche motivo il cliente non può dirmi qual è il contenuto del baule, la prima cosa che faccio è farlo annusare da due cani antidroga, prima di accettare qualsiasi cosa. Per quel che ne sapevo, era pulito.”

Questo non colpì Eugene, che fece ben poco per nascondere il suo scetticismo. “Mi sembra un sacco di lavoro per una cosa semplice come spedire qualcosa che non è illegale... avrebbe potuto usare un corriere qualsiasi o mandare un proprio collaboratore con uno dei suoi furgoni.”

“Ehi, guarda che sono bravo tanto quanto i corrieri delle compagnie di trasporti. Faccio il mio dovere”, rispose Grim con un misto convincente di orgoglio e indignazione. “Non posso parlare per conto del mio cliente, ma immagino che abbia concorrenza o nemici... Forse ha pensato che un furgone anonimo avrebbe attirato meno attenzione di un altro mezzo, per esempio uno con un logo.”

“Al contrario di quella muta, scommetto...” disse il dottore con un leggero cenno per mento per indicare il tegmen.

“Lo scommetto anch’io”, concordò Grim, “ma ci arriverò tra un attimo. Comunque, abbiamo consegnato il baule e informato il cliente. Ma non era soddisfatto, non gli piaceva che Atwood avesse compagnia; quindi, ci ha detto di rimanere e fargli da guardia, di non permettere a nessuno di entrare in casa, nemmeno noi. Ho accettato il lavoro, purché sapesse che gliel’avrei fatturato. Allora siamo andati a comprare un’arma, hai presente il fucile?” aggiunse, rivolgendosi a Olivia. “E ci siamo accampati nel cortile di Atwood, facendo guardia a turno. Il ragazzo, poverino, non è abituato a fare la guardia. Non lo ammetterà mai, ma sospetto che si sia addormentato o si sia distratto con il cellulare o qualcos’altro. Ad ogni modo, il mattino dopo quando siamo andati a controllare il signor Atwood, abbiamo scoperto che non c’era più.”

Grim fece una pausa ad effetto per vedere le loro reazioni.

"Quindi quando hai detto che Radney era con voi..." disse Olivia, senza alcuna espressione di sorpresa in viso, cosa che Grim non si aspettava, come se avesse avuto dei sospetti sin dall'inizio, o più realisticamente era arrivata a quella conclusione mentre lui parlava.

"Visto che eravamo gli unici due nei paraggi," rispose con tono di scuse, "la gente avrebbe pensato male. Oltretutto dovevamo proteggerlo e tenere tutti lontani dalla sua proprietà."

"Ma come facevate a sapere che non c'era più, se non dovevate entrare in casa sua?"

"Abbiamo trovato la porta d'entrata socchiusa. Abbiamo bussato, chiamato, ma non abbiamo ottenuto risposta. Ci sembrava troppo strano e abbiamo iniziato a sospettare che qualcosa non andasse. Non abbiamo avuto altra scelta, siamo entrati in casa, disobbedendo agli ordini. Ma non si trovava in casa. Sapevo che era in buoni rapporti con Thane, quindi siamo andati a cercarlo alla comune... sai, quando siamo passati e ti abbiamo chiesto delle provviste. Non siamo stati fortunati, non l'abbiamo trovato nemmeno là. Ma siamo rimasti in zona, nell'eventualità si fosse fatto vivo."

Si fermò per lasciare che processassero gli avvenimenti, mentre riorganizzava i propri pensieri. Fino a quel momento era riuscito a includere Thane il meno possibile nel suo racconto, trattenendo l'impulso di dipingerlo come il principale sospettato, nel caso in cui Olivia decidesse in futuro di chiedere informazioni ai membri della comune e sentisse una storia diversa.

"Nel frattempo..." riprese un po' titubante, "nel frattempo, siamo entrati per investigare... per vedere se trovavamo alcuni inizi o qualcosa che ci dicesse dov'era andato Atwood. Anche in quel caso, niente da fare. Però abbiamo scoperto alcuni segreti, nascosti in quella casa. Aveva un seminterrato nascosto, pieno di schifezze... scusate, pieno di roba, come un piccolo laboratorio con acquari, vari strumenti e una grande cella di vetro infrangibile. Ma era vuota, e la cosa che doveva contenere non c'era più."

"Intendi la cosa che ti ha attaccato", disse Eugene, anticipandolo.

Grim annuì, alzando le sopracciglia e mormorando con ironia: "E con che furbizia! Non l'abbiamo nemmeno vista quando siamo entrati, ma si trovava ancora nel seminterrato, probabilmente nascosta e in attesa che due pagliacci come noi entrassero spavaldi, lasciando la porta aperta. Fu il quel momento che colpì Ben."

"L'hai chiamata «la madre»", disse il dottore con tono inquisitorio.

Toccandosi il labbro inferiore con un gesto pensoso, Grim decise che avrebbe potuto continuare a chiamarla così o usare appellativi similmente vaghi, solo per evitare di usare il termine che l'organizzazione aveva conferito alla creatura.

"La cosa l'ha colpito ed è poi scappata", disse. "All'inizio abbiamo preso la questione un po' sottogamba, visto che Ben sembrava star bene dopo l'attacco. La nostra preoccupazione principale era quella cosa, fuori dalla sua cella. Non era andata distante, ma era furba e difficile da catturare. Ho iniziato a sfogliare i documenti di Atwood. Questo..." indicò il tegmen, "si trovava tra l'attrezzatura nel seminterrato. L'ho indossato pensando che potesse essere utile, prima di riprovare a catturare la cosa la notte successiva. Forse ha una sua utilità. La seconda notte mi ha aggredito, ma non ha fatto lo stesso con Ben. A quel punto avevano iniziato a manifestarsi i primi sintomi. La madre non l'aveva attaccato, ma aveva depositato qualcosa dentro di lui."

Eugene guardò involontariamente verso la stanza di Ben, come per processare e unire le nuove informazioni con le pulsazioni che aveva sentito pochi minuti prima. Durante il breve silenzio, Grim colse un debole sibilo del vento e un brivido gli percorse la schiena, nonostante si trovasse in una stanza relativamente calda.

"Perché non gliel'hai detto?" chiese il dottore, rivolgendosi all'uomo nella muta nera, che guardava davanti a sé distratto e malinconico.

"Non volevo tenerglielo nascosto per sempre. Pensavo avessimo ancora tempo..." disse senza pensarci troppo. "Avevo bisogno che rimanesse concentrato e mi aiutasse. Eravamo vicini, così vicini a catturarla... La scomparsa di Atwood ci metteva già in cattiva luce, e in più siamo entrati in proprietà privata e abbiamo perso quello che potrebbe essere un esemplare raro. Il cliente avrebbe potuto chiudere un occhio per il primo problema, non pagandoci... ma per il resto?" scosse la testa. "Penso che possiate capire come mai ero evasivo sull'intera vicenda", aggiunse con voce stanca. "Avremmo dovuto gestire la situazione senza attirare l'attenzione su di noi. Dubito che il nostro cliente sarà contento di sapere che invece siamo nella merda profonda."

Olivia interruppe il silenzio che seguì: "Ma perché Radney dovrebbe sparire in quel modo?"

Grim finse di essere perplesso scrollando le spalle. "Forse quella cosa l'ha mangiato. Non c'erano segni di lotta, ma vorrei sapere che gli è successo, anche per mettermi il cuore in pace."

"Ma quanto grande è la creatura?" chiese Eugene.

"Non l'ho vista chiaramente, ma direi che ha le dimensioni di un orso grigio."

"Stai dicendo che hai guidato chilometri e chilometri con un baule grande come un orso e non ti è mai venuto un mezzo dubbio?"

“E chi ha detto questo?” rispose Grim stringendosi nelle spalle con modo di fare innocente. “Il baule che avevamo con noi era grande così...” alzò le mani per mostrare le dimensioni, “abbastanza grande per dell’attrezzatura, forse, ma troppo piccolo per mamma orsa.”

“Forse non sono stati loro a portare la creatura qui”, ipotizzò Olivia, rivolgendosi a Eugene. “Radney mi disse di essere un limnologo”, aggiunse, iniziando un discorso con il padre sulla possibile origine della creatura — forse proveniva dal lago o dalle vicinanze, o forse no — e se per questo il laboratorio si trovava vicino al lago, invece che in una struttura isolata, con personale specializzato e guardie.

Grim non disse nulla, ma rimase a guardare i due che speculavano, soddisfatti di averli portati fuori strada. Sapeva che prima e poi l’organizzazione avrebbe mandato qualcuno a indagare sull’incidente alla casa di Atwood, e voleva impedire che Olivia e il padre dicessero o facessero qualcosa che attirasse l’attenzione letale dell’organizzazione, che li avrebbe etichettati come «persone che sapevano troppo». La missione di Eidercrest non si sarebbe trasformata in una strage come quella di Duncastor, ma le calamità possono presentarsi nei modi più diversi.

Grim sapeva che non poteva rientrare al quartier generale, non lasciandosi alle spalle quel pasticcio irrisolto; la sua parlantina non l’avrebbe aiutato questa volta. Quanto a Ben, l’organizzazione l’avrebbe curato, o forse l’avrebbe mantenuto così com’era per compensare la perdita della creatura madre. Qualsiasi cosa l’organizzazione avesse deciso, non sarebbe finita bene per nessuno dei due.

Fu distratto da quei pensieri infelici quando Eugene gli chiese cosa intendesse fare. La voce del dottore tuonò come se provenisse dal fondo di un pozzo; dopo uno sguardo sorpreso, Grim abbassò di nuovo gli occhi e ci pensò su.

"Come prima cosa, il ragazzo ha bisogno di cure mediche", disse Grim senza alzare il viso, strofinando i palmi uno contro l'altro con movimenti lenti e nervosi. "Posso affidarlo a te? E lasciarlo alle cure e alla riservatezza della tua clinica?"

Sebbene si aspettasse quella richiesta da un po' di tempo, Eugene esitò comunque a rispondere.

"Per me non è un problema operarlo, né mantenere la sua privacy, ma rimane il problema di quella cosa che gira a piede libero. Forse pensi di riuscire a risolvere tutto, ma non mi stupirei se spuntassero altri casi, come quello di tuo nipote. Penso che dovresti informare lo sceriffo locale o chiamare la Protezione Animali..."

"Non ti preoccupare, ci penserò io", lo interruppe Grim. Alzò lo sguardo e trovò Eugene che lo guardava con un'espressione dubbiosa e la fronte corrugata. "Ci penserò io", ripeté Grim, nel tentativo di costringersi a non cambiare idea.

# CAPITOLO 31

Thane si mise in marcia per rientrare. Dalla casa in riva al lago, camminò per tutti gli otto chilometri di Main Street, volendosi fermare al Fornitissimo Emporio di Howard, alla Locanda del Tè e all'Universo Sport di Caleb, in quest'ordine.

Aveva tutto il tempo del mondo, ora che si era liberato di qualche spina nel fianco. Stava già facendo progetti per la casa di Atwood, indeciso se ritornarci il giorno dopo per spogliarla dell'arredamento, oppure lasciarla com'è ed annetterla al territorio della comune: l'avrebbe potuta usare come punto di ritrovo, una casa lontano da casa, una base per i suoi appuntamenti amorosi... Un piccolo palazzo delle possibilità, che includeva pure una prigione sotterranea, già in uso. Prima di lasciarsela alle spalle, aveva dovuto aspettare che i tre prigionieri nel seminterrato esaurissero le energie e smettessero di tirare pugni alla porta della botola, chiedendo aiuto. Non che qualcuno avesse potuto sentirli: avrebbero ottenuto solo una visita da quella creatura del lago.

Ricordare quella massa nera che si allontanava nell'acqua gli smorzò l'entusiasmo. Cercò di non pensarci. Era una bella serata e la lunga passeggiata gli avrebbe fatto bene; era contento di prendersi una pausa dalla gente della comune e dalle loro incessanti richieste. Sebbene avesse una vecchia station wagon, usata principalmente per accompagnare e andare a prendere i membri alla Locanda del Tè, preferì conservare la poca benzina rimastagli per la prossima uscita.

Entrò nel negozio di Howard, curioso di vedere se le brutte notizie fossero già giunte al proprietario. Era passata più di mezza giornata da quando Pete e gli altri due erano stati cacciati dalla comune; di sicuro avevano avuto il tempo di passare da Howard per parlare dell'offerta di lavoro e avvertirlo delle minacce implicite di Thane.

Camminò lungo i corridoi illuminati da neon fluorescenti, toccando pigramente prodotti troppo cari e guardando storto Howard, che si trovava dalla parte opposta del negozio a spolverare e riordinare gli articoli di uno scaffale alto. Thane decise che se il negoziante avesse mostrato segni di nervosismo, significava che sapeva già tutto. Ma l'uomo robusto continuò a spolverare e a sistemare scatole di cereali, consapevole della presenza di Thane ma deciso a ignorarlo. Difficilmente un negoziante resiste alla tentazione di parlare con un potenziale cliente... forse non l'aveva sentito entrare, o forse già sapeva che Thane stava per fare una delle sue scenate da spaccone. Anche di fronte a chiari segnali di pericolo, le persone tendono a rifiutarsi di agire pur di non interrompere la loro routine.

Avendo raggiunto il suo scopo, e riacquistato la fiducia di Howard presentandosi e andandosene senza incidenti, Thane uscì dal negozio e attraversò la strada per raggiungere la Locanda del Tè.

Sebbene dalla grande vetrina si vedesse che le luci erano spente, Thane andrò sul retro del locale, convinto di trovare Olivia intenta a preparare qualcosa in cucina. Tirò la maniglia, ma non fece che far tremare leggermente la porta chiusa a chiave. Non vi fu alcuna risposta ai suoi colpi insistenti e, in un certo senso, era grato di trovarsi nel retro, dove nessuno poteva vederlo rimanere a un palmo dal naso, invece che in piena vista in Main Street. Ma non era da lei chiudere il locale così presto, a meno non avesse avuto una commissione urgente; forse aveva notato la sua assenza, o quella della sua gente, e aveva deciso di andare a visitarli alla comune, portando con sé ciò che poteva donare.

Sorrise, pensandoci. Che donna incredibile, unica nel suo genere. Sebbene non avesse mai adottato il loro stile di vita, lo accettava di buon grado: non era una seguace, ma secondo Thane lo poteva diventare. A modo suo voleva bene a Olivia, ma non si era impegnato nel suo proselitismo: gli faceva più comodo che lei rimanesse dov'era, nonostante fosse amica di Howard. A tal proposito, Thane aveva in mente di derubare il Fornitissimo Emporio di notte, quando non c'era più nessuno nei paraggi. In quel modo avrebbe potuto mantenere la promessa fatta alla sua gente, senza mettersi contro la proprietaria della Locanda del Tè: era una donna gentile, ma anche lei aveva i suoi limiti.

Nel frattempo, sperava di incontrarla per racimolare qualcosa da mettere sotto i denti e magari anche un passaggio verso casa...

L'Universo Sport di Caleb fu la sua ultima tappa, prima di tornare alla comune. Oltre ad aver rubato le provviste, i disertori avevano portato via con sé tre fucili indispensabili e diverse scatole di munizioni. Thane fu quasi sorpreso quando si rese conto che non gli avevano rubato anche la station wagon; aveva sempre le chiavi dell'auto con sé, e forse nessuno di loro sapeva come far partire il veicolo usando i cavi; o forse temevano che il rumore del motore avrebbe attirato le attenzioni indesiderate degli altri membri prima che avessero avuto la possibilità di scappare. Decise di lasciarli stare, per il momento. L'avrebbero pagata cara, a tempo debito.

Thane provò ad aprire la porta, ma trovo anch'essa chiusa a chiave. Ma il negozio era ben illuminato e, attraverso la vetrina, Thane poteva vedere Curtis alla cassa.

Strattonò di nuovo la porta, che rimase chiusa. Proprio come Howard, Curtis cercò di ignorare Thane, che si trovava fermo davanti alla vetrina in attesa che l'altro alzasse gli occhi. Quando lo fece, Thane gli indicò la porta, ma Curtis gli rispose scuotendo la testa e tornando al suo lavoro dietro il bancone.

Thane si voltò disgustato e si mise a camminare verso casa. Non aveva comunque soldi per comprarsi qualcosa, dava per scontato che Olivia pagasse Curtis per conto suo e poi gli chiedesse di saldare il conto con lavoretti vari, ma venire ignorato e respinto gli dava fastidio, tanto più perché non aveva in programma di vendicarsi, sebbene risentito. E così, durante la sua lunga camminata, iniziò a predisporre un piano in cui avrebbe dovuto includere anche l'Universo Sport: un piano ben articolato e spalmato in un lungo periodo di tempo, che iniziava con una bella rapina e terminava con un incendio. Nella sua testa, immaginava di sfruttare entrambi i negozi per molto tempo, portandoli in rovina mentre Olivia prosperava, per poi suggerirle di acquistare le due attività ormai chiuse per espandere la propria. Più ci pensava e più si sentiva soddisfatto e rincuorato dalle proprie macchinazioni; quella giornata aveva dimostrato che nessuno poteva eguagliare la sua astuzia. Era così inebriato dalla propria arroganza che si mise a fischiettare allegramente durante il tratto di strada finale, annunciando il proprio arrivo da una certa distanza per farsi aprire il cancello di ferro battuto.

Come previsto, sentì e poi vide due figure andargli incontro: dedusse che fossero le guardie, preoccupate per la sua lunga assenza, o forse impazienti di dirgli che Olivia era passata con cibo e provviste con un sorriso sulle labbra. Ma si rese conto troppo tardi che le figure avevano intenzione di aggredirlo, gettandosi su di lui: riconobbe i due individui, ma non erano chi si aspettava di vedere.

Thane si voltò per darsela a gambe, ma Henry e Pete lo bloccarono a terra, tenendolo fermo con le ginocchia e torcendogli le braccia dietro la schiena per legargli i polsi.

Thane non gridò aiuto, non si sarebbe mai abbassato a tanto. Invece rise loro in faccia, rise quando gli coprirono il viso con un sacco nero e continuò a ridere mentre lo trascinavano via.

Grim percorse l'anticamera cercando di risvegliare le gambe. Aveva ancora un'andatura rigida e goffa, ma almeno non necessitava più dell'appoggio del muro mentre si spostava da una parte all'altra dell'ingresso stretto. Dopo una dozzina di giri, si sedette lentamente sulla panchina di legno per far riposare le gambe distese per un minuto e far circolare il sangue agitato.

Oltre le pareti sottili, il vento fischiava tra gli aghi dei pini, rendendo più evidente per contrasto l'immobilità dell'interno della clinica. Lasciato solo con i suoi pensieri, Grim era innervosito da quella calma. Erano passati solo quindici minuti da quando Eugene era entrato nella stanza, con Olivia come sua assistente. Il dottore aveva stimato che l'operazione sarebbe durata almeno due ore, forse meno se il danno fosse stato contenuto. Grim pensò alla sua operazione, che potrebbe essere durata dieci minuti come dieci ore. Quel ricordo invadente riaccese un dolore fantasma così vivido che, senza pensarci, si portò una mano al fianco.

Almeno Ben era in buone mani. Eugene aveva pure proposto a Grim di entrare e assistere all'operazione, anche solo per tranquillizzarsi, ma quest'ultimo declinò l'offerta, sicuro che sapessero il fatto loro e di conseguenza la sua presenza sarebbe stata superflua. Tuttavia, consigliò loro di tenere a portata di mano un grande vaso a bocca larga.

"Per la larva", spiegò. "Preferibilmente un vaso con un coperchio ermetico. Chissà per quanto tempo quella cosa è in grado di sopravvivere, una volta fuori dall'ospite... Forse potrebbe essere necessario accendere un fuoco, per bruciarla", aggiunse prima di chiedere loro il permesso di scavare una piccola buca in cortile per questo scopo.

Mentre si alzava per occuparsene, Olivia, in camice e mascherina chirurgica, si affacciò dalla porta e chiese a Grim se conoscesse il gruppo sanguigno di Ben.

"Va tutto bene," aggiunse subito, "ma chiedo in caso dovesse necessitare di una trasfusione. Se non sei sicuro, abbiamo ancora qualche unità di 0 negativo..."

Grim le rispose che avrebbe controllato e le avrebbe fatto sapere. Lei tornò nella stanza e lui zoppicò verso uno scaffale vicino, sul quale si trovavano ammucchiati i vestiti e i pochi effetti personali di Ben.

Il cellulare del giovane scivolò fuori dal taschino della camicia a quadri, e Grim vide lo schermo illuminarsi all'arrivo di un nuovo messaggio.

"Qualche consiglio?" scrisse Harper. "Tutti i posti che conosco sono chiusi."

L'uomo dai capelli lunghi fece una smorfia di confusione, ma un attimo dopo si ricordò che comunicavano in codice tra di loro. Fissò il telefono e quasi lo ripose senza rispondere. Ma perché Harper stava cercando di contattarli? Forse aveva qualche informazione importante.

Il più silenziosamente possibile, Grim zoppicò verso la reception, copiò il numero di telefono della clinica da un bigliettino da visita, impostò il telefono dietro il bancone in modalità silenziosa e rimase in attesa della chiamata.

"Dov'è Ben?" chiese Harper non appena Grim rispose.

"Sta dormendo", disse Grim a voce bassa.

"Di già? Dev'essere stata una giornata pesante."

Visto il suo modo di parlare allegro e scherzoso, Grim ipotizzò che non avesse nulla di urgente da riferire. "Come mai hai chiamato?" le chiese, domandandosi se lei e Ben si fossero riconciliati dall'ultima volta e se quella telefonata fosse solo per lui.

"Oh, è che..." esitò. "Ben mi ha chiesto di indagare su una cosa. Ma immagino che ne possa parlare anche con te. Il nome Greg Shaw ti dice niente?"

"No", disse Grim, facendo ruotare la sedia della reception. "Dovrei sapere chi è?"

"Pensavo fosse il tuo nome o uno dei tuoi pseudonimi."

"Cosa te l'ha fatto pensare?"

"Il signore nella foto ti assomiglia molto", gli rispose.

Grim smise di far girare la sedia. "Quale signore?"

"Beh, sai che mi hai chiesto di cercare il fascicolo di Duncastor? Ho trovato qualcosa di tuo... o almeno pensavo che fosse tuo. Nello scatolone con le trascrizioni degli interrogatori, c'era anche un sacchetto di plastica trasparente contenente un portafogli. Secondo i documenti, ti è stato trovato addosso il giorno in cui sei rientrato al quartier generale da Duncastor. Non ricordi?"

"No... no, non ricordo." Lanciò un'occhiata oltre il bancone della reception, pensando di aver sentito qualcuno chiamarlo per nome. "Non... non riesco a ricordare. So che fingevo di essere un'altra persona, ero ancora in borghese quando mi hanno prelevato..."

"Ah sì?"

"Ma non ricordo chi fingessi di essere..." mormorò impotente, e quasi sentì il sorriso incredulo di Harper, che gli fece eco: "Non ricordi?"

"Beh, perché tu ricordi cos'hai mangiato a pranzo martedì scorso? E poi tu dormi regolarmente e non prendi medicinali, al contrario di me..." ribatté lui, esasperato. "Sono quasi sicuro che al termine di quella missione avevo il cervello fritto e prossimo alla demenza."

"D'accordo, hai ragione", acconsentì. "Secondo il documento, il portafogli si trovava nella tasca interna della giacca. Quindi mi stai dicendo che non l'hai mai tirato fuori?"

"Dubito fortemente di averlo fatto. Cosa c'era scritto sulla patente?"

"Non ho le informazioni qui con me. Ben mi ha chiesto di trovare qualcosa su di te, sai, tipo il tuo certificato di nascita. Gli ho detto che avrei fatto del mio meglio. Quando mi hai dato il tuo numero identificativo e ho dato una sbirciatina al tuo fascicolo... o meglio a una parte del tuo fascicolo, ho trovato solo pseudonimi, nomi falsi. Ma nessun nome vero."

"Ah." Grim sorrise ironico. "Beh, sai com'è. Noi siamo burattini, mica persone vere."

"Comunque, a volte tra i vari nomignoli c'è anche quello vero, sai? Greg Shaw ha più probabilità di altri di essere il tuo nome vero, e quindi ho pensato che lo fosse." Harper fece una pausa, aspettando un commento da parte di Grim. Ma ricevendo solo silenzio, chiese: "Ci sei ancora?"

"Sì..." rispose con voce persa. "Per caso..." si fermò per schiarirsi la gola, "per caso hai trovato qualcos'altro sotto quel nome?"

"Intendi Greg Shaw? No, non c'era altro, che io sappia. Sicuro che non sia uno dei tuoi pseudonimi? Sembravi un po' diverso, ma il tipo nella foto sei sicuramente tu. Insomma, se ci pensiamo un attimo, potrebbero semplicemente averti dato una patente finta, e te ne sei dimenticato."

"Di sicuro è più probabile che incontrare una persona con la mia stessa faccia", affermò Grim. "Ma che senso avrebbe quella patente tra le prove?"

Lei borbottò qualcosa tra sé e sé. "Forse volevano tenere traccia dei documenti usati per quella missione. Potrei dare un'altra occhiata a quella patente e richiamare domani durante la pausa pranzo."

Grim si fermò, prima di acconsentire. Non sapeva cosa sarebbe successo quella notte ma, cascasse il mondo, il mattino dopo lui e Ben avrebbero guidato fino al lago, avrebbero lanciato i loro cellulari in quelle acque torbide, e poi sarebbero andati fino alla stazione degli autobus più vicina, e con due biglietti in mano sarebbero scomparsi nel nulla.

*Greg Shaw.*

Gli venne quasi da ridere e si coprì metà viso con una mano: sapeva cosa stava per dire, ma esitò nella sua decisione. "No. Non è necessario."

"Sicuro? Potrei scoprire qualcosa... Beh, se cambi idea, sai dove trovarmi."

"D'accordo. Stammi bene, Harper", le disse e riattaccò, rendendosi poi conto che si era dimenticato di chiederle se sapesse il gruppo sanguigno di Ben.

Poco dopo essere tornato alla panchina di legno in ingresso, apparve Olivia con un grande barattolo contenente una massa intrisa di sangue. Era ruvida e brillava sotto la luce chiara, immobile in quel momento, ma aveva già lasciato una scia scura su un lato del barattolo. Lei gli porse il contenitore e, come sollevata da quel fardello, si sedette sulla panchina, mantenendo una certa distanza da Grim, anche dopo che quest'ultimo avesse messo da parte quell'esemplare spaventoso.

C'era qualcosa di pesante e negativo nel silenzio di Olivia e nel modo in cui evitava di guardarlo. Grim aveva la sensazione che sospettasse ancora di lui. Beh, fintanto che non avesse interferito...

"Non dovresti aiutarlo a ricucirlo?" le chiese.

"E tu che ne sai di chirurgia?" gli chiese con un'ombra di sorriso, anche se venato di disprezzo. Parlavano a voce bassa, come per non disturbare il paziente della porta accanto.

"Non molto, tranne per il fatto che mi sono operato da solo", disse.

Olivia, esausta, non batté ciglio.

"Lo giuro! Posso mostrarti la cicatrice, se vuoi", elaborò, appoggiando una mano sulla parte inferiore destra dell'addome.

Molto lentamente, lei capì: alzò gli occhi verdi e le ciglia chiare mentre processava le ultime frasi ascoltate.

"Come Ben?" gli chiese, guardandolo.

"Come Ben", rispose. Non sapeva perché lo avesse detto, non capiva come mai avesse voluto condividere quel dettaglio, che poteva rovinargli la storia che si era inventato con una certa fatica. Ormai niente aveva più senso per lui, e per questo sentiva che era inutile essere ancora prudenti... sapeva che ad un certo punto avrebbe dovuto dire loro tutta la verità.

Olivia distolse lo sguardo per riflettere. Dopo tutte le bugie che le aveva raccontato, Grim non si sarebbe stupito se si fosse alzata per tornare in sala chirurgica senza rispondergli. Ma lei rimase seduta, e gli disse: "Mi piace pensare che mio papà sia abbastanza bravo da non lasciare alcuna cicatrice."

Grim fece una smorfia scherzosa. "No dai, lasciate al ragazzo qualcosa da sfoggiare."

Lei rispose con un sorriso, poi calò il silenzio. Le mani giunte di Grim iniziarono a tremare, proprio come il piede con cui picchiettava il pavimento.

Olivia, pensando che fosse preoccupato per Ben, gli disse: "Sta bene adesso."

Grim annuì, decidendo di tenere per sé le proprie preoccupazioni.

Un'ora dopo, i due andarono in cortile; Grim, accucciato davanti al fuoco, tagliava un bastone gettandone i trucioli tra le fiamme saltellanti. Di tanto in tanto alzava lo sguardo verso Olivia e il barattolo che teneva in mano; ogni volta che lo faceva, lei lo imitava, forse immaginando che il contenuto si fosse mosso o che fosse successo qualcosa degno di nota. Ma la cosa sporca nel barattolo era immobile, o forse si era mossa appena; se era nervosa, Olivia non lo lasciò a vedere.

"Secondo te è morta?" chiese alzando il barattolo per guardare la cosa da vicino, forse tentata di scuoterla.

"Forse finge di essere morta", rispose Grim guardandola. Olivia si era tolta la cuffia chirurgica e la mascherina, ma aveva tenuto addosso il camice bianco macchiato. La luce del fuoco, che le riscaldava il viso con un bagliore tremolante, illuminò alcuni ciuffi di capelli che erano sfuggiti dalla treccia. La sua presenza conferiva un fascino mistico alla scena, e Grim ne fu così colpito da volerle quasi dire quanto assomigliasse a una strega; ma rendendosi conto del commento inadeguato, decise di tenerlo per sé.

Lei lo sorprese con un sorrisino, arricciando gli angoli della bocca, come se Grim avesse parlato a voce alta. Forse più che leggergli il pensiero, aveva letto l'espressione del suo viso, e nell'alchimia misteriosa delle sue considerazioni, Olivia aveva sorriso per motivi indipendenti da lui.

Lui ricambiò il sorriso e le fece cenno di passargli il barattolo, mettendosi il bastone tra i denti per avere le mani libere. Grim sedeva a gambe incrociate, e posò il barattolo nello spazio tra le cosce. Cercò di non pensare agli altri casi che sarebbero affiorati: nel giro di poche settimane, l'area intorno al lago sarebbe stata brulicante di ninfe, il loro numero sarebbe aumentato finché avrebbero trovato persone vive... e quelle non mancavano di certo nella comune. Solo per questo, era necessario che informasse il quartier generale.

Forse avrebbe dovuto fare una chiamata per avvisarli, prima di sparire del tutto. O forse non doveva preoccuparsene: il silenzio radio da parte loro stava diventando sempre meno rassicurante con il passare il tempo. Quanti giorni erano passati? Un paio? Faceva fatica a tener traccia del tempo passato, ma sapeva che l'assenza di comunicazioni dal quartier generale significava che erano pronti per una visita a sorpresa, magari di lì a poche ore. Avrebbe dovuto avvisare Olivia di allontanarsi, almeno finché l'intera faccenda non si fosse risolta. Oppure avrebbe potuto fingere di non sapere niente, se mai degli estranei si fossero presentati e avessero iniziato a fare domande strane...

Una ventina di pensieri gli attraversarono la mente, tanto che per un attimo si dimenticò del suo compito, finché Olivia non lo chiamò e, seguendo il suo sguardo, si ricordò del barattolo posato tra le gambe. Lentamente, iniziò a svitare il tappo, cercando di non disturbare la creatura addormentata, o meglio di non avvisarla che la sua prigione di vetro era stata aperta. La larva rimase immobile, ed era impossibile stabilire se si stesse contraendo o se la luce tremolante delle fiamme creasse l'illusione del movimento. Mentre si chiedeva se fosse effettivamente in letargo, Grim non esitò a infilzarla con l'estremità appuntita e tagliente del suo bastone, attraversando la sua carne spugnosa.

Quando sferrò il colpo fatale alla larva, sentì una fitta contorcergli le viscere. Inspiegabilmente, sentiva anch'egli un grande dolore, e due lacrime gli scesero dagli occhi, come se avesse trafitto un figlio suo.

Dall'esterno, e agli occhi di Olivia, nulla sembrò fuori dall'ordinario quando Grim estrasse la larva infilzata e la gettò tra le fiamme. Macchie nere lampeggiavano sulla superficie liscia della larva, rannicchiata su sé stessa. Olivia distolse lo sguardo e lo posò su Grim, che per una volta aveva in viso un'espressione oscura tanto quanto il suo passato.

# CAPITOLO 32

Incredibilmente, il furgone era ancora funzionante nonostante la parte anteriore ammaccata. Dopo aver mancato la curva della strada, la radura doveva aver rallentato il mezzo prima che un albero di piccole dimensioni ne fermasse bruscamente la marcia.

Grim non era certo un meccanico, ma finché non si vedevano perdite e il furgone si metteva in moto senza problemi, non aveva motivo per non utilizzarlo. In quel momento si trovava seduto al posto di guida, cercando di ignorare il rombo gorgogliante del motore mentre controllava sul cellulare la cartina di quella zona. La ricezione era debole in quel punto, così mentre il telefono cercava di caricare il sito, Grim diede un'occhiata dentro il vano portaoggetti per assicurarsi che il flacone marrone di INH-1015 fosse ancora al suo posto, intatto.

Aveva già preso una pillola quel pomeriggio, per cui decise di aspettare un'altra ora prima di assumerne un'altra. In condizioni normali, gli effetti collaterali erano minimi, ma per esperienza personale sapeva che una doppia dose, o due pillole in rapida successione, avrebbero potuto fargli perdere la lucidità. Un incidente stradale era più che sufficiente, quindi doveva rimanere con gli occhi ben aperti fino a quando non fosse giunto a destinazione. Per sua fortuna, la casa di Atwood era a pochi minuti di guida e, non appena la cartina apparve sullo schermo, Grim fece marcia indietro con il furgone e partì con gran scricchiolio della ghiaia.

Sul sedile del passeggero sedeva il muto compagno di Grim: una lancia improvvisata, formata da un coltello da cucina fissato al manico di una scopa con del nastro adesivo.

Non avendo mai avuto alcuna esperienza pratica nell'abbattere un kraken, Grim era un po' deluso da questa lacuna nel suo addestramento, che sembrava aver trascurato un dettaglio ovvio. L'ovvietà in questo caso era che il kraken, proprio perché così forte e inarrestabile, sarebbe riuscito a colpire il proverbiale tallone d'Achille, ossia l'unico punto non coperto dal tegmen. Non avrebbe saputo dire con certezza quando o come si fosse reso conto dell'invincibilità del kraken, ma di sicuro il suo ultimo incontro con la creatura e il ricordo tormentoso dello stato pietoso in cui si trovava l'unico sopravvissuto di Duncastor ne avevano solidificato l'idea. Un fucile o una pistola gli sarebbero stati più utili, sebbene non ne avesse la certezza; Eugene non teneva armi da fuoco in clinica e, vista l'ora, non poteva sperare di comprarne una dal negozio di Caleb. Avrebbe potuto aspettare fino alla notte successiva, ma sarebbe riuscito a mantenere la risolutezza e determinazione necessarie per portare a termine quel compito fino ad allora?

Mentre il furgone attraversava un ponte di legno, pensò di nuovo alla larva, che sembrava mezza morta, e alla possibilità che fosse stata contaminata dall'acqua inquinata. Il kraken adulto sembrava prosperarcisi, ma questo non significava che ne fosse immune. E sebbene non fosse il primo dei suoi pensieri, era anche incuriosito da quella sensazione simile a una pugnalata che provò quando aveva colpito la progenie del kraken. Aveva sentito parlare del trasferimento di memoria tra diversi organismi: uno strano fenomeno osservato da chi aveva subito un trapianto di organi che, a quanto pare, oltre all'organo stesso, aveva ereditato anche alcuni tratti o ricordi del donatore. Qualcuno gli aveva detto che le donne incinte conservano alcune cellule dei feti nel proprio corpo, indipendentemente dal fatto che portassero a termine o meno la gravidanza. Certo, la larva del kraken non aveva la forma di un organo o di un embrione umano. Oltretutto, quella larva non era mai stata dentro di lui. Ma è risaputo che i parassiti influenzino i loro ospiti; chi avrebbe saputo dire con certezza il tipo di effetti collaterali permanenti di averne uno all'interno del proprio corpo, anche solo per un breve periodo?

Era forse questo ciò che il kraken aveva riconosciuto in lui? Mentre lui aveva continuato a sperare che il kraken l'avesse scambiato per un'altra persona, magari con il suo stesso gruppo sanguigno?

Stava per svoltare nel vialetto verso la casa di Atwood, quando il tegmen iniziò a irrigidirsi. Subito i fanali del furgone inquadrarono un grosso ostacolo e senza pensarci due volte Grim schiacciò il pedale del freno.

A prima vista, sebbene un po' sfocata, sembrava che ci fosse una montagnola di asfalto che si sollevava misteriosamente dalla strada. Ma mentre quella massa nera con macchie lucide si muoveva, incurante di lui, Grim si rese conto di avere davanti a sé il kraken, che inaspettatamente si trovava libero e all'aperto. Forse Grim l'aveva colto in un momento inopportuno, mentre stava passando da un nascondiglio all'altro, o forse qualcosa l'aveva attirato in quel punto. Capì poco dopo che si trattava di quest'ultima possibilità quando, sporgendosi per guardare ciò che i fanali illuminavano, notò un albero con strani frutti.

C'era un cadavere impiccato, appeso a uno dei rami più alti; Grim lo vedeva di lato. Il viso del defunto era nascosto da un sacco di iuta, sebbene la sua identità fosse deducibile dall'alta statura, la camicia in mussola di cotone e gli stivali a punta. Quel corpo non sarebbe andato da nessuna parte, eppure il kraken ritenne necessario afferrargli la testa con una delle sue mani ad artiglio; Grim fu sul punto voltarsi, pensando che la creatura volesse rimuovere il sacco dalla testa dell'uomo. Invece le braccia simili a tentacoli del kraken si avvolsero intorno alle gambe del corpo senza vita, cercando di tirarlo giù dall'albero come si coglie un frutto maturo: strappandolo dal ramo.

Per evitare quella scena terrificante e futile, e determinato a distrarre il kraken, Grim fece lampeggiare i fanali del furgone. Ottenne l'effetto desiderato: il kraken lasciò la presa sul corpo, si voltò verso di lui e si diresse infuriato verso la luce che l'aveva disturbato.

Grim ingranò la retromarcia. Il motore rombò e le ruote posteriori turbinarono emettendo fumo di pneumatici surriscaldati ma immobili: il kraken aveva afferrato il furgone per il paraurti e lo stava trascinando verso di sé, intrappolandolo in un abbraccio grottesco.

Dalla sua posizione, Grim poteva vedere la parte inferiore del kraken e la sua bocca bavosa che lasciava striature bagnate sul parabrezza. I tentacoli avevano coperto i finestrini di entrambi i lati, creando un reticolo contorto, e le relative estremità simili a vermi cercavano di farsi strada all'interno del veicolo. Il tentacolo più grande martellava con forza sul tettuccio apribile. Per quanto robusto fosse il furgone, iniziò a cedere sotto i colpi continui, scricchiolando schiacciato dal peso che gravava sulle parti, non progettate per sopportare un tale carico.

Tutto ciò avvenne nel giro di pochi secondi e, ripresosi da uno stato di panico immobilizzante, Grim pestò ancora una volta l'acceleratore e indietreggiò, tirandosi dietro il kraken ancora aggrappato. Sterzò bruscamente e girò il furgone di centottanta gradi, sperando di spazzare via la creatura in quel modo. Ma la presa del kraken era sicura e, non riuscendo a scrollarselo di dosso, Grim si lanciò in una corsa disperata su strada, sbandando e sterzando a sinistra e a destra in un altro futile tentativo. Sebbene non vedesse dove stava andando, sapeva di essere andato fuori strada e di trovarsi tra i cespugli, e questo lo preoccupò non poco. Ma non poteva fermarsi, non quando il kraken sembrava essere in difficoltà e sul punto di mollare la presa.

Un grande masso o un cumulo di terra si infilò sotto il furgone e lo fece balzare in aria, compromettendo la presa della creatura. Poi all'improvviso il muso del veicolo fece un brusco tuffo in avanti e, per un istante di folle terrore, Grim immaginò che stesse per rotolare giù per un dirupo. Ma subito dopo arrivò lo schianto contro il suolo, facendolo sussultare.

Quando tutto smise di scricchiolare, Grim aprì gli occhi con una sensazione di precaria immobilità e di essere pericolosamente prossimo ad atterrare di faccia sul parabrezza. I capelli sciolti gli circondavano il viso, li infilò dietro le orecchie per osservare la buia zona circostante.

Dall'inclinazione dell'abitacolo, capì che il furgone era caduto in una grande buca o, più probabilmente, in un fossato profondo nel quale scorreva un ruscello sottile.

Il motore continuava a borbottare, emettendo un rumore sempre più metallico. I fanali erano ancora accesi, ma oscurati dal terreno che li copriva.

Con cautela, Grim tese il collo per sbirciare oltre il cruscotto. Voleva vedere se il kraken fosse ancora lì, e la sua curiosità fu soddisfatta da una serie di colpi rabbiosi sul finestrino del passeggero, provenienti da un pungiglione. La punta uncinata lasciò una crepa sul vetro quando si ritirò, per poi attaccare di nuovo: a ogni nuovo colpo corrispondeva uno spasmo proveniente dalla parte anteriore del furgone, ossia dal kraken inchiodato a terra dal peso del veicolo.

Grim si teneva aggrappato con una mano alla maniglia, con l'altra dietro il sedile e con i piedi appoggiati ai lati dei pedali: nervoso, sorrideva per la situazione del kraken.

"Perché non ti calmi un po', brutta stronza?"

Dal lato del passeggero, Grim vide il pungiglione scivolare e ritirarsi, probabilmente esausto; quindi, colse l'occasione per prendere il casco e allacciarselo al mento, sapendo che quello era il momento giusto per agire, prima che il kraken potesse raccogliere abbastanza energie per un secondo tentativo di rovesciare il furgone.

Con l'arma improvvisata in mano, Grim aprì cautamente la portiera, cercando di non provocare una nuova scarica di colpi. Ma proprio mentre usciva dal mezzo, si ricordò delle pillole e soprattutto che doveva assumere una nuova dose. Ebbe solo un momento di esitazione, ma fu sufficiente per il kraken, che allungò i suoi tentacoli e afferrò Grim per una caviglia. Il violento strattone lo colse alla sprovvista facendogli cadere la lancia di mano, si aggrappò con tutte le forze al montante della portiera, stringendo i denti. Gli altri tentacoli liberi e vibranti iniziarono a sferzargli gambe e fianchi, cercando di fargli perdere la presa, finché non fu teso come una corda di violino. Le mani gli tremavano e il ringhio dei suoi sforzi si trasformò in un grido di agonia mentre ogni sua giuntura urlava per il dolore. Il kraken avrebbe potuto continuare così a lungo, ma non volendo sprecare energie, diede con i suoi tentacoli una potente contrazione che costrinse Grim a lasciarsi andare.

Immediatamente l'uomo cadde a terra a faccia in giù. Quel poco che aveva sentito attraverso il casco gli aveva fatto capire che il kraken stava cercando di pungerlo, ma l'ampia fiancata del furgone, che si trovava tra di loro, era diventata la sua nuova vittima, rimbombando a ogni sferzata, come colpita dai proiettili di un cecchino.

Frustrato, il kraken lo trascinò per una caviglia e lo scagliò contro il furgone dal lato del guidatore, forse tentando di avvicinarlo al pungiglione; fallendo, lo gettò nuovamente a terra con l'intenzione di colpirlo con i suoi tentacoli fino a ridurlo in poltiglia.

Durante le percosse, il casco iniziò a creparsi e rompersi in vari punti: quando il kraken si fermò, Grim era semisepolto nel terreno.

Aprì gli occhi, e si sentì come un mucchietto di parti disgiunte che avrebbe dovuto rimontare, osso per osso, prima di potersi rialzare. Era così scoraggiato, che rimandò quel momento il più possibile. Per sua fortuna, anche il kraken sembrava più esausto che mai. Mentre si trascinava dolorosamente verso la lancia, sollevò lo scudo del tegmen per respirare più facilmente, sebbene ogni inspiro fosse come un calcio alle costole: fu in quel momento che si accorse che l'aria era satura di un fetore simile a carne cruda, un fetore che aveva riconosciuto come l'odore della linfa nera, ossia il liquido che corrispondeva al sangue del kraken. Quando aveva lavorato come guardia, ne aveva colto l'odore ogni volta che un kraken imbrattava le pareti della sua cella, un atto che gli scienziati non riuscivano a spiegarsi: alcuni ipotizzavano che fosse una specie di rito, altri pensavano fosse parte del comportamento durante la nidificazione. Ma in quel momento, la sua speranza era che lo schianto avesse inflitto qualche danno interno alla creatura, avvicinandolo alla realizzazione del suo obiettivo.

Tenne la visiera sollevata, sebbene non ci fosse molta differenza in termini di visibilità in quell'oscurità fitta. Sfruttò invece il rombo metallico del motore come guida e ci si avvicinò strisciando, con un gemito impercettibile a ogni movimento.

Una volta raggiunto il furgone, gli sembrò un miracolo che stesse ancora tenendo fermo il kraken. Sapeva benissimo che la creatura non era abbastanza senziente da processare la situazione, ossia che era bloccata sul posto più dal terreno in pendenza che dall'immobilità del mezzo. Quando riuscì ad afferrare la lancia, la usò per aiutarsi ad alzarsi in piedi, poi appoggiò una mano sul furgone, appena sotto lo specchietto retrovisore penzolante, e non poté fare a meno di dargli una piccola carezza, prima di spingersi via.

Alcuni tentacoli avvizziti si contrassero, ma il kraken doveva ancora riprendersi quando Grim gli fu vicino. I fari sul tettuccio illuminavano i fianchi del kraken, e Grim colse un movimento simile al masticamento, da cui dedusse la presenza della bocca nel ventre della creatura, o perlomeno sperava che quella parte pulsante fosse il ventre del kraken: il pungiglione era distante, e considerata la posizione dei vari tentacoli, il kraken sembrava trovarsi in una posizione strana, appoggiato un po' su un fianco e un po' sulla schiena. Studiandolo, Grim ipotizzò che se non avesse provato a scacciare il kraken dal furgone, e se il veicolo fosse atterrato nella stessa posizione, la creatura sarebbe morta soffocata dalla parte anteriore del furgone, cofano e tutto il resto. Si amareggiò per il pensiero tetro ed emise un sospiro sofferente, secco e angoscioso come quelli di un'anima morente. Si toccò le costole, cercando di ridurne le fitte dolorose e pungenti.

Il fumo proveniente dal furgone si mescolò al fetore del kraken, rendendo l'aria quasi irrespirabile. Il tessuto del tegmen, per quanto protettivo, lo stava facendo soffocare e

Grim dovette rimuovere il casco per non svenire. Fatto ciò, si arrampicò sul kraken, raggiunse la testa e ruotò la lancia per puntare l'estremità affilata verso il basso, alla ricerca della bocca nel ventre della creatura.

Proprio come lui, o meglio come il suo tegmen, anche la pelle del kraken era impenetrabile, ad eccezione di labbra e bocca. La superficie era irregolare e insidiosa, si sollevava sotto un piede e sprofondava sotto l'altro, come un materassino gonfiabile. A causa del giramento di testa, temeva di perdere l'equilibrio, mentre un paio di tentacoli cercavano languidamente di attorcigliarsi intorno alle gambe. Gli ci vollero pochi secondi per trovare la bocca e, con i piedi sulle labbra del kraken, le separò, creando uno spazio piccolo, ma sufficiente. Grim sollevò la lancia e con forza la spinse verso il basso.

Con uno spruzzo nero, il kraken si rianimò e iniziò a dibattersi. Grim rimase aggrappato alla lancia conficcata, chiuse gli occhi per sopportare il dolore lancinante e per proteggerli dal getto di sangue nero, in attesa che la violenta reazione del kraken si placasse. Dopo essersi rapidamente pulito gli occhi, riacquistò la vista e affondò di nuovo la lancia nel kraken: terribili occhi bianchi lo fissarono. La sostanza nera sgorgò di nuovo, inondando le labbra e rendendo la superficie su cui Grim appoggiava scivolosa e instabile, cosa di cui il kraken era fin troppo consapevole. Con un movimento veloce e uno spruzzo di liquido color pece, aprì le mascelle e le chiuse di scatto.

Con una gamba cadde nella trappola, e l'altra la seguì poco dopo. Avendo perso l'equilibrio, Grim cadde sulle mani, ma cercò immediatamente di tirarsi fuori di lì. L'impugnatura della lancia si era inclinata fuori dalla sua portata e oltretutto era saldamente incastrata. Si aggrappò inutilmente a un lato del kraken, ma era anch'esso scivoloso e pieno di sangue;

oltre a tenerlo ancorato, l'interno della bocca della creatura era rivestito di file ondulate di denti sottili come aghi, ciascuno dei quali si era insinuato nella maglia sollevata del tegmen graffiandogli le gambe e tirandolo verso il basso come un tritacarne.

Schiacciato dal furgone, lo stomaco della creatura si era ridotto a un terzo della sua capacità, impedendogli di ingoiare l'uomo intero. Ciononostante, non era meno determinata a divorarlo, a ridurlo in brandelli sebbene solo per un terzo, o a continuare a ferirlo finché non avrebbe sanguinato dagli occhi.

Grim continuò a lottare, opponendosi alla trazione dei denti. Ma era una battaglia persa: se ne rese conto quando vide le proprie mani sempre più vicine alla bocca, le gambe sempre più a fondo, i fianchi prossimi a sparire. Semiaccecato dall'ennesimo getto di sangue nero, Grim guardò davanti a sé verso l'erba in pendenza e con gli occhi socchiusi vide, sebbene sfocata, una figura accovacciata: tendeva una mano verso di lui. Era impossibile che ci fosse qualcuno lì, ma disperato com'era, Grim tese un braccio, cercando invano di colmare il divario tra la sua mano tremolante e quella tesa.

Nel frattempo, il manico dell'asta si ruppe, ma la lama rimase conficcata come una spina, e il kraken la sentiva a ogni movimento della gola. Incapace di resistere, vomitò con un terribile grido; ma con quella reazione disperata non riuscì a liberarsi, se non di fiotti di linfa nera sanguinolenta.

# CAPITOLO 33

Le luci della piccola clinica privata erano ancora accese, quando Olivia vi fece ritorno.

Ai pazienti era permesso raramente di passarci la notte: di solito era vietato, anche per le giovani mamme della comune, che Olivia faceva entrare di soppiatto per farle partorire in quell'ambiente certamente più sterile delle loro stanze fatiscenti, ma che dovevano andarsene prima che Thane sospettasse qualcosa. In quanto convinto sostenitore del parto in casa, acconsentiva ad eccezioni solo quando Olivia insisteva nel volersi prendere cura delle partorienti, come se fosse una levatrice esperta. Da dove venisse quell'informazione, nessuno lo sapeva, ma Olivia dedusse che avesse inventato quella storia di sana pianta per potersi salvare la faccia in pubblico e in privato. Con tutte le difficoltà che la sua gente doveva affrontare, un po' di gentilezza al momento giusto poteva far miracoli, e una madre che tornava a casa con un bambino vivo e sano era una fonte di gioia, per quanto temporanea. Ma se il travaglio fosse durato fino alla notte, avrebbe fatto preparare una stanza a parte, di solito adiacente alla sala operatoria.

Eugene si lamentava spesso di tutte quelle donne incinte, ricordando a Olivia che non era un ostetrico, ma non si era mai rifiutato di aiutarle o di ospitarle.

Olivia trovò suo padre seduto al capezzale di Ben ancora con il camice addosso, braccia incrociate e mento appoggiato al petto: sentì che russava in maniera irregolare. Si svegliò di soprassalto con uno sbuffo non appena lei gli posò una mano sulla spalla.

Eugene si guardò intorno stordito per un momento, poi fece una smorfia mentre con una mano si massaggiava nuca e spalle.

"Già di ritorno?"

"L'ho accompagnato a casa", gli rispose.

"Quello sciocco con la testa dura avrebbe dovuto chiamare subito la Protezione Animali."

"Come sta Ben?"

"Si riprenderà. Torna pure a casa. Probabilmente si sveglierà domattina con una voglia matta di pancakes. Ne prenderò anch'io, con uova e un bel po' di caffè."

"Certo, papà", gli rispose sorridendo mentre lo aiutava ad alzarsi dalla sedia. "Due uova fritte e una fetta di bacon, un'accoppiata vincente, la colazione dei campioni."

"Lo puoi dire forte", fu la sua risposta da mezzo addormentato.

"Lo metto sul tuo conto, papà?"

Eugene fece una pausa per guardarla e alzò un sopracciglio. "Ma non dire stupidaggini..." borbottò e proseguì per la sua strada.

Dopo che se ne fu andato, Olivia prese una seconda sedia per usarla come poggiapiedi e si mise comoda con uno dei vari tascabili che aveva trovato mentre puliva l'appartamento sopra la Locanda del Tè. Ne aveva ancora uno scatolone pieno nel bagagliaio dell'auto, in attesa di essere venduti a un acquirente nostalgico o a un collezionista con un debole per quelle copertine scandalose.

Quei libri avevano un certo valore per lei e le sue compagne di classe delle medie: se li passavano di mano in mano durante la ricreazione o durante le pause e venivano letti da sotto il banco o infilati tra i libri di testo. Ripensandoci, probabilmente qualche insegnante si era accorto di quei libri nascosti, aveva alzato gli occhi al cielo e scelto di far finta di niente, ma altri si divertivano a confiscarli, sebbene li ritenessero spazzatura. Ma quei libri, che in passato erano stati per lei come un'avventura intrigante, le erano di conforto in quel momento, con le loro pagine dai bordi ingialliti e la trama prevedibile, scritti in una prosa banale e datata, e con una serie di colpi di scena che convenientemente portavano a una conclusione scontata. Eppure, quel viaggio nel passato ebbe su di lei un effetto così inebriante da portarla a considerare di prendersi libero il giorno successivo, solo per trascorrerlo alla clinica, sfogliando un libro dopo l'altro, seduta alla reception durante la pausa pranzo della segretaria; avrebbe potuto farlo, visto che aveva in programma di rimanere sveglia per stare con Ben, e probabilmente avrebbe dormito il mattino successivo.

Lanciò un'occhiata al paziente, chiedendosi se avesse mai letto qualcuno di quei titoli. Forse aveva qualche anno in meno di lei, ma era probabile che avessero letto gli stessi romanzi classici da centinaia di pagine. Ad ogni modo, sarebbe stato un bel diversivo per lui passare la giornata a sfogliare i tascabili contenuti nello scatolone.

Ovviamente Grim avrebbe passato la giornata a dormire, per riprendersi dalla spedizione notturna, oppure, in caso di insonnia, avrebbe forse seguito il consiglio di Eugene e chiamato la Protezione Animali. Per qualche motivo la situazione le era sembrata meno grave quando vide l'arma artigianale che Grim aveva costruito per la sua caccia, conferendogli un aspetto più donchisciottesco che ridicolo (o forse leggermente preoccupante), se non fosse stato per quella strana cosa che avevano tirato fuori dal corpo di Ben. Ma Grim sembrava sapere il fatto suo e probabilmente era in grado di gestire l'intera faccenda da solo...

Il tascabile si trovava appoggiato a faccia in giù sulle sue ginocchia, quando Olivia sentì Ben mormorare: "Sto sognando..."

Nel silenzio che li circondava, quella frase improvvisa sconvolse Olivia, provocandole un brivido. Ma la strana sensazione svanì mentre si girava verso Ben, che giaceva con gli occhi mezzi aperti e sembrava si stesse riprendendo.

"Come ti senti?" gli chiese, affrettandosi a creare un senso di normalità.

Ben si voltò lentamente verso di lei.

"Ciao..." sussurrò stanco.

"Ehi", lei rispose, mantenendo la voce bassa e avvicinandosi con la sedia.

"Dove..." iniziò a dire, le labbra secche si muovevano appena.

Olivia si alzò per prendergli un bicchiere d'acqua, dal quale lui bevve un paio di sorsi. Lei ripensò alla domanda che Ben aveva cercato di porle e dedusse che voleva sapere dove si trovasse o dove fosse Grim.

"Siamo alla clinica", gli disse, rispondendo alla prima domanda. "Ricordi cos'è successo?"

I suoi occhi grigi e sfocati si fissarono su di lei. "Che clinica?"

"Ricordi qualcosa?" ripeté Olivia.

Ben spostò lo sguardo, poi lentamente scosse la testa in risposta.

Lei provò ad aiutarlo. "Stavi guidando il furgone di tuo zio."

"Mio zio?" disse, con voce quasi infantile. Poi disse: "Ah, già, mio zio."

"Esatto... Stavi guidando il suo furgone, e ti sei addormentato. Ti sei quasi schiantato contro la mia auto. Nessuno si è fatto male..." aggiunse prontamente. "Ma ti abbiamo portato qui per questo."

"Oh, wow... molto gentile da parte tua", mormorò commosso.

"Non è niente, figurati", gli disse alzando le spalle, pensando che forse sarebbe stato meglio se fosse stato Grim a raccontagli il resto degli eventi della serata.

Come se le avesse letto nel pensiero, Ben chiese: "Dov'è?"

"Chi?" lei rispose, fingendo di non sapere a chi si riferisse.

"Mio zio, Grim."

"Lui... è uscito un attimo", rispose, sottovalutando la capacità del giovane di cogliere l'esitazione nella sua voce.

"Dov'è andato?"

Olivia rifletté, poi decise che una risposta diretta sarebbe stata la soluzione migliore. "Grim è andato a caccia di quella creatura..." disse, esitante. Non aveva paura di sconvolgerlo, ma temeva di far agitare il giovane, impedendogli di riposare. Ma ciò che aveva detto l'aveva già risvegliato dalla sua sonnolenta apatia.

"Creatura?" le fece eco.

"La creatura del seminterrato di Atwood", lei specificò.

Lui spalancò gli occhi. "Te ne ha parlato?"

"Ha dovuto. Voleva che ti aiutassimo", spiegò Olivia, allarmata dalla crescente preoccupazione di Ben.

Ben si alzò a sedere, facendo una smorfia per il dolore proveniente dalla zona dell'incisione, sulla quale appoggiò una mano mentre si guardava intorno con sguardo assente. "Perché l'ha fatto?"

"Fatto cosa, Ben?"

"Ha commesso tradimento!" gridò. "Perché l'ha fatto?"

Olivia trovò quel termine un po' strano, sebbene capì che si riferiva a un accordo di non divulgazione o un patto di riservatezza chiesto dal cliente. "Ben, va tutto bene, ha dovuto parlarcene. Dovevamo conoscere la situazione per poterti aiutare."

Ma Ben era troppo assorto dai suoi pensieri per sentirla. Gli occhi grigi, sempre più spalancati e pieni di lacrime, vagavano per la stanza mentre ragionava.

"Perché è arrivato a tanto?" ripeté con voce roca, traendo le sue conclusioni. Il viso si contrasse in un'espressione addolorata mentre agitava un braccio sopra la testa, per poi abbassarlo e rialzarlo, come per cercare uno sfogo fisico per il suo dolore interno.

"Ho rovinato tutto..." gemette, coprendosi gli occhi con il dorso della mano mentre singhiozzava. "Oh mio Dio, ho rovinato tutto!"

Ma subito si ricompose, tirò su con il naso e si sistemò.

"Dov'è il mio telefono?" chiese, asciugandosi velocemente le lacrime con un fazzoletto.

Attribuendo quell'improvviso sbalzo di umore a un misto di stanchezza e intontimento, Olivia gli diede un buffetto sul braccio e gli disse di dormire un po'. Lui ignorò il suo tocco compassionevole e, con uno sguardo torvo, ripeté: "Dov'è il mio telefono?"

# CAPITOLO 34

Al centro della commissione straordinaria per la revisione del caso, sedeva un uomo ancora intento a leggere il fascicolo, con la testa lucida abbassata sui fogli a valutare le prove e i dettagli riportati. Ai suoi lati c'erano uomini e donne seduti con le mani giunte o appoggiate sulle loro copie del fascicolo, apparentemente contenti di aspettare mentre il capo della commissione continuava a sfogliare avanti e indietro alcune pagine, finché qualcosa non attirò la sua attenzione.

"E hai detto che l'esperto aveva a che fare con la comune?" chiese, alzando gli occhi verso il giovane seduto.

"Sissignore", rispose Ben, raddrizzando la schiena. "Quando siamo arrivati, abbiamo trovato il signor Atwood in compagnia del leader della comune, un uomo chiamato Thane, e una ragazza che, per quanto ne so, abitava in quel paese ed era una nuova recluta."

"E questo cosa c'entra con quello che è successo?"

"Signore, se avesse letto il fascicolo..."

"L'ho letto così tante volte da ricordarlo a memoria", sbottò il vecchio. "Non mi interessa cosa c'è scritto nel fascicolo. Rispondi alla domanda."

"Sissignore", rispose Ben. "Come certamente sa, ci era stato ordinato di assicurarci che Thane non mettesse piede in casa di Atwood, e riuscimmo a tenerlo distante per i primi due giorni. La sera del secondo giorno, venne con un gruppo di uomini armati e ci attaccò. Ci fu il caos totale. Ci legarono mani e piedi — cioè a me, al mio superiore e al signor Atwood — e ci portarono nel loro territorio."

"E con questo cosa speravano di ottenere?"

"Da quello che ho visto, Thane era un megalomane, e sicuramente provava rancore contro di noi per averlo allontanato dalla casa di Atwood. Non so cosa ci facesse là dentro, ma non vi ebbe più accesso. Era solito anche eseguire dei rituali, per mantenere il controllo della sua gente. Iniziò l'esecuzione pubblica con il signor Atwood: gli tagliò la gola e ne lanciò il corpo ai maiali, per liberarsi di ogni prova. Ricordo che disse: «Ciò che i maiali non mangiano, finisce nel fuoco»."

"Ovviamente, non è mai arrivato il tuo turno", disse il capo della commissione, che stranamente non sembrava turbato dalla storia che aveva appena sentito. D'altronde, dal suo punto di vista, gli eventi dei fascicoli erano così distanti da lui da sembrare quasi racconti di fantasia.

"No, signore. Nemmeno il turno del mio superiore. Siamo riusciti a scappare entrambi, sebbene nel frattempo fossi stato colpito e ferito. Il mio superiore mi portò quindi in una clinica privata nel paese vicino, per farmi curare. È stata l'ultima volta che l'ho visto. Quando mi sono svegliato, erano passati tre giorni interi. Ho provato a chiamarlo il prima possibile, e aspettai che mi richiamasse per sei ore. Ma vedendo che non mi faceva vivo, ho contattato il quartier generale per segnalare la situazione."

"E come mai hai aspettato sei ore, prima di contattarci?"

"Le porgo le mie scuse, signore, ma ho dato per scontato che il mio superiore avesse già telefonato al quartier general, mentre io ero ricoverato."

"Capisco..." disse il capo della commissione, spostando alcuni fogli con un'espressione seria, cercando di nascondere un lieve imbarazzo. "Secondo il tuo fascicolo", continuò, "avevi il compito di osservare la condotta del tuo collega e riportarne ogni scorrettezza."

"Sissignore. Sono riuscito a chiamare durante la prima notte, per presentare il mio rapporto mentre lui dormiva... cioè durante il mio turno di guardia. Dopodiché, non ho più avuto modo di inviare aggiornamenti sul mio rapporto."

"E quindi?"

"Scusi?"

"Il rapporto che non sei riuscito a inviare... sentiamolo."

Ben si spostò leggermente sulla sedia mentre osservava gli altri membri della commissione, i quali, notando la sua incertezza, si misero a fissarlo con espressioni disinteressate. Il viso gli divenne caldo per l'agitazione: doveva inventarsi qualcosa, e subito.

"Volevo... non ho mai avuto la possibilità di prepararlo."

"Improvvisa, allora", rispose freddamente il capo della commissione.

"In... in sintesi," balbettò Ben, poi tossì per schiarirsi la voce, "era un uomo dedito al suo dovere, prima di ogni altra cosa."

Nessuno parlò per qualche secondo e, vedendo che si aspettavano che continuasse, Ben aggiunse: "Questo è tutto, signore."

Calò un silenzio deluso, interrotto solo da una risatina secca del capo della commissione per quel misero rapporto.

"Immagino che ci siano questioni più importanti di cui discutere" disse con un sorriso, e Ben fu sicuro che il vecchio stesse per vendicarsi per la sua mancanza di rispetto.

"Esatto, signore. I due agenti inviati dal quartier generale dopo la mia segnalazione mi accompagnarono alla casa di Atwood, dove ci siamo imbattuti in ciò che ho menzionato nel fascicolo. Vicino a un piccolo ponte, trovammo una creatura non identificabile e il furgone dell'organizzazione. E più avanti, appena fuori dalla casa, c'era il corpo senza vita di Thane, appeso a un albero."

"Hai detto che questo Thane era una specie di capo di una setta, venerato dai suoi seguaci. Come ha fatto a fare una fine del genere?"

"Signore, come gli altri due agenti possono confermare, a quanto pare era scoppiata una rissa all'interno della comune. Di fatto, la comune non esiste più. La maggior parte dei membri è fuggita, forse la vista del mostro li ha spaventati." Ben decise di aggiungere l'ultima parte per irritarli, sapendo che non avrebbero potuto interrogare tutti i testimoni. Lui stesso non avrebbe dovuto sapere dell'esistenza del kraken, e fu molto attento a non chiamarlo per nome, per timore che scoprissero che non era così ignaro degli altri dettagli della missione.

"E il tuo collega?" insistette il capo della commissione.

Ben abbassò lo sguardo. "Non l'ho più visto. Gli agenti che sono andati a indagare non mi hanno detto nulla, se non che..." Si interruppe, stringendo le labbra.

"Ti hanno portando alcuni brandelli di vestiti per l'identificazione", concluse il vecchio per lui.

"Sissignore", disse Ben senza alzare la testa. "Non mi è stato permesso di scendere dal mezzo, quando gli agenti si sono fermati al sito, per cui non ho potuto dare un'occhiata in giro. Ma posso provare a dedurre dove li avessero trovati."

I membri della commissione avevano lo sguardo incollato sul giovane, seduto in silenzio e in attesa della domanda successiva. L'inchiesta andò avanti per un po', ma non avendo molto altro da dire, Ben fu infine lasciato libero di andarsene e, poco dopo, la commissione si sciolse.

Pareti ingrigite e un soffitto bianco sporco furono le prime cose che Grim vide quando aprì gli occhi. Li richiuse, non sentendosi pronto a vedere cos'altro lo circondasse. Da qualche parte più in basso giunse il rumore smorzato di una porta che si chiudeva, e poiché gli sembrava piuttosto lontano, decise che avrebbe potuto dare un'occhiata al posto in cui si trovava, prima di scegliere se evitarlo o meno.

Doveva ancora mettere a fuoco la stanza, cosa che lo faceva stare in pensiero per il futuro della sua vista, ma pur vedendo poco sapeva dove si trovava. La domanda era: chi l'aveva riportato nell'appartamento sopra la Locanda del Tè?

Una fitta nebbia appannava il mondo fuori dalla grande finestra, avvolgendolo in un alone denso e lattiginoso.

"Pivello!" gridò, poi si piegò a una serie di fitte, simili a bastonate sulle costole. Subito il dolore gli ricordò gli avvenimenti della notte precedente e si rese conto che Ben doveva essere ancora allettato alla clinica.

Fu in quel momento che Grim iniziò a fare il punto della propria situazione, vedendo che anche lui era a letto e, spostando le lenzuola, si accorse con un misto di fascino e orrore del mosaico di lividi blu e viola che copriva il suo corpo. Un tutore gli copriva il piede destro, mentre il sinistro era intrappolato in un lungo gesso.

Subito il freddo umido gli penetrò le ossa e si coprì di nuovo.

Il tavolo e la sedia, che un tempo si trovavano vicino alla finestra, erano stati spostati vicino al suo letto: su di essi si trovavano una brocca d'acqua e una vestaglia di flanella. Con le ossa doloranti, afferrò la vestaglia, facendo svolazzare a terra un foglietto piegato. Lo ignorò, concentrandosi nell'inserire le braccia nelle maniche senza farsi più male del necessario, poi si versò un bicchiere d'acqua. Due compiti semplici e banali che gli sembravano quasi impossibili nel suo stato sofferente. Temeva di sentire qualcosa rompersi ad ogni movimento e ad ogni sforzo improvviso. Dopo aver rovesciato l'acqua un paio di volte, riuscì a gestire il peso della brocca abbastanza per riempire il bicchiere e, con i denti stretti, a posarla sul tavolo.

Svuotò il bicchiere in meno tempo di quello che impiegò a riempirlo, ma pur essendo molto assetato, Grim non si riempì un secondo bicchiere.

*C'è troppo silenzio*, pensò mentre guardava la finestra e si chiedeva che ore fossero. C'era qualcosa di funebre nel bagliore tenue del sole e nei banchi di nebbia che trasportavano l'odore pungente di pino e di abete.

Non riusciva a trovare il cellulare, e anche il tegmen sembrava sparito. Era improbabile che il suo portafogli e le chiavi del furgone fossero lì. L'avevano forse lasciato lì ad aspettare che qualcuno passasse in seguito con le sue cose?

Non ebbe molto tempo per pensarci su, che la porta che collegava l'appartamento alla Locanda del Tè si aprì.

"Oh bene, sei sveglio", disse Olivia, entrando con un vassoio.

"Come sta Ben?" chiese Grim.

"Sta bene", gli rispose, tirando fuori un panno per asciugare l'acqua versata. "Non hai letto il biglietto?"

"Che biglietto?" chiese Grim non ricordandosi del foglietto

piegato. Quando Olivia gli prese il bicchiere di mano, le chiese di riempirglielo.

"Il biglietto che ti ho lasciato sul tavolo" lei disse, versando l'acqua nel bicchiere con invidiabile facilità.

"Non ho visto nessun biglietto" rispose, prendendo il bicchiere.

"Il tuo collega l'ha scritto prima di tornare al quartier generale", rispose, provocandogli una serie di colpi di tosse. Si piegò in avanti, appoggiando una mano sulle costole con gemiti sofferenti.

"Giusto, dovrei darti altri antidolorifici", rifletté Olivia a voce alta, prendendogli il bicchiere dalla presa allentata di Grim.

"Aspetta..." le disse con voce rotta. "Cosa intendi dire con «quartier generale»?"

"Ah sì, bella la storia che ci hai raccontato." Olivia annuì con uno sguardo distante e un sorriso accennato. "Sai, quando si è svegliato e ha chiesto di te, gli ho detto che tu ci avevi raccontato tutto. Ovviamente lui ha pensato che tu ci avessi detto... tutto tutto. Così lui si è sentito libero di parlare e dirci... beh, tutto."

Grim si voltò con un altro lamento, questa volta causato dalla stupidità del collega.

"Sai, non ti avrei perdonato tutte le balle che ci hai rifilato, se non sapessi che sei un uomo di parola..." disse Olivia, notando il foglietto piegato che aveva accidentalmente pestato, prima di chinarsi a raccoglierlo. "I tuoi segreti sono al sicuro con Ben... o forse no!" aggiunse ridendo. "Ma devi ammetterlo, è una persona leale. Dopotutto è stato lui a rintracciarti e a dirci dove ti avremmo trovato. Parlaci, senti cos'ha da dire."

Detto questo, Olivia posò il foglietto tra le mani di Grim e se ne andò a prendere alcuni medicinali.

La curiosità ebbe la meglio su di lui ed aprì il biglietto, scritto su un pezzo di carta del ricettario medico di Eugene. Il messaggio diceva:

"Signore, l'abbiamo trovata il mattino successivo all'alba. Era quasi morto, ma il dottor Eugene mi ha detto che era stabile e si sarebbe ripreso completamente, con il tempo. Se sta leggendo queste parole, significa che aveva ragione. È impossibile cercare di evitare il quartier generale, ma ho fatto in modo che non la possano trovare. Lei si è preso cura di me, ora tocca a me ricambiare il favore. Verranno a prelevarmi alla clinica, dirò che sono stato ricoverato qui in seguito a un infortunio che ho subito giorni fa, il che significa che non so cosa sia successo da allora. Andranno a ispezionare la zona intorno alla casa di Atwood e trarranno le loro conclusioni. Per quel che li riguarda, lei è stato inghiottito da quella cosa nera. Non è necessario che sia io a dirglielo. Le prove che ho lasciato parleranno per me. Una volta mi ha detto che per avere una copertura credibile, devo scegliere una storia semplice. Non so cosa penseranno quando vedranno il loro prezioso esemplare morto, ma come sappiamo bene entrambi, non è di sicuro l'ultimo al mondo. Ho detto a Olivia e al dottor Warren delle tre vittime della comune. Spero che riescano a trovarli. Preferirei che l'organizzazione non venisse a sapere che ci sono tre piccoli kraken in giro. Ecco quello che farò: tornerò alla base, salirò di livello e cercherò di far chiudere quel programma. Ma questo deve rimanere tra di noi. Se c'è una cosa che mi ha insegnato, è ad essere responsabile delle mie azioni. E a fare un po' di doppio gioco, diciamoci la verità. Voglio applicare ciò che ho imparato. Nella mia vita non ho mai avuto una figura paterna o un fratello maggiore, ma lei è la cosa che più ci si avvicina. Grazie. Per tutto quanto.

Mi stia bene e buona fortuna."

Grim rilesse il messaggio, poi posò il foglietto e guardò fuori dalla finestra, assimilando le nuove informazioni.

Non provava alcuna gioia o sollievo, nessun picco di emozioni improvvise. Dentro di sé c'era una sensazione di vuoto, devastante e infinita come il cielo sopra di lui. In un certo senso sapeva di essere libero — libero come una persona che non possiede nulla — e che qualunque cosa provasse era amplificata dal fatto che non sapeva cosa fare di sé stesso da quel momento in poi.

Poi, lentamente, sorrise tra sé e sé, ricordandosi di una cosa: un nome era pur sempre un buon punto di partenza.